KB163533

FOE적

FOE: A Novel by Iain Reid

Copyright ⓒ 2018 by Iain Reid

All rights reserved.

This Korean edition was published by Hyeonamsa Publishing Co., Ltd. in 2021
by arrangement with Iain Reid c/o Transatlantic Literary Agency Inc. through
KCC(Korea Copyright Center Inc.), Seoul.

foe[foʊ]

n. 적, 원수; 적수;
서로 싸우거나
해치고자 하는 상대.

이언 리드 장편소설

전행선 옮김

FOE
적

ㅎ 현암사

적

초판 1쇄 발행 2021년 7월 20일

지은이 | 이언 리드
옮긴이 | 전행선
펴낸이 | 조미현

책임편집 | 김솔지
디자인 | 박수연

펴낸곳 | (주)현암사
등록 | 1951년 12월 24일·제10-126호
주소 | 04029 서울시 마포구 동교로12안길 35
전화 | 02-365-5051
팩스 | 02-313-2729
전자우편 | editor@hyeonamsa.com
홈페이지 | www.hyeonamsa.com
ISBN 978-89-323-2156-1 (03840)

이완에게

일러두기

- 모든 각주는 옮긴이 주이다.

영원히 떠나갈 때 무엇을 가져가야 할지는
신중하게 선택해야만 한다.

레오노라 캐링턴,
『히어링 트럼펫』의 저자

제1막

도착

◆◆◆

전조등 두 개. 나는 그 불빛 탓에 잠에서 깬다. 다른 전조등과는 확연히 구분되는 녹색 빛이 좀 이상해 보인다. 근처에서 볼 수 있는 일반적인 흰색 빛이 아니다. 나는 창밖 길가에 있는 그 불빛을 바라본다. 아마도 내가 반쯤 잠에 빠져들었던 것 같다. 포만감과 저녁 나절의 무더위 탓에 식곤증이 밀려왔던 모양이다. 나는 초점을 맞추려고 눈을 여러 번 깜박인다.

아무런 경고도, 설명도 없었다. 여기서는 차 소리도 안 들린다. 그냥 눈을 뜨니, 녹색 불빛이 보였다. 불빛은 난데없이 불쑥 나타나서 졸고 있던 나를 흔들어 깨워놓았다. 차선 끝의 두 죽은 나무 사이에서 눈부시게 빛을 뿜어내고 있는 그 전조등은 일반적인 전조등보다 훨씬 밝다. 정확한 시간은 모르겠지만, 밖은 어둡다. 늦은 시간이다. 손님이 찾아오기에는 너무 늦었다. 그렇다고 우리가 손님을 자주 맞는 것도 아니다.

우리 집에는 방문객이 없다. 전혀 없다. 이 외진 곳까지 찾아오는 사람은 없다.

나는 일어서서 머리 위로 두 팔을 쭉 뻗어 기지개를 켠다. 허리가 뻐근하다. 뚜껑을 따서 옆에 놓아두었던 맥주병을 집어 들고 의자에서 창문까지 곧장 몇 걸음 걸어간다. 밤 이 시간쯤이면 종종 그렇듯이 내 셔츠 단추는 모두 풀려 있다. 이런 더위 속에서는 아무것도 간단하지 않다. 모든 것에 노력이 필요하다. 나는 밖을 내다본다. 부디 멈춰 있는 차가 후진해서 다시 도로로 올라가 우리를 귀찮게 하지 않고 가던 길을 계속 가면 좋겠다. 당연히 그래야 한다.

하지만 그러지 않는다. 차는 그대로 서 있다. 녹색 전조등은 내 쪽을 비추고 있다. 그런 다음, 오랫동안 망설이다가, 혹은 주저하다가, 아니면 확신이 없어 머뭇거리다가 다시 우리 집을 향해 움직이기 시작한다.

누구 오기로 했어? 내가 헨에게 소리친다.

"아니." 그녀는 위층에서 소리 질러 답한다.

물론 그녀는 기다리는 사람이 없다. 대체 내가 왜 물어봤는지 모르겠다. 우리는 이런 늦은 시간에 손님을 맞아본 적이 없다. 한 번도 없다. 나는 맥주를 한 모금 마신다. 미지근하다. 차가 집 앞까지 죽 운전해 들어와서 내 트럭 옆에 멈춰 선다.

저기, 당신도 이리 좀 내려오는 게 좋겠어. 내가 다시 말한다. 누가 왔어.

♦♦♦

헨이 층계를 내려와 거실로 들어오는 소리에 나는 뒤돌아본다. 그녀는 방금 샤워를 마치고 나온 게 분명하다. 밑단을 잘라낸 반바지와 검은색 탱크톱을 입었다. 머리카락은 젖어 있다. 아름답다. 진심으로. 나는 그녀가 지금보다 더 그녀다워 보이거나, 더 나아 보일 수 있다고 생각지 않는다.

안녕. 내가 말한다.

"안녕."

우리 둘 다 더는 아무 말도 하지 않는다. 그러다가 헨이 침묵을 깬다. "당신이 여기 있는 줄 몰랐어. 내 말은, 집 안에. 아직 헛간에 있는 줄 알았어."

그녀는 손을 머리로 가지고 가서 특정한 방식으로 머리칼을 만지작거린다. 검지로 천천히 머리칼을 말다가 다시 곧게 늘어트린다. 강박적인 손놀림이다. 그녀는 뭔가에 집중해야 할 때면 꼭 이렇게 한다. 또는 조바심이 날 때면.

밖에 누가 왔어. 내가 다시 말한다.

그녀는 나를 빤히 바라보며 그대로 서 있다. 눈도 깜빡이지 않는 것 같다. 자세는 뻣뻣하고 서먹하다.

왜 그래? 나는 묻는다. 무슨 일이야? 당신 괜찮아?

"응. 아무것도 아니야. 누가 왔다고 해서 좀 놀랐어." 그녀가 대답한다.

그녀는 주저하며 내 쪽으로 몇 걸음 다가온다. 여전히 팔 하나 간격을 유지하지만, 내가 그녀의 핸드크림 냄새를 맡을 수 있을 만큼은 가깝다. 코코넛과 뭔가 다른 것이 섞인 향이다. 민트. 나는 생각한다. 독특한 향이고, 내가 기억하는 헨의 향기다.

"아는 사람 중에 저런 검은 차 가진 사람 있어?"

아니. 정부나 그런 데서 타는 공식 차량 아닌가? 내가 말한다.

"그럴 수도 있지." 그녀가 말한다.

창문이 선팅 되어 있어서 내부는 전혀 볼 수가 없다.

"저 남자, 뭔가 원하는 게 있는 거야. 누군지는 모르겠지만. 여기까지 왔잖아. 집 앞까지 진입로를 따라 들어왔잖아."

마침내 차 문이 열렸지만, 아무도 밖으로 나오지 않는다. 적어도 당장은 아니다. 우리는 기다린다. 차에서 누가 내리는지 보려고 가만히 서서 기다리는 동안 5분은 지난 것 같다. 어쩌면 20초 정도였을지도 모르겠다.

그때 다리 하나가 보인다. 누군가 밖으로 나온다. 남자다. 긴 금발의 남자. 짙은 색 정장 차림이다. 깃이 달린 셔츠 윗부분은 열려 있고, 타이는 매지 않았다. 손에는 검은색 서류 가방을 들고 있다. 그가 차 문을 닫고 재킷을 가다듬더니 현관 쪽으로 걸어 올라온다. 그가 낡은 나무판자를 밟는 소리가 들린다. 그는 문을 두드릴 필요도 없다. 우리가 지켜보고 있기 때문이다. 물론 그도 창을 통해 우리를 볼 수 있다. 우리는 그가 문 앞에 있다는 걸 알지만, 어쨌든 기다리며 지켜본다. 결국, 그가 문을 노크한다.

당신이 나가 봐. 내가 셔츠의 가운데 부분 단추를 채우며 말한다.

헨은 대답하지 않지만, 돌아서서 거실로 나가 현관으로 향한다. 그녀는 잠시 머뭇거리며 나를 돌아보더니 다시 고개를 돌려 심호흡하고 문을 연다.

"안녕하세요." 그녀가 말한다.

"안녕하세요. 늦은 시간에 불쑥 찾아와서 죄송합니다." 남자가 대답한다. "실례가 되지 않았기를 바랍니다. 헨리에타, 맞죠?"

그녀는 고개를 끄덕이고 발치를 내려다본다.

"저는 테런스라고 합니다. 얘기를 좀 나눴으면 합니다. 괜찮으시다면 안에서요. 남편분이 집에 계신가요?"

남자의 과장된 미소는 그녀가 문을 연 이후로 조금도 변하지 않았다.

도착

대체 무슨 일인가요? 내가 거실에서 복도로 나가며 묻는다. 나는 헨 바로 뒤에 서서 그녀의 어깨에 손을 얹는다. 헨이 내 손길에 움찔한다.

남자가 내 쪽으로 관심을 돌린다. 나는 그보다 키가 크다. 체격도 더 좋다. 그리고 나이도 몇 살 더 먹은 듯하다. 우리의 시선이 마주친다. 그는 내가 일반적이라고 생각하는 것보다 더 오랫동안, 몇 초 정도 더 빤히 바라본다. 그의 미소가 입에서 눈으로 옮겨간다. 지금 보고 있는 것이 자신을 매우 기쁘게 한다는 듯이.

"주니어, 맞죠?"

죄송합니다만, 우리가 선생님을 알고 있나요?

"아주 좋아 보이십니다."

그게 무슨 말인가요?

"이거 정말 흥미롭네요." 그가 헨을 바라본다. 그녀는 내 쪽을 보지 않는다. "이곳으로 오는 내내 정말이지 가슴이 조마조마했습니다. 도시에서 차를 타고 오기에는 짧은 거리가 아니더군요. 드디어 이렇게 두 분을 뵙게 되니 정말 기분이 짜릿합니다. 저는 두 분과 이야기하기 위해 이곳에 왔습니다. 그뿐입니다." 그가 말한다. "대화만 나누면 됩니다. 두 분도 제가 하는 말을 듣고 싶을 것 같네요."

대체 무슨 일인가요? 내가 다시 묻는다.

이자는 뭔가 심상치 않다. 헨의 불안감이 손에 잡힐 듯하다. 헨이 불편해하니 나도 불편하다. 아무래도 남자의 얘기를 더 들어봐야 할 것 같다.

"저는 아우터모어를 대리해서 왔습니다. 들어보신 적이 있나요?"

내가 말한다. 아우터모어. 무슨 기관이잖요. 거기서 다루는 게……

"제가 좀 들어가도 될까요?"

나는 문을 더 활짝 연다. 헨과 나는 옆으로 물러난다. 설사 이 낯선 사람이 악의를 품었다 하더라도, 내게는 위협적이지 않다. 나는 테런스가 위협이 되지 않으리라는 것을 알 만큼은 충분히 인생을 경험했다. 그는 별것 아니다. 딱 봐도 일반 회사원이 분명하다. 골격도 섬세하다. 사무직 종사자다. 나와는 다르다. 몸을 써서 일하는 데 익숙한 노동자가 아니다. 현관으로 들어서자 그는 주위를 둘러본다.

"훌륭한 곳이군요. 널찍해요. 매력적인 방식으로 소박하고 꾸밈없군요. 사랑스럽네요." 그가 말한다.

"앉으시겠어요, 이쪽으로 오실래요?" 헨이 우리를 거실로 안내하면서 말한다.

"감사합니다." 그가 대답한다.

헨이 램프를 켜고 흔들의자에 가서 앉는다. 나는 안락의자에 앉는다. 테런스는 우리 앞에 있는 소파 한가운데 앉더니 들고 있던 가방을 커피 탁자 위에 올려놓는다. 그가 소파에 앉자 바지 밑단이 올라간다. 흰색 양말을 신고 있다.

차 안에 다른 사람은 없나요? 나는 묻는다.

"저뿐입니다." 그가 말한다. "이런 식의 방문을 하는 게 제일이죠. 오는 데 생각보다 시간이 좀 더 걸렸습니다. 두 분은 시내에서 멀리 떨어져 사시네요. 그래서 제가 조금 늦었습니다. 다시 한번 사과드릴게요. 하지만 여기 오니 정말 좋네요. 두 분을 만나서 좋기도 하고요."

"네, 시간이 꽤 늦었어요. 우리가 잠자리에 들기 전에 오셔서 다행이에요." 헨이 말한다.

그는 마치 전에도 와봤던 것처럼, 우리 소파에 수백 번도 더 앉아봤던 사람처럼 너무도 침착하고 편안해 보인다. 그의 지나친 평정심이 내게 역효과를 미친다. 나는 헨과 시선을 맞추려고 노력하지만, 그녀는 앞만 똑바로 바라보면서 고개를 돌리지 않는다. 나는 당면 과제로 돌아간다.

어쩐 일로 오신 건가요? 나는 묻는다.

"알겠습니다. 너무 성급하게 굴고 싶지는 않지만요. 아까 말씀드렸듯이 저는 아우터모어를 대리해서 왔습니다. 아우터모어는 60여 년 전에 설립된 기관입니다. 무인 자동차 사업에서부터 시작했죠. 저희 자율 주행 차량은 세계에서 가장 경제적이고 안전했습니다. 아우터모어의 목표는 매년 바뀌어왔는데, 지금은 매우 구체적입니다. 자동차 사업에서 벗어나 항공우주 산업, 탐사 및 개발 분야까지 진출했습니다. 지금은 전환의 다음 단계를 향해 나아가고 있습니다."

전환의 다음 단계라. 나는 반복한다. 그렇다면, 예를 들어, 우주로 나간다는 건가요? 정부가 당신을 여기로 보냈나요? 저 밖에 세워둔 건 공무용 차량이잖아요.

"그렇기도 하고, 아니기도 합니다. 두 분이 뉴스를 꾸준히 보셨다면 아우터모어가 조인트 어셈블리*라는 걸 알고 계실 겁니다. 일종의 파트너십이죠. 저희는 정부에 지부를 하나 두고 있습니다. 그래서 정부 차량을 쓰는 거죠. 하지만 민간 부문에 뿌리를 두고 있습니다. 저희를 소개하는 간단한 동영상을 하나 보여드리죠."

그가 검은색 가방에서 스크린 하나를 꺼낸다. 화면이 우리 쪽을 향하게 양손으로 든다. 나는 헨을 흘깃 쳐다본다. 그녀가 고개를 끄덕여 내게 그것을 보라고 신호한다. 비디오가 재생된다. 지나치게 열정적이고 강제적으로 느껴지는, 전형적인 정부 홍보 영상이다. 나는 다시 헨을 바라본다. 그녀는 무관심해 보인다. 검지로 머리카락 몇 올을 빙빙 돌려 꼬고 있다.

✦ joint assembly. 개별적인 프로그램이나 사업을 합쳐놓은 것이다.

화면의 이미지는 세부사항이나 의도를 파악하기에는 너무 빠르게 다음 이미지로 획획 넘어간다. 미소 띤 표정으로 단체 활동에 참여한 사람들이 함께 웃고 함께 먹는다. 모두가 행복하다. 하늘과 로켓 발사, 줄지어 놓인 막사형 침대 같은 이미지도 등장한다.

비디오가 끝나자, 테런스는 스크린을 가방에 집어넣는다. 그가 말한다. "자, 그럼. 보시다시피, 저희는 이 프로젝트를 오랫동안 진행해 왔습니다. 많은 사람이 아는 것보다 훨씬 오래되었죠. 여전히 할 일이 많지만, 어쨌든 계획은 진행되고 있습니다. 저희 기술은 상당히 인상적이고 진보되어 있습니다. 또 얼마 전에는 상당한 기금까지 지원받았죠. 이건 실현되고 있습니다. 그중 일부는 최근 언론에 보도된 바 있지만, 제가 말씀드릴 수 있는 건, 실제로는 보도된 내용보다 훨씬 많이 진행되어 있다는 겁니다. 이건 정말 오랫동안 진행돼 온 거예요."

나는 그의 말을 따라가려고 애는 쓰지만, 모든 게 정확히 이해되지는 않는다.

잘 이해가 안 돼서 그러는데, 아까 "이건 실현되고 있습니다"라고 하셨는데, 정확히 뭐가 실현된다는 건가요? 저희가 뉴스를 거의 보지 않아서요. 그렇지? 나는 헨을 바라보며 말한다.

"맞아. 거의 안 보지." 그녀가 말한다.

나는 그녀가 뭔가 더 설명하기를, 질문이라도 하고 무슨 말이라도, 혹은 아무 말이라도 하기를 바라지만, 헨은 그러지 않는다.

"저는 첫 번째 여행에 관해 이야기하는 겁니다. 시설로 가는." 테런스가 말한다.

시설이요?

"맞습니다, 시설. 시범 재정착 시설로 가는 첫 번째 물결."

재정착. 그러니까 지구를 벗어나서? 우주에?

"맞습니다."

전 그게 아직 가설 단계라고 생각했어요. SF영화처럼. 여기 오신 게 그것 때문인가요? 내가 말한다.

"그건 실현 단계에 있습니다. 그리고 예, 맞습니다. 제가 여기 온 게 바로 그 때문입니다."

헨이 한숨을 쉰다. 한숨이라기보다는 소리를 들을 수 있는 신음에 더 가깝다. 나는 그게 반신반의한다는 표시인지, 짜증을 드러내는 것인지 잘 모르겠다.

"죄송합니다만, 물 한 잔만 마실 수 있을까요? 운전을 오래해서 그런지 목이 마르네요." 남자가 말한다.

헨이 일어서더니 내 쪽으로 돌아서지만 나와 눈을 마주치지는 않는다. "당신도 뭐 좀 가져다줄까?"

나는 고개를 젓는다. 아직 들고 있는 맥주도 다 마시지 않았다. 우리의 밤이 이 예기치 않았던 사건을 맞이하기 전부터, 그러니까 저 차가 도착하기 전부터 마시고 있던 맥주다. 나는 탁자 위에서 병을 집어 들어 미지근한 액체를 한입 가득 들이마신다.

"자, 우리가 여기 모여 있군요. 두 분의 집이죠. 아주 좋아요. 이 집은 지은 지 얼마나 되었나요?" 헨이 부엌으로 가버리자 그가 묻는다.

오래됐어요. 수백 년쯤 되었을 겁니다. 내가 말한다.

"대단하군요! 정말 마음에 들어요. 여기서 행복하신가요? 이 집이 마음에 드세요, 주니어? 편안한가요? 여기 두 분만 사시는 건가요?"

이자는 대체 뭘 알고 싶은 걸까? 나는 궁금하다.

사실상 이 집이 우리 세상의 전부라고 할 수 있죠. 헨과 나, 우린 여기서 함께 행복해요. 나는 말한다.

그는 다시 웃으며 고개를 옆으로 살짝 기울인다.

"음, 정말 멋진 곳입니다. 근사한 얘기고요. 이 벽 안쪽에는 많은 역사가 존재하겠군요. 이렇게 넓고 조용한 곳에 살고 있어서 정말 좋을 것 같아요. 여기서는 원하는 건 뭐든 할 수 있겠네요. 아무도 여기서 일어나는 일을 보거나 들을 수 없을 테니까요. 두 분을 괴롭힐 사람이 없다는 거죠. 근처에 다른 농장들이 있나요?"

이제는 별로 없어요. 전에는 많았거든요. 지금은 대부분 농

작물을 키우는 밭입니다. 유채 농사를 짓죠. 나는 말한다.

"그렇군요. 운전해 오면서 봤습니다. 유채가 그렇게 키가 큰 줄 몰랐습니다."

나는 말한다. 전에는 그렇지 않았어요. 농부들이 땅을 경작하던 때는요. 이제는 대부분 대기업이나 정부가 소유하고 있죠. 기업은 새로운 종을 키우더라고요. 교배종인데, 예전 것보다 훨씬 크고 꽃도 더 진한 노란색이에요. 물도 거의 필요 없대요. 이런 식물은 긴 가뭄도 견뎌낼 테죠. 더 빨리 성장하기도 하고요. 제가 보기에는 자연스럽지 않은 것 같지만, 뭐 어쩌겠어요.

그는 내 쪽으로 몸을 기울인다.

"신기하군요. 혹시 조금…… 불안하다고 느껴본 적은 없으신가요? 여기 두 분만 외따로 사시는 게?"

헨이 물잔을 가지고 돌아와서 테런스에게 건네준다. 그녀는 자신의 흔들의자를 내 쪽으로 더 가깝게 옮겨 놓더니 앉는다.

우리 우물에서 떠온 신선한 물입니다. 도시에서는 이런 물을 맛보실 수 없을 거예요. 내가 말한다.

그는 헨에게 감사를 표하고 잔을 입으로 가져가서 4분의 3 정도 되는 양을 꿀꺽꿀꺽 크게 소리 내며 죽 들이킨다. 그의 입가에서 물 한줄기가 흘러 턱을 따라 내려간다. 그가 만족스러운 한숨과 함께 유리잔을 탁자 위에 내려놓는다.

"맛있네요. 좀 전에 제가 말씀드렸듯이, 계획은 이미 진행 중입니다. 저는 홍보 부서와 연락하는 담당자예요. 그리고 두 분에 대한 파일을 받았습니다. 이제 두 분과 긴밀하게 작업할 겁니다." 그가 말한다.

우리와? 우리에 대한 파일이 있어요? 우리에게 왜 파일이 있지? 내가 말한다.

"없었습니다……. 음, 최근까지는."

입이 마른다. 침을 삼켜보지만, 도움이 되지 않는다.

우린 아무것도 신청하지 않았고, 파일을 만드는 것에 동의한 적도 없어요. 내가 맥주를 홀짝이면서 말한다.

그는 다시 이를 드러내고 환하게 미소 짓는다. 나는 그의 반짝이는 하얀 치아가 다른 도시 사람들과 마찬가지로 임플란트일 거라고 추측한다.

"맞아요. 그건 사실입니다. 하지만 우리는 첫 추첨을 했어요, 주니어."

당신들이 첫 뭘 해요? 나는 묻는다.

"첫 추첨이요."

"그걸 당신들은 그렇게 부르는군요." 헨이 고개를 저으며 말한다.

추첨? 대체 그게 정확히 무슨 뜻입니까? 내가 묻는다.

"두 분 같은 일반 대중이 얼마나 알고 있는지, 또는, 두 분이

읽거나 본 것을 토대로 얼마나 많은 것을 짜 맞출 수 있을지, 저는 알기가 어렵습니다. 더군다나 이런 외딴곳에서는 정보도 제한되어 있을 테고요. 그러니 간단히 설명하자면, 당신이 선발되었다는 겁니다. 그래서 제가 여기 온 거예요."

테런스가 입을 다물고 있음에도 나는 그가 혀로 윗니를 훑고 있음을 알 수 있다.

나는 헨 쪽을 바라본다. 그녀는 다시 앞만 똑바로 보고 있다. 왜 나를 바라보지 않을까? 뭔가가 그녀를 괴롭히고 있는 거야. 내 시선을 피하다니 헨답지 않다. 그 사실이 마음에 들지 않는다.

"우리는 이 얘기를 들어야 해, 주니어." 헨이 말하지만, 어조는 퉁명스럽다. "이분 얘기를 이해하려고 노력해 봐."

테런스는 내게서 시선을 돌려 헨을 바라보다가 다시 나를 본다. 그녀의 짜증을 알아차렸을까? 과연 그럴 수 있을까? 그는 우리를 모르고, 우리가 둘만 있을 때 어떤지도 모른다.

"예의에 좀 어긋나더라도 이해해 주십시오." 그가 재킷을 벗기 위해 일어서며 말한다. "물을 마시기는 했지만, 여전히 좀 더워서요. 제가 있는 곳에서는 보통 에어컨이 사방에서 돌아가거든요. 제가 좀 더 편하게 있어도 언짢게 여기지 말아주세요. 정말 물을 좀 마시지 않아도 괜찮으시겠어요, 헨리에타?"

"괜찮아요." 그녀가 말한다.

헨리에타. 그는 그녀의 정식 이름을 부르고 있다. 땀이 그의 셔츠를 다 적셔놓았다. 셔츠의 땀 얼룩이 마치 작은 섬들이 점점이 찍힌 지도 같다. 그가 재킷을 접어서 옆에 있는 소파에 내려놓는다.

이제 더 많은 질문을 해야 할 때다. 그는 내게 기회를 주고 있다. 그의 몸짓 언어가 그것을 분명히 한다.

그러니까 당신 말은 내가 선택되었다는 거군요.

"맞습니다. 선택되셨어요." 그가 말한다.

뭐에? 나는 묻는다.

"여행 대상자로. 시범 시설에 정착할 사람으로. 분명한 건 아직 확실히 결정된 건 아니라는 겁니다. 이제 시작에 불과하거든요. 아직 후보자 명단만 나왔을 뿐이라는 사실을 강조해야겠네요. 그러니 벌써부터 너무 흥분하지는 마세요. 하지만 어쩌겠어요? 흥분하지 않는 게 더 힘들 텐데요. 제가 다 기쁜걸요. 저는 제가 하는 업무 중에서 다른 무엇보다도 이 일, 그러니까 기쁜 소식을 전달하는 일을 가장 좋아합니다. 물론 최종 선발을 보장할 수는 없습니다. 그 점은 이해해 주셨으면 합니다. 사실 보장과는 거리가 멀지만, 그래도 이건 의미 있는 일입니다. 정말 의미 있는 순간이에요."

그가 헨을 바라본다. 그녀의 얼굴은 무표정하다.

"지난 몇 년간 우리에게 자원자가 홍수처럼 밀려왔다는

걸 두 분은 아마 믿기 힘드실 겁니다. 정말 많은 사람이 저희 프로젝트에 선발되고 싶어서 안달입니다. 그 사람들은 이런 좋은 소식을 들을 수만 있다면 당장 전 재산이라도 다 바칠 거예요. 그러니……."

솔직히 난 아직도 무슨 말인지 잘 이해를 못 하겠어요. 내가 말한다.

"정말요?" 그가 웃음을 터트리더니 곧 고개를 저으며 자세를 가다듬는다. "주니어, 당신이 해냈다고요! 당신이 후보 명단에 들어갔다는 겁니다! 시범 정착 인원 명단에 들어갔어요. 만약 일이 진척되어 최종 명단에 들어간다면, 아우터모어의 개발품을 방문하게 될 겁니다. 당신이 첫 번째 이주민 일원, 즉 첫 번째 물결이 될 수도 있다는 겁니다. 그러면 저 위에서 살게 될 거예요."

테런스는 천장을 가리키지만, 그가 의미하는 것은 천장 너머, 지붕 너머에 있는 하늘이다. 그는 이마를 손으로 문질러 닦고 자신이 전한 소식을 우리가 곱씹어 보도록 기다렸다가 말을 잇는다.

"이건 일생일대의 기회예요. 이제 시작에 불과합니다. 이런 종류의…… 행운의 징발…… 이라고 할 만한 모집에는 시간이 걸리죠. 우리는 첫 번째 추첨을 진행했어요."

나는 다시 맥주를 한 모금 마신다. 아무래도 맥주가 한 병 더 필요할 것 같다.

행운의 징발?

"이건 굉장한 일이에요." 테런스가 말한다. "받아들이기 벅찬 일이기도 하죠. 하지만 기억하세요. 모든 것은 변합니다. 저는 늘 이렇게 말하고, 이 말을 굳게 믿고 있습니다. 변화야말로 인생에서 유일하게 확실한 것 중 하나잖아요. 인간은 진보합니다. 진보해야만 합니다. 우리는 진화합니다. 움직이죠. 그리고 확장합니다. 과하고 극단적으로 보이는 게 어느덧 평범해지고, 금방 구식이 됩니다. 우리는 다음 단계, 다음 개발, 다음 개척지로 넘어가죠. 저 위에 있는 건 정말 다른 세계가 아닙니다. 그저 멀리 떨어져 있을 뿐이에요. 그건 우리들의 손이 미치지 않는 곳에 있습니다. 하지만 늘 가까워지고 있었죠. 그리고 우리는 더 가까이 가고 있는 겁니다. 무슨 말인지 아시겠어요?"

그의 눈은 자신감 넘치는 흥분으로 가득 차 있다. 그에게 내 눈은 어떻게 보일까? 내가 느끼는 것은 흥분이 아니다. 흥분을 느껴야 하겠지만, 그렇지 않다. 나는 헨을 바라본다. 그녀는 내 시선을 느끼고는 고개를 돌려 살짝 미소 짓는다. 마침내. 미소다. 우리를 단결시키는 것. 그녀는 나와 함께 있다. 그녀가 돌아왔다.

말도 안 되는 얘기 그만하세요. 나는 손을 뻗어 헨의 팔을 만지며 말한다. 우주라니. 그건 다른 세상이에요. 하지만 우리는 여기 우리의 세상을 가지고 있어요. 삶을 가지고 있죠. 여기에. 함께.

난 내가 알고 이해하는 이 삶을 방어하고 보호해야 한다고 느끼기 시작한다.

당신은 여기 내 집에 나타나서는, 내 말은, 난데없이 나타나서는, 내가 우주로 가야 한다고 말하는 건가요? 내가 뭘 원하는지는 전혀 상관도 없이? 난 여기서 헨과 함께 내내 살아왔어요. 그런데 인제 와서 내가 여길 떠날 거라고 생각하는 거예요? 난 이런 걸 요구한 적이 없어요. 이건 정상적이지 않습니다.

테런스는 다시 미소 지으며 천천히 조심스럽게 몸을 앞으로 기울인다. "보세요." 그가 말한다. "이건 경고예요." 그는 말을 멈추고 소파 위에서 자세를 고쳐 앉는다. "아니, 죄송합니다. 제가 단어 선택을 잘못했네요. 경고라는 말은 부정적으로 들리잖아요. 그런데 이건 부정적인 건 아니거든요. 이건 좋은 겁니다. 이건 꿈이 이루어지는 거예요. 물론 당신이 이 프로그램에 자원하지 않았다는 건 인정합니다. 그래요 자원한 건 아니었죠. 하지만 당신은 우주에 관해 이야기하곤 했어요. 알고리즘이 그걸 집어낸 겁니다."

이 말에 헨이 펄쩍 뛴다. "그럼 당신들이 우리를 도청하고 있었다는 거예요?" 그녀가 묻는다. "대체 얼마나 오랫동안 엿

들은 거예요?" 그녀의 목소리에는 전에 들어본 적 없는 날이 서 있다. 그걸 듣고 있자니…… 나도 무슨 느낌인지는 정확히 모르겠다. 그냥 마음에 들지 않는다는 건 알겠다.

테런스는 사과하듯이 손을 내민다. "진정하세요." 그가 말한다. "제가 좀 모호하게 말했나 봅니다. 원래 설명을 잘하지 못하거든요. 적극적으로 감시나 도청을 한 게 아닙니다. 여러분의 스크린 마이크는 항상 켜져 있습니다. 그건 아실 거예요. 저희는 자료를 수집하는 겁니다. 저희가 사용하는 프로그램이 정보를 분류하고 범주화하죠. 그 프로그램이 관심 단어를 인지합니다."

"앞으로는 심지어 더 가까이서 남편의 말을 듣겠군요. 그렇죠?" 헨이 말한다.

"네, 맞습니다."

헨의 얼굴은 경직되어 있지만 침착하고, 아무 표정도 드러나지 않는다.

관심 단어? 그게 뭔지 설명해 주실 수 있나요? 내가 묻는다. 그나저나 내가 알지도 못하는 추첨, 그 추첨이라는 것에 대체 어떤 단어가 등록되었다는 겁니까?

나는 이게 헨이 묻고 싶었던 질문이기를 바란다.

"저희 목적에 부합하는 관심 단어에는 여행, 우주, 행성, 또는 달에 관한 모든 이야기가 포함됩니다. 그런 단어들을 수집

했을 겁니다. 필요한 정보거든요." 그가 잠시 말을 멈춘다. 얼마나 많은 정보를 제공해야 할지 고민하는 듯 보인다. "저희 추첨 시스템은 복잡합니다. 간단하게 설명하는 건 불가능하죠. 그냥 두 분은 저희를 믿으시면 됩니다. 모든 건 두 분이 저희를 얼마나 신뢰하는지에 달려 있습니다."

헨은 양손을 꽉 붙잡는다. 그녀는 너무도 조용하게 미동도 없이 앉아 있다. 왜 아무 말도 하지 않는 걸까? 왜 더 많은 질문을 하지 않는 걸까? 왜 내게 모든 걸 맡기는 걸까?

좀 더 얘기해 주시겠어요? 아까 말한 개발품이라는 건 어떤 건가요? 내가 묻는다.

"처음, 그러니까 몇 년 전에 이 작업을 시작했을 때 우주에는 인간을 위한 여러 가능성이 열려 있었습니다. 적어도 저희는 그렇게 믿었죠. 달, 화성 등등. 아우터모어는 이웃 태양계에서 새로 발견된 행성을 식민화하는 것까지 고려했어요. 그러다 결국에는 우리 자신의 행성, 말하자면 우주 정거장을 건설하기로 했습니다."

대체 무슨 말인지 모르겠다. 이웃 태양계니 뭐니 하는, 그가 말하는 것들은 나 같은 사람이 이해하기가 힘들다. 하지만 노력은 해봐야 한다.

왜죠? 나는 묻는다. 여기, 완벽하게 살기 좋은 곳이 있는데 왜 우주 정거장 같은 걸 건설하나요? 그리고 이미 완벽하게 좋은 행성이 우주에 있다면서 왜 우주 정거장을 통째로 건설한다는 건가요?

테런스는 머리를 긁적인다. "많은 이유가 있습니다. 예를 들어, 만약 당신이 그 행성 중 하나로 여행을 하기로 한다면, 불가능하기는 하지만 일단 빛의 속도로 여행한다고 가정하더라도, 거기 도착했다가 돌아오는 데 대략 78년이라는 세월이 걸릴 겁니다. 일종의 장애물이죠. 그래서 대신 다른 장애물을 정복하기로 한 겁니다. 개발은 그 정복의 첫 단계이고, 우리는 그 단계가 테스트 기간, 즉 조사 기간이 되기를 바랐어요. 사람들이 그곳에 가서 사는 동안 관찰하고 테스트해서 분석을 끝내는 거죠. 그런 다음에 첫 정착자들은 집으로 돌아가는 겁니다. 행성을 스스로 건설하는 게 이 모델에 가장 적합한 아이디어였어요. 저 위에 우주 정거장이 있습니다. 그것도 오랫동안 있었죠. 우리의 첫 번째 우주 정거장은 몇 년 전에 발사되었거든요. 이후로 계속 그 작업을 해왔습니다. 우주 정거장은 빠르게 확장했죠. 이제는 거대해졌습니다. 지금 이 순간에도 지구 궤도를 돌고 있어요. 아직 완성된 건 아니지만, 저 위에 있습니다."

내가 생각한다. 우리 인간은 어쩔 수가 없어. 확장, 확산, 정복을 멈출 수 없는 존재야.

그렇다면 정부가 이 모든 걸 알고 있다는 건가요?

"우리가 정부예요. 우린 정부와 연결되어 있습니다. 그러니 이건 우리 연구인 거죠." 그가 말한다.

난 비행기도 타본 적이 없어요. 내가 말한다. 헨도 마찬가집니다. 아내는 그걸 싫어할 거예요. 멀리 여행을 떠나본 적도 없으니까요. 아내는 우주에 가는 걸 두려워할 겁니다.

"아." 테런스가 말한다. "처음부터 그 점을 분명히 해야 했는데, 제 잘못입니다. 지금 제가 말하는 사람은 당신입니다. 주니어, 당신 혼자 가는 거예요."

그제야 나는 무슨 말인지 이해한다. 그가 무엇을 제안하는지 깨닫는다.

우리 둘 다 명단에 들어 있는 게 아닌가요? 우리 둘 다 추첨에서 뽑힌 게 아니에요? 나는 묻는다.

"안타깝게도 아닙니다. 오직 주니어 당신만이에요."

헨은 반응하지 않는다. 그녀는 아무 말도 하지 않는다. 한숨조차 쉬지 않고, 아무 소리도 내지 않는다. 그냥 거기 앉아 있을 뿐이다. 이걸 어떻게 받아들여야 할지 모르겠다. 내겐 선택의 여지가 없는 것 같다. 그녀는 나를 돕지도 않는다.

다음은 어떻게 되나요? 내가 묻는다.

"별거 없습니다. 급하거나 코앞에 닥친 것은 없어요. 절차에 따르면 명단에 오른 사람들은 아직은 후보자일 뿐이에요. 그러니 마라톤을 한다고 생각하시죠. 가능하다면 이 소식을 직접 전해드리는 것도 우리 정책의 일환입니다. 그게 관계를 시

도착

작하는 가장 좋은 방법이니까요. 최종 후보로 선정되지 않으면, 이게 우리의 처음이자 마지막 방문이 될 테지만, 더 많은 방문이 이어질 수도 있습니다."

후보자는 얼마나 많은 겁니까?

"안타깝게도 저는 당신이 후보 명단에 포함되어 있다는 사실 외에는 다른 어떤 사항도 밝힐 수가 없습니다. 당신도 이 사실을 고맙게 여기게 될 거예요. 어쨌든 다른 모든 사항은 기밀입니다. 앞으로 몇 년 동안은 아무것도 결정되지 않을 거라는 사실만 말씀드릴 수 있겠네요."

몇 년. 이 말을 들으니 긴장이 풀린다. 이 머나먼 가능성은 궤도를 도는 우주 정거장 그 자체만큼이나 사실상 멀리, 저 멀리 떨어져 있다. 아마도 헨은 처음부터 그 사실을 이해했을지 모른다. 그래서 그토록 조용하고 차분했던 것이다.

이것으로 우리의 대화는 끝이 난다. 말하자면 그렇다는 것이다. 테런스는 아우터모어의 목표를 설명하기 위해 짐짓 거드름을 피우며 한 시간 이상 말을 이어간다. 하지만 나와 관련이 있는 내용은 말하지 않는다. 내가 질문이나 의견을 말하며 끼어들면, 그는 회사의 정책을 설명한다. 그는 여러 번 연습한 내용을 말하는 듯하다. 그가 이 일을 얼마나 오래 했는지 궁금하다. 그렇게 오래되지는 않았을 것이다. 너무 각본에 따르는 듯하고 자의식도 많이 드러난다. 공공연히 흥분하고 있다는 것도 눈에 보인다. 그건 확실하다. 어느 순간부터 그는 아우터모어가 개발한 라이프젤이라는 연고에 관해 이야기한다. 대기가 부족한 환경에 신체가 적응할 수 있도록 돕는 일종의 국소 부위용 연고라는 것이다. 젤이라. 내가 생각한다. 무언가에 익숙해지도록 돕는 젤이라. 너무 이상하고 추상적이라 상상이 잘되지 않는다.

테런스가 양해를 구하고 화장실에 가자 헨과 나는 둘만 남는다. 처음에는 우리 둘 다 아무 말도 하지 않는다. 그저 당황스러운 침묵 속에 앉아 있다. 그러다가 마침내 헨이 나를 쳐다본다.

나는 그녀의 눈을 똑바로 본다. 그녀가 나를 바라보고 내게 주의를 기울이고 있다는 사실을 인식하자, 즉시 기분이 좋아진다.

"무슨 생각해?" 그녀가 묻는다.

잘 모르겠어. 그냥 들은 얘기를 받아들이려고 애쓰는 중이야. 나는 고개를 흔들면서 말한다. 내가 기뻐하고 흥분해야 한다는 걸 알아. 이건 대부분의 사람이 돈을 내고라도 참여하고 싶어서 안달하는 기회일 테니까. 하지만…….

"기분이 안 좋아? 두려워? 기습당한 것 같아?"

아니, 아니, 아니야. 난 괜찮아. 나는 말한다.

"그럼 됐어." 그녀가 말한다. "받아들여야 할 게 너무 많아. 빌어먹을 라이프젤."

도착

그래, 빌어먹을 라이프젤. 내가 따라 한다.

테런스가 돌아오고, 우리는 둘만 이야기할 기회를 더는 얻지 못한다. 그는 잠시 숨을 돌리지도 않고, 아까 중단한 지점에서 다시 말을 이어간다. 그러나 여전히 내 질문에는 전혀 답하지 않는다. 뜬구름 잡는 소리만 해댄다. 후보자 명단에 관한 복잡한 알고리즘 세부 정보를 공개한다. 투명한 배기관이 달린 새로 디자인된 로켓에 관한 비디오와 '추력 벡터링'이라는 걸 설명하는 비디오를 보여준다.

헨은 내내 내 옆에 앉아서 모든 것을 듣는다. 30분 정도가 지나자 양해를 구하고 자리를 뜬다. 테런스는 나를 상대로 계속 이야기를 이어가지만, 얼마 지나자 마침내 할 말이 다 떨어진 것처럼 보인다. 나는 그에게 묻고 싶은 질문도 많고 걱정도 많다. 하지만 이 모든 일이 전혀 예기치 못했고 감당하기에 너무 벅차기도 해서 무엇을 묻고 싶었던 것인지 기억해 낼 수가 없다. 기력도 호기심도 다 잃었다. 나는 그를 차가 있는 곳까지 배웅한다. 우리는 악수한다. 밖에 서서 이렇게 내 손으로 그의 손을 잡고 있자니 오늘 밤 처음으로 어쩐지 그가 친숙한 사람인 듯한 이상한 감정이 생긴다.

그는 가방을 차에 싣고 문을 열어 둔 채 돌아서더니 나를 길게 껴안아서 나를 놀라게 한다. 그가 나를 놓아주고 뒤로 물러서서 내 어깨를 붙잡는다.

"축하합니다. 여기 와서 당신을 보게 되어 정말 기쁘네요."

내가 당신을 전부터 알고 있었나요? 내가 묻는다.

그가 다시 이를 드러내고는 예의 그 미소를 짓는다. "이건 시작에 불과합니다. 첫날이 되는 거죠. 하지만 난 머지않아 우리가 다시 만날 것 같은 좋은 느낌이 드네요." 그가 말한다. 그런 다음 차에 올라탄다. "행운을 빌어요."

문이 쿵 소리와 함께 닫힌다. 나는 차가 진입로를 따라 내려가서 도로로 빠져나가는 것을 지켜본다. 이제 날은 칠흑처럼 어둡다. 유채밭 사이사이로 귀뚜라미와 여러 생물의 소리가 들린다. 나는 주위를 둘러본다. 여기가 내 고향이다. 내가 아는 전부다. 내가 알아 왔던 모든 것이다. 그리고 앞으로 내가 알게 될 전부이기도 하리라고 늘 생각했다.

나는 별이 점점이 찍혀 있는 하늘을 올려다본다. 언제나와 같은 하늘이다. 나는 평생 같은 밤하늘을 올려다보았다. 이것에 내가 본 유일한 하늘이다. 저 모든 별. 위성. 달. 나는 달이 너무도 멀리 있다는 걸 안다. 하지만 오늘 밤은 다르게 보인다. 전에는 한 번도 그런 생각을 해본 적이 없다. 하지만 나는 지금 그것들을, 저 위의 모든 것을, 저 별과 달을 여기서 내 눈으로 볼 수 있다. 그렇다면 실제로 저들은 그렇게 멀리 떨어져 있는 건 아니지 않을까?

♦♦♦

밖에 있다가 들어가니 집안은 고요하다. 헨은 잠자리에 든 게 분명하다. 어쩐지 좀 이상하다. 나와 이야기를 나누기 위해 기다리지 않고 먼저 올라갔다고? 피곤한 모양이다. 그게 틀림없다. 낯선 사람이 이상한 소식을 전하겠다고 불쑥 찾아오지 않았던가. 그러니 피곤하다고 해도 이해할 만하다.

나는 거실 램프를 끈다. 빈 물잔과 맥주병을 부엌으로 가져가서 싱크대 옆 조리대에 내려놓는다. 냉장고를 열고 내부를 살펴보지만, 아무것도 꺼내지 않는다. 냉장고에서 흘러나오는 차가운 공기가 기분 좋다.

나는 어둠을 헤치고 위층으로 걸어 올라가면서 벽에 걸린 사진을 보기 위해 층계마다 멈춰 선다. 내가 마지막으로 이렇게 했던 게, 그러니까 이 사진들을 보겠다고 멈춰 섰던 게 언제였는지 기억나지 않는다. 주위가 밝지 않기에 가까이 가야 한다. 액자에 끼워진 사진 석 점이 벽에 일렬로 걸려 있다. 헨과 내가 함께 찍은 사진 한 장과 헨과 나의 독사진 한 장씩이다.

우리가 함께 찍은 사진은 클로즈업 셀카다. 어디서 찍었는지는 잘 모르겠다. 헨의 입은 활짝 열려 있다. 웃고 있다. 그녀는 행복하다. 아마 그래서 헨이 이 사진을 걸어놓았을 것이다. 내 사진, 나 혼자 찍힌 사진 속의 나는 훨씬 젊어 보인다. 그게 나라는 것도 간신히 알아볼 정도다. 헨이 이 사진을 찍었던가?

나는 계단을 계속 올라 곧장 우리 방으로 향한다. 문이 닫혀 있지만, 굳이 노크할 필요를 느끼지 못하기에, 천천히 밀어서 연다. 헨은 우리 침대에 등을 대고 반듯이 누워 있다.

그런 일이 있었는데, 그냥 자려고? 내가 묻는다. 얘기하고 싶지 않아? 정말 말도 안 되는 일이잖아.

그녀는 양손을 한데 모아서 눈 위로 가져가 얹는다.

"미안해. 오늘 밤에는 그냥 자고 싶어. 아침에 얘기할 수 있잖아."

당신 괜찮아? 내가 안쪽으로 더 들어가며 묻는다. 나는 헨이 옷도 벗지 않고 누웠음을 알아차린다. 입고 있던 옷차림 그대로다.

그녀가 고개를 든다.

"실은 몸이 좀 좋지 않아. 잘 모르겠어. 심각한 건 아니지만, 당신 오늘 손님방에서 자면 안 되겠어?"

정말? 내가 묻는다.

나는 다른 방에서 잠을 잤던 기억이 없다. 그런 적이 한 번도 없었기 때문이다.

"평소답지 않게 굴어서 미안해. 난 그냥 내가 아프거나 그런 거면 당신이 옮지 않는 게 나을 거 같아서."

나는 뭔가를 옮는 것 따위는 걱정하지 않는다.

객실 침대는 정리해 놨어? 나는 묻는다.

"그래. 내가 오늘 아침에 시트도 새로 갈아놨어. 딱 하룻밤만. 약속할게. 내일은 몸이 나아질 거야. 내가 장담해."

아침부터 몸이 안 좋았던 거야? 나한테 아무 말 없었잖아.

"맞아. 침대는 괜히 정리하고 싶어서 한 거야."

아무래도 얘기 좀 해야 하지 않을까? 내가 말한다. 난 우리가 함께 앉아서 지금 일어난 모든 일을 논의할 거라고 생각했어. 테런스가 한 말과 그 일이 일어날 가능성과 테런스 그 친구에 관해서. 내 말은, 그 사람에 대해 어떻게 생각해?

"주니어, 나 정말 피곤해. 괜찮다면 난 좀 잤으면 좋겠어." 그녀는 나를 외면하고 옆으로 돌아눕는다.

그래, 알았어, 좋아. 내가 말한다. 아침에 얘기하자.

나는 문 쪽으로 걸어간다.

하지만 문 앞에 다다랐을 때, 그녀가 부르는 소리가 들린다. "주니어?"

응?

"나가면 문 좀 닫아줄래?"

그래. 내가 말한다.

나는 문을 닫으면 방이 무척 더워질 거라는 사실은 언급하지 않는다. 말해 봐야 헨을 더 짜증 나게 할 테니까. 문이 완전히 닫히기 직전에 나는 계속 신경 쓰이는 무언가를 떠올린다. 나는 다시 방으로 머리를 집어넣는다.

어, 그런데, 당신은 어떻게 알았어?

그녀가 돌아누워 내 쪽을 바라본다. "뭘 알아?"

차가 멈춰 서고 테런스가 밖으로 나오기도 전에 당신이 그랬잖아. "저 남자, 뭔가 원하는 게 있는 거야." 차에 있는 사람이 남자라는 걸 어떻게 알았어?

"내가 그렇게 말했나?"

응, 그랬어.

"확실해?"

응.

헨은 크게 한숨을 내쉰다. "나도 몰라, 주니어. 의식하고 한 말이 아니야. 그냥 아무 생각 없이 한 말이야. 잘 자."

잘 자. 나는 그렇게 말하고 문을 닫는다.

내가 객실로 가서 깨끗한 흰색 시트가 덮인 보잘것없는 싱글 침대를 바라보고 서 있을 때, 복도에서 소리가 들려온다. 침실 문이 딸깍하고 잠기는 소리다.

◆◆◆

   살다 보면 뜬금없고 충격적이며 삶을 송두리째 바꾸어놓을지도 모르는 중요한 소식을 접할 때가 있다. 테런스가 도착했을 때 우리가 그랬던 것처럼. 그리고 그런 소식은 모든 것에, 특히 우리의 사고방식과 생각을 정리하는 방식에 독특한 영향을 미친다.

   이것이 내가 나 자신에 관해 배우고 있는 사실이다.

   테런스가 다녀간 뒤 한두 주 동안 헨은 그가 집에 와 있던 동안에 그랬던 것처럼 초조해하면서도 냉담했다. 갑자기 많은 시간을 혼자 보내고 싶어 했다. 말수도 줄어들었다. 우리는 같이 밥을 먹었지만 대화는 거의 나누지 않았다. 그의 방문 이후, 헨은 매일 밤 혼자 자고 싶어 했고, 거의 일주일 내내 그렇게 했다. 그러다가 결국 우리 침대로 돌아와도 좋다고 허락했다. 하지만 내내 경직되어 있었다. 나는 옆에 누운 그녀의 불안을 느낄 수 있었다. 손으로 만져질 듯한 불안이었다. 헨은 거의 잠들지 못했다. 아침이면 밤새 깨어 있었다고 인정했다. 이런 상태가 한동안 계속되었다.

그러나 천천히, 그녀는 진짜 헨으로 돌아갔다. 내가 아는 헨이자 그녀의 정상적인 자아로. 그게 시간이 하는 일 아닌가. 시간은 우리가 평형 상태로 되돌아가게끔 안내한다. 그렇게 불안도 완화된다. 충격은 그게 얼마나 강력하든 간에 늘 시간이지나면서 사라지는 법이다.

안정을 되찾은 헨은 내가 가까이 다가가도록 허락했다. 삶은 우리가 그 소식을 듣기 이전처럼 계속되었다. 몇 주가 가고몇 달이 지났다. 우리의 삶도 자연스러운 속도로 돌아왔다. 우리는 일하고 먹고 잠을 잔다. 삶은 결국 균형을 찾아나간다. 안전과 확실성과 긍정, 그것이 바로 우리가 인간으로서 열망하는 것이기에.

하지만 아무도, 심지어 헨조차도 알아차리지 못하고 있지만, 나의 개인적인 내적 순환, 내적인 세계는 극적으로 바뀌었다. 테런스의 방문은 총 세 시간도 걸리지 않았기에 시간적인 면만 본다면 그리 광범위한 침입은 아니었다. 그럼에도 파괴적이고 의미 있었다.

하루가 몇 주가 되고 몇 달이 되어간다. 그렇게 1년이 지나고, 또 1년이 지나간다. 우리는 계속 살아간다.

하지만 나는 매일 그의 방문을 생각한다.

우리는 그날 일을 거의 이야기하지 않는다. 내가 그 이야기를 꺼내도 보통 헨이 화제를 바꾸어버린다. 후보 목록에 올랐다는 소식을 듣고 나서, 나는 미래에 대해, 앞으로 다가올 일에 대해 생각하기 시작했다. 어떤 일이 일어나고 일어나지 않을지, 머물러 있다면 어떤 일이 벌어질지, 떠난다면 어떤 일이 생길지, 두 가능성의 장단점을 생각하기 시작했다. 나는 또한 과거, 내 과거를 생각하기 시작했다. 전에 내게 무슨 일이 있었는지를. 무엇이 나를 이곳으로 오게 했는지를. 큰 사건들을. 오랫동안 생각지도 않았던 의미 있는 추억들을. 구체적인 추억이 밀물처럼 돌아왔다. 나는 우리가 이곳에 막 살기 시작했던 몇 해를 기억하기 시작했다. 당시 우리 삶이 어땠는지를.

물론 헨에게는 이런 말을 하지 않을 것이다. 그것이 내가 나와 한 약속이다. 할 수만 있다면 이 과정은 나 혼자 겪을 것이다. 헨을 보호할 것이다. 그녀는 다 잊게 내버려 둘 것이다. 변한 게 없는 것처럼, 모든 게 늘 그래왔던 것처럼, 평소의 내가 되어야 한다. 실제로는 그렇지 않더라도. 그게 헨에 대한 나의 의무다. 그녀를 화나게 하거나 걱정시키고 싶지 않다. 그게 바로 테런스가 우리 삶에 들어옴으로써 생긴 일이다. 그 짧은 방문이 그녀를 흔들어놓았다. 나는 모든 게 정상이고 전과 같은 척하려고 노력한다. 모든 게 잘되고 있다는 듯이 행동한다.

우리는 아침에 일어난다. 나는 헛간에 가서 닭에게 모이를 준다. 주변을 한 바퀴 돌고 들어와 샤워한다. 우리는 아침을 먹는다. 일하러 나간다. 저녁을 먹기 위해 집으로 돌아온다. 가끔은 헨이 밤에 피아노를 연주한다. 나는 맥주를 한 병이나 두 병 마신다. 재미있거나 이상한 사건들을 서로에게 들려주며 일상을 공유한다. 다음 날도 또 그렇게 한다.

낯선 사람의 짧고 무해한 방문. 그게 다였다. 그런데 왜 그게 이토록 큰 영향을, 큰 힘을 미치는 걸까? 나는 그래서는 안 된다고, 내버려 둬서는 안 된다고 결심했다. 앞으로 무슨 일이 일어나든 현재 우리의 관계가 거기에 영향을 받을 필요는 없다. 나는 현재에 다시 집중해야 한다. 우리는 이전과 마찬가지로 부부다. 단순히 나 자신이 되는 것이 헨을 위해 내가 할 수 있는 일이고 나의 책임이다. 난 이전과 같은 내가 되어야 한다.

우리 일상의 어떤 것도 바뀌지 않았다. 하지만 내 의지와는 상관없이, 나는 내가 변하고 있다고 느낀다. 나 자신이 변했다고 느낀다.

♦ ♦ ♦

처음 헨을 보았을 때, 그녀는 아주 멀리 있었다. 그게 내가 간직한 가장 분명하고 강렬한, 요즘 들어 가장 자주 떠올리는 기억이다. 나는 테런스가 다녀간 이래 몇 번이고 되풀이해서 그 기억을 떠올렸다.

내가 그녀를 보았을 때, 주변에는 아무도 없었다. 우리 둘뿐이었다. 그녀는 아주 작아 보였다. 그것이 내가 가장 먼저 알아차린 사실이었다. 나는 하던 일을 멈추고 그녀를 바라봤다. 머릿속에 있던 다른 생각들을 정리하기 시작했다. 다시 시작하고 싶었다.

여름이었고 날이 화창했기에 나는 그늘을 찾아 들어갔다. 목이 말랐지만 가지고 있는 물이 없었다. 나는 몇 시간이나 쉼 없이 걸어온 참이었지만, 여전히 한참을 더 가야만 했다. 당시 우리는 젊었다. 아니, 아직 애들이라고 할 만큼 어렸다. 헨은 특히 더 어렸다. 해가 얼마 남지 않았고, 공기는 습했다. 걷는 속도는 점점 느려졌고, 생각이란 걸 하기도 힘들었다. 그녀는 소매가 잘린 흰색 티셔츠를 입고 있었다. 느슨하게 묶어 둥글게 틀어 올린 머리에서 머리카락 몇 가닥이 얼굴 주위로 흘러내려 있었다. 나는 허벅지에 팔꿈치를 괴고 나무 아래 흙바닥에 웅크리고 앉아 있었다.

나는 그녀가 누군지 알아보지 못했고, 그 사실이 나를 놀라게 했다. 물론 좋은 쪽으로. 저 애는 누구일까? 나는 알고 싶었다. 알아야만 했다. 그녀가 낯설기 때문만은 아니었다. 그것도 알고 싶은 이유에 해당하기는 했지만, 내가 나무 밑 흙바닥에 앉아 그녀를 바라보며 기다리고 있던 건 반드시 그 때문만은 아니었다. 이것은 내가 기다려온 것이다. 그게 이유였다.

나는 담배에 불을 붙였다. 이마에 흘러내린 머리칼을 쓸어 넘겼다. 땀에 절어 축축했다. 나는 연기를 들이마셨다. 그러고 나서 등을 바닥에 대고 누웠던 기억이 난다. 그렇게 한동안 누워 있었다. 위쪽의 나뭇잎과 그림자를 바라보면서. 그 너머의 나뭇가지와 하늘을 올려다보면서. 담배를 피우면서. 그 모든 순간이 하나가 되어 움직였지만, 난 어느 하나에도 집중하지 못했다. 그녀는 모든 것을 초월한 존재였다. 하지만 거기 있었다. 나는 손을 흔들지 않았다.

우리는 그날 이야기조차 나누지 않았다. 단 한 마디도. 우리는 완벽한 타인이었지만, 나는 인연임을 느꼈다. 나는 길 맞은 편에 있었고 혼자였다. 나는 내가 혼자라고 생각했다. 그녀를 보기 전까지는. 그녀는 자신이 내게 어떤 영향을 미치는지 알지 못했다. 전혀 깨닫지도 못했다. 그것이 그녀가 나를 지배하는 힘이었다. 심지어 그 당시에도.

그녀를 목격한 순간부터 나는 내가 하는 것, 원하는 것, 욕망하는 것, 할 수 있는 것에 의문을 품었다. 하지만 그동안 내가 해왔던 일이 그날 내가 아내를 만날 수 있게 해주었다. 내가 뙤약볕 아래 손은 더럽고 몸은 쑤시는 상태로 앉아 있던 이유도 바로 그 일 때문이었다. 평생 나는 누군가의 이름을 기억해 본 적이 없다. 그 무엇도 내게 큰 영향을 미치지 않았다. 하지만 그때 나는 그것이 바뀔지도 모르겠다고 생각했다. 만약 그녀의 이름을 알게 된다면, 기억하게 될 테니까. 그게 우리가 만나기도 전에 그녀가 한 일이었다. 그녀가 바꾸어놓은 것이었다. 그녀가 거기 있었다. 내 존재는 의식하지도 못하고 허리를 구부리고 길가의 웅덩이에서 손을 씻는 데 정신이 팔려 있었다. 나는 그녀가 내 짝임을 알았다. 그녀가 내 운명임을 알았다. 나는 그녀를 보았고, 그 순간 내 인생이 시작되었다.

어떤 일들은 처음부터 의도되는 것일까? 반드시 일어나게끔 되어 있는 것일까? 세상에는 우리가 설명할 수 없는 일들이 일어난다. 누구는 그것을 운명이라고 한다. 어쩌면 그냥 그 정도만 알아도 괜찮지 않을까? 그 이상은 알 필요가 없을지도 모른다. 우리 삶의 궤도는 이미 정해져 있는지도 모른다. 그렇다고 해도 난 상관없다. 내가 그런 걸 딱히 믿지는 않지만 말이다. 우리가 무언가를 믿는다고 해서 반드시 그것이 신념이어야 하는 것은 아니다.

훗날 나는 일어날 수 있었던 다른 모든 가능성에 대해 생각해 봤다. 상황이 다른 식으로 전개되었을 가능성에 대해서. 내가 다른 시간에 다른 방식으로 그녀를 보았다면? 또는 다른 날 보았다면? 이 모든 게 반드시 일어나야만 할 일이었을까? 우리는 늘 이런 말을 듣는다. 운명이라고. 그게 운명이자 유일한 기회였을까? 연결되거나, 깨어지거나, 둘 중 하나였을까? 운명일까, 아니면 단지 우연일까? 그게 바로 단 한 번의 기회였을까? 내가 그녀를 보고 알아차리고 기억하고 회상할?

나는 다른 길로 돌아갈까 진지하게 고민했다. 내가 왜 정확히 그 길을 선택했는지 기억조차 할 수 없다. 꼭 그 길로 갈 필요도 없었다. 우리는 당연히 이어져야 했던 운명 같다. 우리는 함께 길을, 우리의 길을 찾아왔다. 관계를 발전시키고 개선해왔다. 예측할 수 있고, 안정적이고, 확실하고, 정상적이며, 일상적이고, 현실적이게. 하루가 끝나면 다른 날이 시작된다. 계속해서. 그건 편안한 리듬이다.

나는 관찰력이 뛰어난 사람이 아니다. 눈에 보이는 걸 볼 뿐, 나머지는 중요하지 않다. 다른 게 다 무슨 소용이란 말인가? 왜 주변에서 일어나는 모든 일에 주의를 기울이고 관련 없는 사소한 일과 과도한 정보에 쓸데없이 마음을 써야 하지? 일어날 일은 결국엔 일어나기 마련이다. 자각하고 못 하고는 요점이 아니다.

우리가 처음 만났던 날에 관해 물어보면 헨은 뭐라고 대답할지 궁금하다. 그날을 기억하기는 할까? 나도 모르겠다. 그리고 내가 정말 그 사실을 알고 싶은지도 잘 모르겠다. 하지만 궁금하기는 하다. 우리가 함께해 온 세월의 대부분은 모두 흐릿해져서 뚜렷한 기억을 남기지 않는다. 언젠가는 그녀에게 물어볼 용기가 생기겠지.

헨은 내가 그녀를 처음 봤을 때 입고 있던 소매가 잘린 흰색 티셔츠를 아직도 가지고 있다. 나는 그녀에게 그 옷의 중요성을 말한 적이 없다. 헨은 그걸 거의 입지 않지만, 입으면 난 즉시 알아차린다. 헨이 그것을 자주 입지 않고 서랍 속에 넣어두기만 한다는 사실이 기쁘다. 자주 입으면 그만큼 더 많이 세탁해야 하고 더 많이 세탁할수록 더 빨리 닳아 없어질 것 아닌가. 옷감은 이미 얇고 닳았다. 바보 같은 말이라는 건 알지만, 어쨌든 난 헨이 그 셔츠를 완전히 닳아 없어지게 하는 걸 원치 않는다. 그 옷이 오래 남아 있길 바란다.

◆◆◆

이번에는 좀 더 이른 저녁 시간이지만, 오해의 여지는 없다. 나는 그것을 바로 알아차린다. 전과 마찬가지로 옅은 초록빛이 나는 전조등이 어스름 속에서 뚜렷하고 선명하게 빛을 발한다. 나는 그 전조등을 안다. 아주 잘 기억한다. 이번에는 길 끝에서 잠시 기다리지도 않는다. 검은 차가 방향을 꺾어 진입로로 들어서더니 멈추지 않고 집까지 따라 올라온다. 나는 그가 차에서 내려 바짓가랑이를 터는 모습을 지켜본다.

테런스가 처음 방문했던 날 이래로 2년이라는 시간이 지났다. 아니, 2년하고도 몇 달이 지났지만, 이제 그가 다시 여기 있다. 그가 우리의 조용한 농장으로 돌아왔다. 그럴지도 모른다고 그가 말했듯이.

멀리서 봐도 그는 전과 똑같다. 비쩍 말랐고, 섬세하다. 여전히 긴 금발 머리에 정장 차림이고 역시 타이는 매지 않았다. 흰색 양말에 검은 가방도 똑같다.

문을 세게 두드리는 소리가 들린다. **똑 똑 똑 똑 똑.**

헨도 그 소리를 들었는지는 잘 모르겠다. 나는 현관으로 걸어가서 문을 연다.

"안녕하세요, 주니어." 그가 환하게 웃으며 말한다. "다시 만나니 정말 좋네요."

안녕하세요. 내가 말한다.

우리는 악수하지 않는다. 그가 내 어깨에 한 손을 얹는데, 반쯤은 두드리는 것 같기도 하고, 반쯤은 힘주어 잡는 것 같기도 하다. 나는 그가 들어올 수 있도록 옆으로 비켜선다. 이제 보니 그도 나이를 먹은 듯하다. 물론 극적으로 변했다는 건 아니다. 아주 살짝 나이 들어 보인다. 얼굴은 전보다 더 야위었고 까칠하다. 눈빛은 더 무거워 보인다. 테런스의 외모는 어딘가 설치류를 연상시키는 면이 있다. 얼굴뿐 아니라 체구며 태도가 다 그렇다.

"아주 좋아 보이네요. 정말 오래간만입니다. 어떻게 지내셨나요?"

잘 지냈어요. 헨도 당신이 오는 소리를 들었는지는 모르겠어요. 지금 위층에 있거든요.

"아내분도 여기 있다는 건가요?"

그럼요.

"내려오라고 부르실 필요는 없습니다. 먼저 우리 둘이 그간 나누지 못한 대화나 좀 하면 좋겠네요."

우리는 어색하게 문 안쪽으로 들어와 서 있다.

"그래. 어떻게 지내셨나요?"

회사. 집. 사는 게 늘 똑같죠. 우린 잘 지냈어요.

"다행입니다. 건강은 괜찮으시고요?"

네, 좋아요. 더 바랄 게 없을 정도죠.

"반가운 소리네요. 아주 좋아요. 고무적인데요. 그리고 우리 사랑스러운 헨리에타는 어떻게 지냈나요?"

아무렇지도 않은 듯이 '우리'와 '사랑스러운'이라는 말을 헨에게 붙이는 그의 태도에 나는 속으로 움찔한다. 그는 자기가 헨을 아주 잘 안다는 듯이 굴지만 그녀를 모른다. 우리를 잘 모른다. 우리는 그의 친구가 아니다.

아내도 잘 지냈죠. 내가 무표정을 유지하면서 말한다.

그의 지난 방문 이후 헨이 얼마나 혼란스러워했는지는 굳이 언급하지 않는다. 그녀가 얼마나 말수가 줄었으며 몇 주 동안 나를 어떤 식으로 대했는지, 그리고 평소의 모습으로 돌아오기까지는 또 얼마나 오랜 시간이 걸렸는지도 말하지 않는다. 물론 이미 오래전 일이기는 하지만, 나는 이번에도 같은 일이 일어나는 건 원치 않는다. 내가 이 일 때문에, 즉 그가 헨에게 미친 영향 때문에 그를 향한 적개심을 키웠다는 사실도 말하지 않는다. 나는 그의 얼굴을 다시 한번 찬찬히 살핀다. 저 작은 눈. 가느다란 입술. 그는 여기 있는 게 무척이나 기쁜 모양이다. 너무 만족스럽고 확신에 찬 모양이다. 물론 난 그게 마음에 들지 않는다. 그에게는 뭔가 음흉하고 비밀스러운 구석이 있다.

"어쨌든 참 오래간만입니다. 그동안 제 생각 좀 하셨나요?" 그가 묻더니 곧 웃음을 터트린다. "죄송합니다. 그저 지난번에 제가 중요한 방문을 했다는 의미였습니다. 놀라운 소식을 안고 왔었죠. 때로는 좋은 소식도 사람을 심리적으로 자극할 수 있거든요. 정신적으로 혼란스러워질 수 있다는 거죠. 그동안 생활이 안정적이었기를 바랍니다."

나는 생각한다. 아니, 안정적이지 않았지. 한동안은.

내가 말한다. 우린 할 일이 있으니까요. 우리 나름의 삶이 있잖아요. 그냥 가만히 앉아서 일어나지 않을지도 모르는 미래를 걱정하고만 있을 수는 없죠.

"이해합니다." 그가 말한다. "아주 좋아요. 그게 올바른 접근 방식입니다. 그럼 그동안 두 분은 별 탈 없이 잘 지내신 거네요? 불안하지는 않으세요? 뭔가 평소와 다른 점은 없고요? 큰 싸움이나 문제는요?"

헨! 나는 어깨 너머로 부른다.

그녀도 이 말을 들어야 할 것 같다는 생각이 들어서다.

헨! 나는 더 크게 부른다.

그녀는 대답하지 않는다. 어쩌면 이미 알고 있을지도 모른다. 그래서 아래로 내려와 다시 이 남자를 마주하고 싶지 않은 것이다. 어쩌면 위에서 겁을 집어먹은 채 우리 대화를 듣고 있을지도 모른다. 머리 위에서 2층 바닥을 걷는 그녀의 가벼운 발소리가 들린다.

"왜?" 그녀가 층계 꼭대기에서 대답한다.

이리 와봐. 내가 부른다.

그녀는 천천히 계단을 내려온다. 1층에 다다르자, 테런스를 보고 살짝 고개를 끄덕인다.

"다시 만나서 반갑습니다, 헨리에타." 그가 말한다.

"안녕하세요, 테런스." 그녀가 대답한다.

갑자기 목소리에 피곤한 기색이 역력하다.

"두 분이 어떻게 지내왔는지 주니어에게서 근황을 듣던 중이었습니다. 들어보니…… 아주 잘 지내신 것 같네요."

헨이 내 옆으로 다가오더니 양팔로 내 팔짱을 낀다. 이건 매우 드문 일이다. 그러니까, 그녀가 신체적으로 먼저 다가오는 것 말이다. 나는 너무 놀라서 움찔하다가 가까스로 자제한다.

"맞아요. 우린 잘 지냈어요." 그녀가 말한다.

"그럼 가서 앉을까요? 제가 소식을 가져왔거든요."

◆◆◆

이번에는 그를 안내할 필요가 없다. 테런스는 거실로 가는 길을 분명히 기억한다. 테런스가 앞장서고, 우리는 모두 거실로 들어간다. 그의 첫 방문 때와 같은 자리에 앉는다. 테런스는 소파에, 헨과 나는 각자의 의자에 서로 가까이 앉아 테런스를 마주 본다. 몇 년이 지났는데, 바뀐 게 있기는 한가? 여기, 이 집 안에는 거의 없다. 모든 게 전과 같다.

그가 말한다. "기쁘고 안심도 되고 그러네요. 실은 정말 기쁩니다. 두 분 다 아주 잘……."

말씀해 주시죠. 내가 그의 말을 자르며 이야기한다. 가져온 소식이 뭔지 알려 주세요. 그러려고 오신 거잖아요.

헨은 침착하다. 그녀는 내 목소리에 반응하지 않는다. 심지어 나를 쳐다보지도 않는다.

테런스는 미소 짓는다. "물론입니다." 그가 잠시 말을 멈추고 똑바로 앉는다. "주니어가 최종 명단에 들어갔습니다." 그는 우리가 이 소식을 곱씹어 볼 수 있도록 기다린다. 자신의 행동이 자연스러워 보이기를 기대하는 듯하지만, 나는 그것 역시도 절차의 일부일 것이라고 확신한다. 소식을 전달하면서 이런 식으로 잠시 말을 멈추어 극적인 효과를 내도록 지시받았을 것이다. 그가 기대감을 드러내며 나를 바라본다. 그런 다음 내가 파악할 수 없는 묘한 표정으로 헨을 돌아본다. 그가 말한다. "정말 감격스러워요. 이보다 더 신날 수는 없을 겁니다. 주니어, 당신이 우주에 가까이 다가가는 또 다른 중요한 발걸음이 된 겁니다!"

헨과 나는 서로를 바라본다. 양손을 들어 올려 머리칼을 쓸어 넘기는 헨의 모습은 놀란 게 아니라, 거의 기진한 듯 보인다.

"그러면 남편이 확실히 가게 되었다는 건가요?" 그녀가 묻는다.

"아니요. 반드시 그런 건 아닙니다. 하지만 최종 후보자 명단에 올랐으니, 가능성은 훨씬 커진 거죠." 그가 말한다.

헨이 내 손에 자신의 손을 포갠다. 이 역시 드문 일이다. 그에게 보이기 위한 행동이 분명하다.

"앞으로의 진행은 어떻게 되나요?" 그녀가 묻는다.

"너무 앞서 나가지는 않는 게 좋겠습니다. 정해진 건 아무것도 없지만, 궁극적인 환상이 현실에 더 가까워진 거죠." 테런스가 말한다.

누구의 궁극적인 환상? 나는 궁금하다.

하지만 이번에도 우리 삶은 아무것도 바뀌지 않는 거잖아요, 그렇죠? 내가 묻는다. 전과 마찬가지로 여전히 불확실한 상태니까요.

"맞습니다. 괴로울 수 있다는 것도 압니다. 저도 잘 알아요. 어떤 식이든 간에 미래는 구체적이지 않지만, 그래도 저는 최종 후보에 들어간 게 상황을 변화시킬 수 있으리라고 봅니다. 우린 올바른 방향으로 나아가고 있어요. 최종 후보에 들지 못한 사람들을 생각하면 저는 마음이 아픕니다. 앞으로 우리는, 우리 셋은, 가설이 아닌 사실, 즉 진짜에 초점을 맞춰야 해요. 이건 중대한 발전입니다. 따라서 논의할 것도 많아요. 이번 방문은 지난번보다 조금 길어질 겁니다. 물론 질문이 있는 건 정상이에요. 우린 그 질문들도 함께 다룰 겁니다."

나는 고개를 숙인 채 눈을 감고 손으로 비비는 중이다. 헨의 손이 내 다리를 꽉 움켜쥐는 것이 느껴진다.

테런스가 말한다. "아니, 분위기가 왜 이래요! 이건 정말 신나는 일이에요! 우리는 최종 후보에 오른 모든 사람과 함께 앞으로 나아갈 수 있는 권한을 얻었고, 계획도 가지고 있습니다. 정말입니다. 괜히 하는 말이 아니에요."

나는 묻는다. 어떻게 우리가 만약의 상황을 생각지 않을 수가 있겠어요? 내 말은, 왜 우리에게 알려주는 건가요? 아직은 이런 일이 일어날 가능성만 있는 거잖아요. 지금 우리는 확실히 아는 게 아무것도 없어요. 대체 요점이 뭔데요?

그는 방어적으로 손을 들어 올리고는 고개를 끄덕인다.

"그래요. 무슨 말인지 압니다. 알아요. 정말이에요. 지난번 방문과 이번 방문 사이의 시간이 두 분에게는…… 색다른 경험이었겠죠."

그는 '색다른'이라는 말을 하면서 헨의 눈을 똑바로 바라본다.

"하지만 제가 헨리에타에게 하고 싶은 질문이 있습니다. 두 분 다 한번 생각해 보셨으면 하는 질문이에요. 당신은 평범하고 무난한 보통의 삶을 원하나요? 그게 정말 당신이 꿈꾸는 삶인가요?"

헨은 허리를 꼿꼿이 펴고 앉아서 그의 말에 귀를 기울인다.

"다른 모든 사람과 전혀 구분할 수 없는 그런 사람으로 남고 싶으세요? 아니면 뭔가 특별하고 독특한 어떤 것의 일부가 되고 싶으신가요? 이 프로젝트가 바로 그것에 관한 겁니다." 그가 말한다. "**자신의 더 나은 버전이 될 기회.**"

초점은 확실히 헨에게로 옮겨갔다. 갑자기 난 아예 방 안에 존재하지도 않는 것 같다.

"모든 걸 꽤 그럴듯하게 들리게끔 말하는 재주가 있으시네요, 테런스. 자신의 더 나은 버전이라." 헨이 말한다.

우리는 이런 걸 요구한 적이 없어요. 내가 말한다.

"예, 맞습니다. 주니어, 당신 말이 맞아요. 아주 드문 기회를 얻었는데, 그게 현재로서는 아직 해결되지 않은 채로 남아 있죠. 그런데 왜 미지의 것이 부담스러울까요? 꼭 그럴 필요는 없을 텐데요. 그건 아주 쉽게 그 반대가 될 수도 있습니다. 무언가를 느낄 각성 계기가 될 수도 있다는 거죠. 저는 시범 정착지만을 의미하는 게 아닙니다. 그곳에 가기 전에도 마찬가지예요. 최종 결과에 상관없이 매일, 매주, 매월, 매년 같은 평범한 일상에서 벗어날 기회잖아요. 다시 한번 말하지만……."

그가 헨을 바라본다. 왜지? 왜 헨에게 이토록 집착하는 거지?

"이건 두 분 모두를 위한 겁니다. 두 분이 각성할 기회예요. 얼마나 많은 사람이 하루하루를 한 가지 일에서 다음 일로 옮겨 다니며 아무 느낌도 없이 멍한 상태로 살아가는지 아세요? 몰입하거나 흥분하거나 새로워질 기회도 없이? 사람은 대부분 자신이 성취할 수 있는 존재의 범위가 어디까지인지 생각하지도 않고 살아갑니다. 아예 관심도 기울이지 않아요. 하지만 아우터모어에서는 바로 그 작업을 해왔습니다. 회사 철학이라고도 할 수 있겠죠. 우리의 도덕적 근거. 참되고 정의로운 존재는 항상 성취 가능하다는 믿음."

존재가 성취 가능하다고요? 내가 묻는다.

"존재는 성취 가능합니다! 맞아요, 주니어. 당신은 결정, 인식, 행동을 통해 당신의 존재를 형성합니다. 그게 아우터모어의 회사 철학입니다. 습관적이고 편안한 활동은 감옥 중에서도 최악의 감옥이라 할 수 있어요. 왜 그런지 아세요? 그 안에 철창이 숨겨져 있기 때문이에요. 그런 식으로는 결코 아무것도 배울 수 없죠. 우리는 사람들이 새로운 환경뿐만 아니라 자신에 관해서도 배우기를 바랍니다. 현상 유지가 현대 인류의 목표가 되어서는 안 됩니다. 이것은 시범 정착 시설보다 더 중요한 주제예요. 제 말이 무슨 뜻인지 이해하시겠어요? 이게 바로 제가 두 분 모두에게 제안하고 있는 것입니다. 각성."

"우리에게 가서 그렇게 말해 주라고 그 사람들이 그러던가요?" 헨이 묻는다. "거의 숨도 안 쉬고 말씀을 하시는 것 같아서요."

나는 그녀가 진심이라는 걸 알 수 있다. 헨은 천성적으로 뭔가에 저항하는 사람이 아니다. 그녀는 지금 이 상황이 전혀 달갑지 않다.

"저에게 해야 할 말을 일러주는 사람은 없습니다. 제가 두 분보다 훨씬 오랫동안 이 모든 것에 관해 생각해 왔다는 걸 아셔야 해요. 난 당신을 좋아합니다. 두 분 다 좋아해요. 진심이에요. 두 분이 스스로의 통제력을 느낄 수 있기를 바랍니다. 저는 그냥 두 분이 이 상황을 잘못된 방식으로 보고 있다고 생각해요. 그래서 도우려는 거예요. 그게 제 일이니까요. 이건 두 분이 알고 있는 것보다 훨씬 오랫동안 제 인생이나 다름없었습니다. 그러니 단순한 직업이 아니라, 제가 강박적으로 집착하는 것이자, 진심으로 믿는 사명입니다."

내가 묻는다. 그래도 이게 당신에게는 영향을 미치지 않잖아요, 그렇죠? 우리에게 영향을 미치는 것만큼 말입니다. 어항에 들어 있는 쪽은 우리니까요.

헨이 내 말에 놀라서 고개를 돌리더니 내 눈치를 본다.

"네. 제게 같은 방식으로 영향을 주지는 않습니다. 맞아요. 당연하죠. 하지만 이 모험은…… 두 분 삶의 커다란 일부이듯이 제 인생에서도 큰 부분을 차지합니다. 이게 제 경력 전체를 정의할 테니까요. 두 분은 어항 속에 있어요. 맞아요. 하지만 저도 마찬가지예요! 우린 어항에 함께 들어가 있는 겁니다."

"그래서 다음은 어떻게 되는 건가요? 오늘 우리가 뭔가 더 알게 되는 게 있나요? 우리에게 뭔가 더 알려주시기는 할 거예요?" 헨이 묻는다.

테런스의 첫 방문 때 나는 헨의 태도에서 긴장을 감지했고, 그 에너지는 테런스가 떠나고 나서도 몇 주 동안이나 집안에 그대로 머물러 있었다. 하지만 이번에는 그게 느껴지지 않는다. 대신 헨의 몸짓 언어, 그러니까 어깨를 웅크리고 발목은 서로 겹쳐 올린 그녀의 자세는 수용을 의미하는 듯 보인다.

"제가 두 분과 폭넓게 대화를 나누어야 합니다. 우리가 거쳐야 할 일련의 단계가 있거든요."

단계? 무슨 단계요? 나는 묻는다.

"그냥 인터뷰한다고 생각하세요. 이게 우리가, 그리고 주니어 당신이 모든 잠재적인 결과에 대비하도록 도울 겁니다." 테런스가 말한다.

"언제요?" 헨이 묻는다.

"내일부터 시작하겠습니다. 오늘 밤에는 그만 놓아드릴게요. 좋은 소식을 들은 것만으로도 충분할 테니까요. 많이 귀찮지 않으시다면, 떠나기 전에 물 한 잔만 마실 수 있을까요?" 테런스가 말한다.

헨과 나는 서로를 바라본다. 그녀가 일어나서 거실을 나간다.

헨이 시야에서 사라지자 테런스는 가방에서 스크린을 꺼낸다. 화면에 뭔가 입력하기 시작하는데, 메모를 하는 건지 누군가에게 메시지를 쓰고 있는 건지 정확히는 모르겠다. 그런 다음 스크린을 들어 올려 방 안 곳곳을 비춘다.

그는 사진을 찍는 중이다. 그가 사진을 찍고 있다고 나는 확신한다.

그가 말한다. "저는 신경 쓰지 마세요. 그냥 자료를 수집하는 겁니다. 걱정하지 마세요. 모두 진행 과정의 일부에 지나지 않으니까요. 잠시만 이쪽을 봐주실래요?" 나는 그의 얼굴을 정면으로 바라본다. 스크린이 내 쪽을 향한다.

찰칵.

도착

이 일은 내가 그를 막아서기도 전에 일어난다.

그가 말한다. "감사합니다. 이제 헨이 돌아오기 전에 몇 가지만 간단하게 질문하겠습니다. 아시잖아요. 남자 대 남자로. 헨이 당신에게 무슨 말을 하던가요, 주니어? 정직하게 답해 주세요. 진실을 털어놓는 게 우리 모두에게 이익이 됩니다."

대체 그의 말은 무슨 의미일까? 나는 그가 무엇을 암시하고 있는 건지 모르겠다. 헨과 나는 서로에게 비밀이 없다.

나에게 무슨 말을 하다뇨? 무엇에 관해 말했다는 건가요? 나는 묻는다. 그게 무슨 뜻이에요?

내가 다른 말을 덧붙이기도 전에 헨이 물을 가지고 돌아와서 그의 앞에 내려놓는다.

"아, 네, 좋아요. 고마워요, 헨리에타. 지난번에 이 우물물이 얼마나 맛있고 시원했는지 기억나네요." 그가 말한다.

그는 물 한 잔을 단숨에 들이켠다.

"아무래도 궁금해서 안 되겠어요." 그가 말을 하며 나를 돌아본다. "너무 궁금해서 묻지 않을 수가 없네요. 주니어, 당신은 이전의 삶을 돌이켜 본 적이 있나요?"

무엇 이전이요? 나는 묻는다.

"헨을 만나기 이전이요." 그가 말한다.

♦♦♦

헨을 만나기 이전. 헨을 만나기 이전.

그 시절은 기억하기가 힘들다. 그렇다고 기억하고 싶은 것도 아니다. 그 시기는 중요하지 않다.

중요한 것은 지금이지 그때가 아니다. 헨이야말로 중요하다. 그녀가 내 삶의 중심이자, 모든 것이다. 내 젊은 시절은 그리 주목할 만하거나 기억할 만하지 않았다. 사람은 누구나 사회에서 한 구역을 차지하고 있고, 나 역시도 자리가 있었다. 중간쯤에 있는, 딱히 눈에 띄지도 중요하지도 않은 자리. 한마디로 나는 수치적 평균의 물리적 구현이었다.

그리고 나는 늘 그 사실을 알고 있었다. 하지만 과거를 떠올리려 할 때마다 망각한 듯한 느낌이 더욱 고조된다는 건 최근에 와서야 깨달았다. 나는 과거를 돌이켜 볼 수 없다. 기억이 안 난다. 그 시절이 어땠는지 전혀 떠올릴 수가 없다. 앞으로만 갈 수 있을 뿐이다. 지금껏 나는 그 외로운 날들을 무심히 견뎌왔다. 그것을 바꾸어놓은 사람이 바로 헨이다. 그녀가 내게

목적을 주었다. 존재의 이유를 주었다.

나는 되돌아가기를 거부한다. 그럴 필요도 없다. 단지 테런스가 부탁했다고 해서 과거를 기억할 필요도 없다. 나는 그의 애완동물도, 장난감도 아니다. 헨 이전의 삶에서 내가 떠올리고 싶거나 연연하고 싶은 것은 아무것도 없다. 우리가 기억을 저장하는 정신적 공간에는 한계가 있고, 나는 헨 이전의 세월에 그것을 낭비할 이유가 전혀 없다. 당시의 나는 내가 아니었다. 헨을 만난 이후의 나에 비해 뭔가가 부족하고 훨씬 편협한, 지금의 나와는 다른 누군가였다.

절망은 결코 그 자체만으로 만족하지 않는다. 절망은 홀로 있기를 원하지 않는다. 동반자를 원한다. 하지만 나는 절망을 느끼지 않는다. 지금은 아니다. 앞으로도 그러지 않을 것이다.

헨을 만나기 이전의 삶에서는 어느 것 하나 뚜렷이 기억나는 게 없다. 전부 뿌연 안개 속에 뒤섞여 있다.

나 같은 사람은 과거를 더 쉽게 망각하는 것 같다.

♦♦♦

그가 문을 두드리는 커다란 노크 소리가 우리를 깨운다. **똑 똑 똑 똑 똑.** 헨보다 내가 먼저 그 소리를 듣고 침대에서 일어나 않는다. 이게 무슨 소린가 싶다. 그러다가 소리가 작고 가벼워진다. 어젯밤 테런스는 거실에 앉아 있는 우리를 남겨두고 떠나갔다. 우리는 심지어 그를 문까지 배웅하지도 않았다. 헨쪽을 바라보니, 그녀는 엎드려 축 늘어져 있다. 우리는 얇은 시트 아래 벌거벗고 누워 있다. 그녀가 한숨을 쉬며 눈을 뜬다.

"지금 몇 시야?" 여전히 매트리스 위에 한쪽 뺨을 대고 있는 그녀가 묻는다.

나는 항상 이런 순간의 헨이 가장 인상적이라고 생각했다. 샤워를 막 마치고 나오거나, 저녁 식사 후 배가 꽉 차서 식탁에 앉아 있거나, 아침에 부스스한 머리와 부은 눈으로 나를 바라보는 순간. 오늘 아침 잠에서 깨어나는 그녀를 보며 나는 다시 그 생각을 한다.

"아직 어둡잖아. 젠장. 우리끼리 커피 한잔 마실 시간도 안

주겠다는 거네." 그녀가 말한다.

문에서 다시 한번 부드러운 노크 소리가 들린다. 이제는 처음 두드리던 소리처럼 공격적이거나 다급하게 느껴지지 않는다. 심지어 거의 알아듣기도 힘들 정도다.

그래, 그 사람일 거야. 이렇게 일찍 다시 올 거라고 했나? 내가 말한다.

"아닐걸. 하지만 예상했잖아."

그녀가 돌아서 등을 대고 눕더니 손을 얼굴에 가져가 부은 눈을 문지른다.

내가 나갈게. 그렇게 말하고 나는 일어나서 속옷과 반바지를 입는다. 그가 다시 노크하는 동안, 나는 현관문에 도착한다.

"제가 주무시는 걸 깨웠나요?" 그가 묻는다.

예, 그랬어요. 지금 몇 시죠?

"5시 30분입니다. 오늘은 할 일이 많아요. 그래서 미리 알려드렸던 겁니다."

나는 미리 들은 바가 없다. 그가 방문할 시간을 특정해서 알려준 적도 없다. 물론 이젠 아무 상관없다. 이미 잠이 다 깨버렸으니. 그리고 그도 여기 와 있지 않은가.

들어오세요. 내가 말한다.

이번에는 그를 부엌으로 데려간다. 나는 그에게 자리를 안내하고, 식탁 위에 달린 전등을 켠다. 이 남자는 우리를 잘 알고, 우리 삶에 관해서도 두루 잘 안다. 하지만 지금까지는 우리 집 현관이나 화장실, 그리고 거실까지만 들어와 봤다.

헨도 곧 내려올 겁니다. 내가 말한다. 커피?

"물만 좀 마셔도 될 것 같네요." 그가 말한다.

내가 싱크대에서 잔을 채우는 동안 헨이 들어온다. 평소 입는 반바지와 검은색 탱크톱 차림이다. 그녀가 내 뒤를 지나 커피메이커 쪽으로 간다. 갈아놓은 커피를 수저로 떠서 필터에 집어넣는다. 그리고 몇 번 기침하더니 목청을 가다듬는다.

"좋은 아침입니다." 테런스가 말한다.

"그러네요." 그녀가 말한다.

나는 두 사람에게 금방 돌아오겠다고 말하고는 세수와 양치질을 하기 위해 욕실로 향한다. 복도를 몇 걸음 걸어가다가, 그들이 무슨 말을 하고 무엇을 주제로 대화하는지 듣고 싶은 생각에 잠시 멈춰 서서 귀를 기울인다. 하지만 놀랍게도 그들은 서로에게 아무 말도 하지 않는다. 한마디도 하지 않는다.

다시 부엌으로 돌아가보니 여과지를 통과한 커피가 유리병으로 흘러들고 있다. 헨은 무표정한 얼굴로 앞에 빈 머그잔을 놓고 식탁에 앉아 기다리고 있다. 검지로 머리카락 몇 올을 빙빙 돌려 꼬는 중이다.

"사실, 주니어." 테런스가 입을 연다. "제가 헨리에타와 얘기를 시작했거든요. 계속해도 괜찮을까요? 일단은 우리 둘만요.

그런 다음 다 함께 이야기 나누죠."

하지만 그들은 아무런 대화도 하지 않았다. 이야기를 나누었다면 내가 들었을 것이다.

두 분만 따로 얘기하고 싶다고요? 나는 묻는다.

"예. 그러는 게 좋을 것 같네요."

헨도 고개를 끄덕인다.

알았어. 그럼 난 커피나 한잔 따라서 갈게. 내가 말한다.

우리는 커피가 다 추출되기를 조용히 기다린다. 기계가 쉭쉭 거리고 유리병이 가득 찼지만, 나는 여전히 움직이지 않는다. 그가 왜 개별적으로 이야기를 나누려 하는지 그 이유가 궁금하다.

"15분 정도면 충분합니다." 테런스가 말한다.

나는 내 머그잔과 헨의 잔에 커피를 따르고, 유리병을 열판에 다시 올려놓는다.

그럼 나는 헛간에 나가 있을게. 내가 말한다.

♦♦♦

　나는 우리의 결혼식 날을 자주 떠올린다. 결혼한 부부라면 모두 다 그럴 것이다. 헨과 나는 첫 대화를 나눈 지 3주 하고 하루 만에 약혼했다. 그녀를 처음 본 지 불과 두 달이 지난 시점이었다. 우리는 가을에 야외에서 결혼식을 올렸다. 그건 내가 수도 없이 떠올리는 또 하나의 기억이다. 날씨는 예상보다, 예년에 비해서도 훨씬 따뜻했다. 나는 재킷을 벗고 소매를 팔꿈치 위로 감아올렸다. 헨은 가장 좋아하는 원피스를 입었다. 부드러운 면 소재에 세로로 붉은 줄무늬가 있어서 그녀는 마치 박하사탕 조각처럼 보였다.

　결혼식 자체는 10분도 채 걸리지 않았다. 그 10분 후, 헨은 새로운 삶을 시작해야 했다. 나도 마찬가지였다. 함께하는 새로운 시작. 그녀는 마침내 자신의 과거를 영원히 뒤로할 수 있을 것 같다고 말했다. 나는 이미 그렇게 했다. 내게는 쉬운 일이었다.

　우리는 손을 잡고 섰다. 난 그 손을 놓고 싶지 않았다. 우리는 주례가 시키는 대로 키스했고, 공식적으로 부부가 되었다. 우리는 남편과 아내로서 영원히 함께할 터였다. 죽음이 우리를 갈라놓을 때까지, 둘이 하나가 되어. 처음으로 나는 바람직한 미래를 그려볼 수 있었는데, 그 사실이 나를 설레게 했을 뿐 아니라 위안도 되어주었다. 현실이자 확실한 것은 내가 원하던 것이 바로 내 눈앞에 있고, 내가 그걸 가졌다는 점이었다.

새로운 시작을 위해. 나는 헨에게 말했다. 새 출발을 위해서.

헨이 다시 내게 키스해 왔을 때, 그녀의 눈에 눈물이 차오르던 게 기억난다. 기쁨과 사랑의 눈물이.

♦♦♦

나는 그들이 이야기 나누도록 안에 남겨두고 나왔다. 대화 주제가 무엇인지는 확실히 모르겠다. 나는 보통 낡은 헛간에서 혼자 보내는 시간을 즐긴다. 헨이 내가 자기를 소홀히 한다고 느끼게끔 하고 싶지는 않지만, 솔직히 말해서 여유가 생길 때마다 홀로 여기 나와 호젓하게 시간을 보내는 것이 좋다. 하지만 오늘은 나가 있으라고 명령받은 듯한 기분이다.

헛간에서는 닭들하고만 공간을 공유하는데, 닭들에게 호기심이라고는 없다. 비위를 맞추기도 쉽다. 5분, 10분, 30분, 심지어 몇 시간도 있을 수 있다. 여기 헛간에 와 있으면 늘 모든 게 똑같다. 나는 닭에게 부엌에서 나온 음식물 찌꺼기와 물과 약간의 곡물을 모이로 주고, 닭들은 늘 나를 보면 좋아한다. 아니, 꼭 좋아하는 건 아니라 할지라도, 적어도 공정하기는 하다. 난 이제 냄새도 신경 쓰지 않는다. 익숙해져서 괜찮다. 이곳에서 나는 그냥 나일 수 있고, 무엇보다 생각을 할 수 있다는 점이 가장 중요하다.

도착

나는 닭의 모이통을 채운다. 주위를 돌아다니며 땅을 파헤치는 몇몇 암탉을 바라본다. 닭들은 헛간에 넓게 퍼져서 구석구석 탐험하는 것을 좋아한다. 닭 몇 마리가 곧장 곡물 통으로 달려간다. 다른 닭들은 모이를 무시하고 발톱으로 괴상하게 땅을 마구 긁으며 주기적으로 고개를 갸웃이 기울여 나를 올려다본다. 닭들은 가끔 작은 벌레를 발견하고는 재빨리 잡아먹는다.

나는 곡물 주머니를 벽에 기대놓고, 헛간에 있는 유일한 창문에 다가간다. 작은 창은 먼지가 뿌옇게 덮여 있다. 왼쪽 상단 모서리에는 금이 가 있다. 나는 유리에 침을 뱉고 문질러보지만, 그래도 밖을 보는 데 별 도움이 되지 않는다. 여기서는 집을 은밀히 감시할 수 있다. 밖으로 부엌이 보이기 때문이다. 식탁에 앉은 테런스가 보인다. 헨은 어디 갔을까? 어쩌면 그들이 이미 대화를 마쳤고 헨은 자리를 떴는지도 모른다. 그는 입을 다물고 있다. 닭 한 마리가 내 다리에 몸을 기대온다. 나는 아래를 내려다보면서 발로 가볍게 톡톡 친다. 닭이 다른 닭들 있는 곳으로 쏜살같이 내뺀다.

다시 집 쪽을 돌아보니 헨이 보인다. 저기 있다. 지금은 서 있는데, 여전히 부엌이다. 그러다가 금방 내 시야에서 벗어난다. 일어나서 앞뒤로 서성이는 중이다. 손까지 사용하며 열정적으로 무슨 말인가 하고 있는데, 평소보다 훨씬 동적이다. 테런스는 그냥 조용히 앉아 있다. 자기 스크린에 메모를 하고 있을지도 모르지만, 정확한 건 모르겠다. 나는 그들이 논쟁 중이라고 추측한다. 나는 헨을 안다. 그녀의 손짓과 몸짓 언어를 안다. 굉장히 열띤 논쟁을 벌이는 듯하다.

솔직히 놀랍다. 그들이 함께 있을 때면, 헨은 내내 테런스와는 말을 거의 섞지 않았다. 그러던 그녀가 그와, 낯선 사람에 지나지 않는 남자와 저토록 편안하게, 평소 모습 그대로 대화를 나누다니, 놀라서 말도 안 나온다. 대체 헨은 무슨 말을 하는 걸까? 지금까지 그와 단둘이 얘기할 기회를 기다리면서 그 모든 말을 가슴에만 담아두고 있었던 걸까? 대체 무엇이 헨을 그토록 화나게 했을까? 헨이 그에게 손가락질한다. 테런스에게 삿대질을 하고 있다. 이제 겨우 두 번밖에 만난 적 없는 남자에게. 거의 알지도 못하는 남자에게. 테런스는 그녀에게 앉으라고 손짓하는 듯하다. 그러나 헨은 앉지 않는다. 여전히 선채로 그에게 무언가를 말한다. 헨의 감정은 가라앉지 않았다.

나는 헨이 부엌에서 나가버릴 때까지 계속해서 지켜본다. 무엇이 그녀를 화나게 했든, 그들이 무슨 얘기를 나누고 있든 간에, 상황은 격렬했다. 격렬했고, 아직 해결되지 않았다.

◆◆◆

집에 돌아가 보니 테런스는 식탁에 그대로 앉아 있다. 그 혼자다. 헨의 흔적은 없다.

"타이밍 죽이네요, 주니어. 말 그대로 방금 헨과 대화를 끝냈거든요." 테런스가 말한다.

다 잘된 건가요? 나는 그렇지 않다는 걸 알고 있음에도 묻는다. 내 눈으로 보지 않았던가. 전혀 잘되지 않았다.

"예, 물론입니다. 왜 물어보시나요?"

내가 작은 헛간 창문으로 지켜보고 있었다는 말은 하지 않기로 한다. 내가 부엌을 들여다볼 수 있었고, 헨을 이해하며, 헨의 기분과 신호를 알아차리는 게 내 일이라는 말도 하지 않는다.

두 분이 무슨 얘기를 나누었나요?

그는 자기 스크린으로 무언가를 하고 있고, 여전히 그것을 들여다보면서 대꾸한다. "몇 가지 일반적인 사항에 관해서 얘기 나누었는데, 별건 아닙니다."

정말요? 헨을 아세요? 내가 묻는다.

"물론입니다. 주니어 당신을 아는 것처럼 그녀를 알아요."
그가 스크린을 내려놓고 나를 바라보면 말한다.

그가 나를 어떻게 안다는 걸까? 잘은 모를 것이다. 아니, 전
혀 모를 것이다.

"자, 잠시 이쪽으로 오시죠." 그가 일어서며 말한다. "여기
앉으세요, 이쪽에. 그렇죠. 고마워요. 혹시 양복 맞춰본 적 있
으세요? 지금 양복을 맞춘다고 생각해 보자고요, 아셨죠? 긴장
푸세요. 조금 긴장하신 것 같거든요."

내가 말한다. 긴장 안 했어요. 그냥 익숙하지 않을 뿐이에요.
뭐 하시는 겁니까?

테런스가 스크린을 내 쪽으로 들어올린다.

"치수를 재는 겁니다."

치수요? 뭐 하려고요? 난 우리가 대화를 나눌 거라고 생각
했는데요. 나에 관해 더 잘 알고 싶은 거 아니었나요?

"지금 바로 그걸 하려는 겁니다. 두 가지 다 얼마든지 할 수
있어요. 치수도 재고 동시에 당신에 관해 더 잘 알아볼 수도
있어요. 이건 데이터뱅크에 올리기 위한 겁니다. 이제 최종 후
보 명단에 포함됐으니, 우리도 정보를 모아야 하거든요."

헨과도 이걸 한 겁니까? 나는 묻는다.

"아니요. 아닙니다. 이건 당신만을 위한 거예요. 헨과는 그냥

수다만 좀 떨었어요." 그가 아무렇지 않게 말한다. "헨은 정말 멋진 여자예요. 그만큼 당신이 행운아라는 얘깁니다. 예. 팔은 그렇게 들고 계세요. 그렇죠. 그렇게."

이 상황은 이례적이고 심지어 불편하기도 하지만, 항의까지 할 필요는 없어 보인다. 일단은 좀 인내하면서 적당한 순간이 오기를 기다려야 할 것 같다.

"하시는 일은 어떤가요?"

괜찮아요. 그냥 일이죠. 변한 게 거의 없어요. 내가 말한다.

"제가 보기에는 이 지역이 약간 쇠퇴하고 있다는 느낌이 들어요. 기분 나쁘시라고 하는 말이 아니라, 그냥 사실을 말씀드리는 겁니다. 저는 도시가 지난 수십 년간 엄청나게 성장했다는 걸 알고 있어요. 다 농촌 지역과 작은 마을을 희생시키면서 얻은 성과죠. 많은 도시 사람이 이렇게 외딴곳에도 여전히 사람이 살고 있다는 사실을 잊고 있어요."

네. 맞아요. 여기도 많은 사람이 수년에 걸쳐서 이사를 나갔어요. 남은 사람이 많지 않아요. 이 주변에서 사는 건 쉽지 않거든요. 일거리도 많지 않고. 고립에 영향을 받을 수도 있죠. 어떤 사람들은요.

"그런데도 두 분은 여기 남아 있잖아요. 헨과 당신은. 그러기로 선택하신 건가요?"

억지로 남아 있는 건 아니에요. 그런 의미로 말씀하시는 거라면. 여기가 우리가 아는 곳이잖아요. 우리에게 필요한 건 여기 다 있어요. 헨은 자기가 아는 것에 만족해요. 아마 다른 곳에서는 살고 싶지 않을 거예요.

"그렇다면 두 분은 운이 좋은 편에 해당하네요."

나는 고개를 끄덕인다.

"어쨌든 그래서 여기 사는 게 스스로의 선택이라고 느끼는 거잖아요. 그렇죠? 이 외진 곳까지 들어와서 헨과 함께 사는 게 본인의 선택이라는 거죠?"

나는 그가 무슨 말이 하고 싶은 건지 모르겠다. 이건 대체 무슨 질문이지?

다시 나는 고개를 끄덕인다.

"그게 중요한 겁니다. 아우터모어의 작업과 모두 연결되어 있거든요. 난 사람들이 그 사실을 깨닫지 못한다고 생각해요. 우리가 오직 돈과 이윤을 따라서만 움직인다고 생각하죠. 하지만 우리는 사람과 공동체와 진보와 자유 의지에 관심을 두고 있어요. 그게 우리가 집착하는 겁니다. 그리고 어떻게 하면 사람들이 건강하게 적응하고 공존할 수 있을까 하는 것도."

하지만 기업은 돈에 집착하기는 하잖아요. 그래야만 하고요. 내가 말한다.

"아니요. 반드시 그런 건 아니에요. 우리의 집착은 움직임과 관련 있어요. 적응력에 관련 있죠. 진보와 인간 가능성의 한계를 넓히고 발전시키는 것과 관련 있습니다. 그 반대의 경우도 역시 가능하다는 것을 기억해야 해요. 인간의 잠재력도 역시 줄어들고 퇴보할 수 있거든요."

듣기 좋은 말이긴 하지만, 난 그 말을 별로 믿지 않아요. 회사에서 내 눈으로 보니까요. 어떤 식으로든 일어나는 모든 일은 돈과 관련 있어요. 내가 말한다.

"의도야말로 정말 중요합니다. 이제 고개를 좀 더 뒤로 당겨보세요. 이렇게요." 그가 말한다.

그가 내 뒤로 움직인다.

뭐 하시는 겁니까? 이것도 인터뷰의 일환인가요?

"공식적인 부분은 아니지만, 예, 그렇습니다. 우리가 이야기 나누는 동안 여기 이 컴퓨터가 자료를 수집합니다. 당신이 얼마나 많은 CO_2를 배출하는지 등과 같은 자료를요. 머리는 얼마나 자주 자르시나요?"

내 머리요? 일 년에 몇 번 자르죠.

"어디로 가시나요?"

어디로 가냐고요? 누가 잘라주는지 묻는 건가요? 내가 직접 잘라요. 아니면 헨이 자르거나. 헨은 어디 갔죠? 뭐 하고 있는 거지? 혹시 헨이 화가 났나요?

나는 그의 스크린이 내 헤어라인 아래, 목 밑 부분에 닿는 것을 느낄 수 있다. 스크린은 따뜻하다. 아니 뜨겁다.

"죄송합니다. 오래 걸리지는 않을 거예요." 그가 말한다.

얼마나 더 있는 건가요?

"네? 그게 무슨 뜻인가요?"

이런 식으로 만난 사람이 나 말고 몇 명이나 더 있는 건가요? 그러니까, 집까지 찾아가서 자료를 수집한 사람들이요.

"안타깝게도 다른 사람에 관한 이야기는 할 수 없습니다. 금지 사항이에요. 그럴만한 이유가 있습니다. 사실 다른 사람에게 당신에 관해 이야기한다면, 당신도 그다지 마음이 편하지는 않을 테니까요. 프라이버시의 문제니, 이해해 주시리라고 믿습니다. 당신과 헨은 다른 곳에 살았던 적이 있나요?"

나는 이 질문이 싫다. 왠지 기분 나쁘다.

이곳이 우리가 살아온 유일한 집이에요. 내가 대답한다.

"너무 조용하다고 느낀 적은 없나요? 헨의 입장에서?"

아니요. 우리가 고요함과 고독을 좋아한다고 말씀드렸을 텐데요. 나는 말한다.

"외로움을 전혀 느끼지 않는다는 건가요?"

나는 그의 질문을 고려해 본다.

네. 난 외로움 같은 걸 느끼는 타입이 아니에요. 나는 말한다.

그가 스크린에 뭔가를 입력하는 소리가 들린다.

"알겠습니다. 하지만 최종적으로 선발된다면, 그때는 상황이 완전히 달라질 거예요. 다른 사람들과 함께 살게 될 테니까요. 어쨌든 한동안은 서로 가까운 거리에 살 거예요. 그게 당신에게는 힘들 수도 있겠네요. 하지만 적어도 모든 거주 공간은 기후 조절이 가능합니다."

하지만 내게는 선택의 여지가 전혀 없을 테죠. 맞나요? 당신이 치수를 재는 동안 그냥 여기 앉아 있어야만 하는 지금처럼. 이 상황을 바꾸기 위해 내가 할 수 있는 일은 아무것도 없는 것처럼요. 하지만 그렇다고 해도 뭐 어쩌겠습니까.

스크린이 목에서 머리 뒤쪽으로 천천히 움직여 올라간다. 나는 그 소리를 들을 수 있고, 그것이 처리되는 것을 느낄 수 있다. 테런스가 빙 돌아 내 앞으로 걸어 나온다. 그는 매우 조심스럽고 철저하다.

"발을 위로 들어주실래요?"

내 발이요?

"예, 잠깐이면 됩니다."

이렇게 말인가요?

나는 발을 들어올린다.

내게는 전혀 선택의 여지가 없을 테죠. 맞나요? 내가 묻는다.

"사실, 다리를 쭉 뻗고 계시면 더 좋을 것 같아요. 그게 더 잘 읽히거든요. 자, 여기에 올려놓으세요."

나는 그가 옮겨놓은 의자에 발을 얹는다.

이건 너무 과한 것 같은데요. 이해가 안 되네요. 내가 말한다.

"완벽해요."

이건 뭘 하려고요?

"발바닥 치수를 재는 겁니다."

대체 내 발바닥 치수가 왜 필요한데요?

"절차예요. 하찮은 건 아무것도 없습니다. 모두 진행 과정의 일부라고 생각하시면 됩니다."

지금 당신과 내 처지가 바뀐다면 기분이 어떨지 궁금하네요. 내가 말한다.

그가 하던 일을 멈추고 나를 바라본다.

"이해합니다, 주니어. 정말 이해해요. 받아들여야 할 게 너무 많을 겁니다. 지금 이 상황이 이상적이지는 않지만, 이보다 훨씬 나빠질 수도 있어요."

말이야 쉽죠.

"아니, 정말입니다. 생각해 보세요. 만약에 우리가 난데없이 여기 나타나서는 당신을 묶어서 밴 뒷좌석에 던져 넣고 어딘가로 데려간다면 어떨지."

난 대체 어떻게 반응해야 할지 몰라 아무 말도 하지 않는다.

그는 한 발 뒤로 물러서서 미소 짓는다. "물론 우린 그렇게 하지는 않을 겁니다. 하지만 아시다시피 난 당신에게 전망을 알려주려고 애쓰고 있어요."

전망 같은 건 전혀 보이지도 않아요. 나는 조바심이 커지는 것을 느끼며 말한다. 그건 선택 사항이 아니에요. 지금, 이 순간에는. 나중에 일어날 일이죠. 발 좀 내려놔도 될까요?

"예, 물론입니다. 고마워요. 그리고 괜찮다면, 지금 계속해서 얘기를 좀 나눴으면 좋겠네요."

나는 그러고 싶지 않다. 잠시 혼자 있고 싶고, 헨이 어떻게 하고 있는지 확인도 하고 싶다.

커피를 좀 더 마셨으면 하는데요. 내가 말한다.

"좋아요. 알겠습니다. 평소 하던 대로 하세요."

나는 머그잔을 채워 식탁으로 돌아가 앉는다. 테런스는 내 맞은편에 앉는다. 그는 스크린을 우리 사이에 내려놓고 식탁에 팔꿈치를 괴고 양손을 모아 문지른다.

"그러니까……. 이 집. 집에 관해 얘기해 주세요. 처음 이곳으로 이사했을 때, 집 상태는 어땠나요?"

처음 이사 왔을 때요?

"네."

별로 좋지 않았어요. 물론 이미 알고 있던 사실이었고요. 살만한 상태로 수리하려면 손이 많이 가리라는 걸 알고 있었죠. 하지만 그건 중요하지 않았어요. 지금은 집이 어떤지 보면 아시잖아요. 당시에는 훨씬 상태가 안 좋았죠. 우리가 와서 청소도 하고 페인트칠도 새로 했어요.

"그런 일을 잘하시나 봐요? 수리, 보수, 건축, 그런 거?"

예. 그런 건 다 직접 할 수 있어요. 많이 해봤거든요. 아직도 수리가 다 끝나지 않았어요. 계속 끊임없이 할 일이 나오네요.

"바로 이사 들어왔나요?"

우리가 결혼한 후에, 예, 맞아요.

"비어 있었나요?"

거의요. 여전히 지하실이나 다락방에서 가끔 물건을 찾아내기도 해요.

이상한 질문이다. 이사하는 집 대부분이 비어 있지 않나? 우리 집이 비어 있지 않았다는 걸 이 자가 어떻게 알았을까?

"이런 오래된 집에는 항상 놀랄 만한 일들이 있겠죠. 그 시절 있었던 일 중에 뭐 기억나는 게 있나요? 두 분이 처음 여기 살기 시작했을 때요."

우리가 행복했던 게 기억나네요. 집을 갖게 돼서 행복했죠. 내가 말한다.

"뭔가 구체적인 것, 예를 들어, 어떤 세부사항 같은 걸 떠올려볼 수 있을까요? 아니면 그냥 그랬다는 기억뿐인가요?"

세부사항을 굳이 기억해 내라고 한다면야 하겠지만, 그렇다고 그게 실제 그런 식으로 **일어났다는** 걸 의미하지는 않아요.

나는 그와 시선이 마주칠 때까지 기다리고, 결국 그는 그렇게 한다.

"그 말도 일리가 있네요, 주니어. 당신 말이 맞아요."

도착

◆ ◆ ◆

대화를 마치고 나서 내가 집안일을 하는 동안 테런스는 나를 따라 밖으로 나와 강아지처럼 졸졸 따라다닌다. 그는 내게 "평소 하던 대로 하라"라는 말을 반복한다. 자기는 단지 지켜보고 싶을 뿐이라면서. 사실상 낯선 사람이 우리 집에서 나를 지켜보고, 내 일거수일투족을 관찰하면서 메모를 하는데, 내가 어떻게 평소 하던 대로 할 수 있다는 말인가?

하지만 나는 노력한다. 평소처럼 행동한다. 잔디도 깎고 잡초도 좀 뽑는다. 그는 진지한 호기심과 관심으로 내 진부한 일상을 지켜본다. 잠시 후에는 스크린으로 누군가에게 전화를 걸더니 조용히 통화하기 위해 집을 벗어나서 길을 따라 걸어 내려간다. 하루가 끝나갈 무렵, 우리는, 그러니까 헨과 나는 현관에 서서 그가 떠나기 위해 차에 올라타는 모습을 지켜본다. 그는 우리에게 걱정하지 말라고, 어느 시점이 되면 자신이 연락해 올 거라고 말한다.

"부디 좋은 소식으로 연락할 수 있기를 바랍니다." 그가 말한다.

그는 사진도 많이 찍고 치수도 엄청나게 재고 메모도 열심히 해댔지만, 그 어떤 것도 만족스럽게 설명해 주지 않았다. 알수 없는 어딘가로, 아주 오랫동안 떠나게 될지도 모른다는 사실을 안다는 것은 매우 이상한 느낌이다.

하지만 그보다 더 마음에 걸리는 것은, 내가 헛간에서 지켜보고 있을 때, 그와 헨 사이에 오가던 상호작용이다. 두 사람다 그것에 관해서는 언급조차 하지 않았다. 둘 다 내가 모르고있다고 생각한다.

헨은 저녁으로 먹을 스튜를 요리하는 중이다. 양파 써는 소리도 들리고 고기가 지글거리며 구워지는 소리도 들린다. 우리는 음식을 밖으로 가지고 나가서 먹는다.

그가 떠난 이후로 우리 삶에는 안도감 대신 공허감이 자리잡았다. 우리의 단단했던 유대가 마치 길게 늘어나서 더는 잘맞지 않는 옷처럼 느껴지기 시작했다. 고깃덩이를 그레이비소스 속에서 이리저리 움직이면서, 나는 그가 나타나기 이전으로 돌아갈 수만 있다면 좋겠지만, 그게 불가능하다는 사실을깨닫는다. 우리는 이미 그 지점을 지나버렸다. 나는 배고프지않다. 그는 떠났지만 나는 여전히 그의 존재를, 그의 시선을 느낄 수 있다. 그가 여전히 나를 지켜보고 있는 듯한 기분이다. 헨도 나와 마찬가지로 음식에는 거의 손도 대지 않는다.

무슨 생각했어? 나는 묻는다.

그녀는 대답하지 않는다. 그저 깍둑썰기한 당근을 으깨서 그레이비소스와 섞어 죽처럼 만들고 있다.

헨!

"응? 왜?"

아무 말 안 할 거야? 화가 났으면 그렇다고 나한테 말해도 돼. 당신이 왜 화가 났는지는 모르겠지만, 어쨌든 대화로 풀 수 있잖아.

"나 화 안 났어. 그냥 조용히 앉아 있잖아. 그게 내가 화났다는 의미는 아니야. 조용하다는 건 많은 걸 의미할 수 있어. 이 경우엔 내가 생각을 하고 있다는 뜻이고."

하지만 당신은 그런 생각……..

"온갖 걸 다 시시콜콜 해부하지 않고 그냥 저녁 한 끼 먹으면 안 되는 거야? 그렇게 질문을 퍼부어 대지 않고?"

그게 정말 좋은 생각 같아?

"가끔 난 당신이 오직 눈앞에서 일어나는 일만 이해할 수 있는 게 아닌가 싶을 때도 있어. 비록 지금은 달라졌다고 해도, 난 예전 우리 관계가 어땠는지 그냥 잊어버릴 수만은 없어. 우리 관계가 늘 좋기만 했던 건 아니잖아. 그 점만이라도 인정할 수 없겠어?"

그녀는 일어서더니 그릇을 들고 안으로 들어가 버린다.

제1막

♦♦♦

불안한 사흘 밤이 지나갔고, 나는 여전히 테런스의 방문에
얽매여 있다. 나는 그것에 대해, 그에 대해, 너무 많이 생각한
다. 어떻게든 그 생각을 머리에서 밀어내야만 할 것 같다. 테런
스와 아우터모어와 시범 정착지는 잊어버리자. 마음만 먹으면
얼마든지 할 수 있는 일이다.

그리고 지금까지는 그럭저럭 잘되고 있다. 다른 곳에 마음
을 집중하기가 점점 더 쉬워지는 것 같다. 하지만 그 점에 있
어서 헨은 그다지 운이 좋지 않은 듯하다. 나중에 헨은 그런
식으로 식사 자리를 박차고 가버린 것을 사과했지만, 그다지
진심으로 느껴지지는 않았다. 그래도 나는 여전히 괜찮다고
말했다. 헨은 감정 조절에 어려움을 겪고 있다. 나는 그에 관해
물어보려 애쓰지만, 매번 그녀는 한두 마디로 대답하고는 화
제를 돌려버린다.

그러니 나는 나보다 헨이 더 걱정된다. 난 그녀에게 내 걱
정은 하지 말라고 안심시킨다. 그녀의 불안을 덜어주기 위해

내가 할 수 있는 모든 것을 한다. 그렇게 그녀를 도우려 애를 쓴다.

테런스가 다녀간 이래로 나는 헨에 관해 몇 가지 새로운 사실을 알아차렸다. 아주 미묘한 것들이다. 헨은 제정신이 아닌 것 같다. 넋이 나간 듯하다. 어젯밤 잠자리에 들기 전에 내가 방으로 들어갔을 때, 헨은 창문가에 서 있었다. 그녀는 내가 들어가는 소리를 듣지 못했을 뿐 아니라, 내 존재를 알아차리지도 못했다. 딱히 뭔가를 하는 것도 아니었다. 그냥 내 쪽으로 등을 돌리고 한 손으로는 창틀을 짚고 서서 창밖만 뚫어지게 내다보고 있었다. 우리는 족히 1분은 그렇게 서 있었을 것이다. 나는 그녀를 바라보고, 그녀는 창밖을 바라보면서. 그러다가 내가 한 걸음 더 나아갔고, 바닥이 삐걱대는 바람에 그녀가 소리를 듣고 뒤돌아보았다.

그녀가 내게 다가와 손을 잡더니 침대로 이끌었다. 그리고 옷을 벗더니 내 위로 올라갔다. 우리는 섹스를 했다. 그리 오래 이어지지는 않았다. 끝나자마자, 그녀는 내 위에서 내려가더니 말 한마디도 없이 침대의 자기 자리로 옮겨갔다. 시트는 덮지 않았다. 그리고 잠이 들었다. 나는 잘 수 없었다. 밤새 깨어 있었다.

누군가에게 좋은 소식이 종종 다른 사람에게는 나쁜 소식을 의미한다. 나는 최종 후보 명단에 들어간 다른 사람들도 우리처럼 가정의 일상이 흐트러지는 내적 동요를 경험하고 있을지 궁금하다. 그건 그렇고 다른 사람은 몇 명이나 될까? 그들은 어디에 살고 있을까? 테런스가 우리에게 말하지 않은 것이 너무도 많다. 2년이라는 긴 시간 동안 준비해 온 질문이 너무도 많았는데, 정작 그가 눈앞에 나타나자 마음이 텅 비어버렸다.

헨이 내가 떠나는 걸 걱정한다면, 그건 얼마든지 이해할 수 있다. 그녀가 그렇다고 말하면, 충분히 이해할 수 있다. 난 단지 헨이 내게 솔직해지길 바랄 뿐이다. 마음을 열어주길. 그리고 얘기해 주길. 심정이 어떤지 설명해 주길. 난 이런 걸 잘 못하기 때문이다. 난 넘겨짚는 것은 잘하지 못한다. 그리고 우리는 이 상황을 극복하기 위해 각자 따로가 아니라, 함께 노력해야 한다.

나는 헨이 조용하고 내성적이며 금욕적인 성격을 타고났다는 걸 안다. 하지만 내게 조금만 더 마음을 터놓고 얘기해 준다면 내가 도울 수도 있을 것이다. 그건 내가 장담한다.

우리에게 집이 있는 것은 모두 헨 덕분이다. 나는 모든 공을 그녀에게 돌린다. 헨이 이 집을 찾아냈다. 당시 우린 지금보다 더 많은 대화를 나누었다. 우리 사이가 아직 새롭던 시절이었고, 서로에 대해 더 많이 알고 싶어 애를 태우던 시절이었다. 그 시절 우린 그랬다. 당시 우리에겐 대화하고, 듣고, 서로에 관해 배우고, 소통하고, 관찰하고, 경험하는 것이 전부였다. 그러려면 시간이 걸린다. 나는 그 관계의 초기를 더 많이 기억하고, 반성하고, 그 순간들에 집중해 보려고 애써 왔다.

　　내가 사료 공장에서 일하도록 설득한 사람도 헨이었다. 나는 그때부터 지금까지 오랜 시간을 거기서 일하고 있다. 나는 그 사실을 잘 기억한다. 헨이 내게 그 일을 하라고 직접적으로 말한 건 아니었다. 함께 살기 시작한 지 얼마 되지 않았을 때, 우린 그것을 논의했다. 누가 알겠는가. 만약에 헨이 무조건 그 일을 하라고, 그 직업을 가지라고 했다면 어쩌면 내가 싫다고 했을지도 모른다. 명령이라고 느꼈다면 아예 흥미를 잃어버렸을 것이다. 나는 그녀에게 내가 공장주인 플라워스 씨를 어떻게 만났고, 그가 어떤 식으로 내게 그 일자리를 제안했는지 들려주었다. 우리는 타이밍과 그 일이 내게 잘 맞을지 등등을 논의했다.

"꽤 괜찮은 것 같아. 꾸준히 할 수 있는 일이고, 힘쓰는 일이고, 또 공장이 어디로 가는 것도 아니잖아. 보수도 괜찮아. 단점이 많아 보이지 않는걸."

우리는 야외의 가장 시원한 그늘 밑 잔디에 누워 있었다.

맞아. 내가 말했다.

우리는 둘 다 바닥에 등을 대고 양손으로 머리를 받친 채 똑바로 하늘을 쳐다보고 있었다. 닿아 있는 건 오직 우리의 발뿐이었다.

우리는 다른 많은 것에 관해서도 이야기 나누었지만, 다가올 미래, 앞으로 몇 년 뒤에 우리의 삶이 어느 지점에 닿아 있을지 이야기하기를 특히 좋아했다. 이미 일어난 일보다는 아직 일어나지 않은 일에 관해 대화하는 걸 선호했다.

"당신은 일이 필요해. 하지만 사람은 자기 일은 스스로 결정해야 해." 그녀는 말했다. "남에게 등 떠밀려서 하게 되면, 끝이 안 좋은 경우가 더러 있더라고. 그러니 이 일도 내가 아니라, 당신의 선택이어야 해."

이것이 우리가 대화하던 방식이다. 서로의 의견을 주고받고,

마음을 열고, 관심을 보이고, 지지하고.

당신이 나라면 어떻게 하겠어? 내가 물었다.

"나라면 그 일을 하겠어. 정직하게 벌 수 있고 보수도 적당하고. 좋은 경험이 될 거야. 하지만 내가 할지 안 할지는 중요하지 않아. 일할 사람은 내가 아니잖아. 이 질문에 답을 해봐. 당신이 원하는 게 뭐야?"

구체적으로 어디서? 내가 물었다.

"다시 물어볼 테니까, 잘 생각해 봐. 당신이 원하는 게 뭐야?"

그때 나는 그녀에게 키스했다. 그러자 헨은 눈을 감았다. 나는 원할 때마다 그 순간을 계속해서 마음속으로 반복해 그려 볼 수 있다. 이 순간이 내가 테런스에게 말할 수 있는 세부사항이다. 물론 내가 원하기만 한다면. 그러나 난 원하지 않는다.

나는 지금 가진 모든 것을 아내에게 빚지고 있다. 직업, 집, 그리고 삶. 전부 다. 나는 헨 덕분에 지금의 내가 되었다. 그걸 명심해야 한다. 절대로 잊어서는 안 된다. 헨은 때때로 변덕스럽고, 사람을 당황하게 하고, 예측할 수 없으며, 최근에는 쌀쌀맞기까지 하다. 하지만 모든 면에서 나를 지원해 왔다. 그것이 바로 관계의 목적 아닌가. 상호 지원과 수용. 아무도 그녀처럼 나를 이해하지 못한다. 그것이야말로 중요한 사실이다.

내게 그것은 모든 걸 의미한다.

♦♦♦

또 한 번의 잠 못 이루는 밤이다. 어쨌든 내게는 그렇다. 충분히 이해할 만하지 않은가. 눈을 떠보니 헨은 이미 깨어 있다. 침대 맞은편에서 그녀가 나를 바라본다. 테런스가 다녀간 지 일주일이 지났다.

"날씨가 어제보다 더 더울 거래. 당신도 그게 성가셔? 수면이나 기분에 영향을 미치는 것 같아?" 그녀가 말한다.

더위 말하는 거야? 나는 묻는다.

"그래."

나는 몸을 굴려 발을 침대 밖으로 내놓고 일어선다. 기지개를 켜고 기침을 두 번 하고 목청을 가다듬는다. 난 그녀가 말을 걸어와서, 내게 질문해 와서 기쁘다. 기분이 상쾌하다. 다시 전과 같아진 것이다.

나도 그걸 느끼는 것 같기는 해. 당신처럼 나도 덥다는 건 잘 알지만, 이미 익숙해져서 괜찮아. 여기는 항상 덥잖아. 그래서 별로 성가시지는 않아. 원래 덥다고 생각하면 더 더운 거야.

내가 말한다.

"당신은 여기가 좋아?"

나는 다시 그녀 쪽으로 돌아선다. 헨은 여전히 나를 바라보고 있다.

물론이지. 여긴 내 집이잖아.

"알아, 알아. 하지만 이곳에 있는 게 **행복**하다고 느껴?"

그건 왜 물어보는 거야, 헨? 그래. 난 이곳에서 행복해. 당신은?

"주니어, 당신은 날 위해서라면 뭐든 할 수 있어?

뭐라고? 나는 묻는다.

조금 전까지는 그녀가 내 관심을 완전히 차지하지 못했지만, 지금은 확실히 내 모든 신경이 그녀에게 쏠렸다.

"사람들은 애초에 자신이 왜 결혼이라는 걸 하는지 의문을 품을까? 당신에게 난 어떤 의미야? 우리가 어떤 의미야? 당신에게 난 뭐지?"

당신은 내 아내야. 우리는 삶을 함께하고 있잖아. 어쩌면 내가 당신이 뭘 묻는 건지 이해를 못했는지도 모르겠어.

"우리 결혼식 날에 관해서 얘기해 봐."

이 질문. 그녀는 내게 물어올 수 있는 수많은 질문 가운데, 이것, 이 질문을 해온다. 그 사실이 나를 마음 편하게 한다. 그건 마치 수도꼭지를 돌리는 것과 같다. 난 이 질문에 어떻게 답해야 하는지 안다. 기억이 너무도 선명하다.

진짜 화창한 날이었잖아. 내가 침대에 다시 걸터앉으며 말한다. 나도 가끔 그날을 떠올리거든. 그날에 관해서라면 뭐든 말할 수 있어.

헨은 내가 방금 한 말에 관해 아무런 언급도 하지 않는다. 대신 나를 쳐다본다. 눈을 회피하는 건 내 쪽이다.

"내가 당신에게 뭐 좀 얘기해도 될까?" 그녀가 묻는다.

그래. 물론이지.

헨은 결코 수다스러운 사람이 아니지만, 난 그녀가 말을 하고 싶어 할 때는 그녀를 격려하는 게 최선이라고 생각한다. 특히나 이런 상황에서는 말이다.

아우터모어와 내가 떠나는 것에 관한 거구나. 그렇지?

"아니, 그 얘기 아니야. 그 얘기는 하고 싶지 않아. 우리 관계에 관한 거야."

난 우리 관계가 더할 나위 없이 좋다고 생각하는데.

"아니." 그녀가 내 팔을 짚으면서 말한다. "그냥 내가 얘기하고 싶어서 그래. 알았지? 당신에게 대답이나 어떤 해결책을 요구하는 게 아니야. 그냥 내가 느끼는 감정을 당신에게 얘기해야 할 것 같아서 그래."

나는 이것이 최선의 논의 방식은 아니라고 생각하지만, 어쨌든 고개를 끄덕인다. 그녀가 이게 도움이 되리라고 생각한다면, 난 말할 수 있게 해주어야 한다.

"우리가 결혼한 지 7년이 됐어. 그리 긴 시간은 아니지만, 기분상으로는 그런 것 같아. 2년 전 테런스가 등장한 이후로 우리 관계가 좀 달라졌다는 건 나도 알아. 하지만 난 그가 나타나기 이전의 삶을 더 많이 생각해 봤어. 우리 사이에 어떤 극적이거나 극단적인 일이 일어난 건 아니야. 당신은 나를 육체적으로 해친 적도 없고, 날 속인 적도 없어. 내 말은, 지금 난 당신이나 당신이 했던 어떤 일에 혐의를 제기하거나 하는 게 아니라는 거야. 나는 우리에 대해 생각하고 있어. 우리가 어떻게 서로 영향을 주고받는지, 그리고 주위에 아무도 없는 이 외딴곳에서 우리가 어떻게 살아가고 있는지. 나는 때때로 도시가 궁금하고, 거기서 살면 어떨지도 궁금해. 여기 외의 다른 곳이라고는 가본 적도 없으니까. 그 생각을 하면 두렵기도 하지만 흥분되기도 해. 난 당신이 결코 도시로 나가지 않으리라는 것도 알아. 내가 이런 얘기를 한 번도 한 적이 없는 이유는 말 자체를 꺼내기가 힘들었기 때문이야. 하지만 말해 버리고 나니, 솔직히 기분은 좋네."

그녀는 이야기하는 내내 자기 손만 바라보면서 손에만 말을 했지만, 지금은 시선을 들어 나를 바라본다.

내가 말한다. 내 생각에 당신은 도시를 싫어할 거야, 헨. 바쁘고 더럽고 돌아다니는 사람도 너무 많거든. 여기가 당신이 아는 곳이야. 때때로 궁금해하는 건 얼마든지 이해할 수 있어. 그건 괜찮아. 하지만 장기적으로? 당신은 분명히 싫어할 거야. 여기가 당신 고향이잖아. 집이 있는 곳이야.

그녀는 대답하기 전에 잠시 기다린다. 표정에서 아무것도 읽어낼 수 없다.

"주니어, 당신은 어떤 걸 더 많이 생각해? 과거? 아니면 미래?"

나는 대답하기 전에 그녀의 질문을 곱씹어본다. 답은 내가 미래에 관해 더 많이 생각한다는 것이지만, 그게 헨이 듣고 싶은 대답인지는 잘 모르겠다.

그녀가 한숨을 쉰다. "아니야, 됐어. 미안해. 아침 댓바람부터 이런 질문으로 당신에게 짜증을 부리거나 싫은 소리를 하려던 건 아니었어."

내가 말한다. 아니, 괜찮아. 사과 안 해도 돼. 사과할 필요 없어. 원하면 언제든지 나와 얘기해도 된다는 거 알잖아. 난 당신이 그러길 바라.

헨이 내게 미소 짓는다. 내 말에 그녀가 따뜻하게 미소 짓는 걸 보는 게 얼마 만인지 모르겠다.

"최근에 내가 소원하게 굴었다면, 그건 내가 의도했던 바가 아니야. 당신 잘못이 아니야. 그냥 요즘 내가 기분이 좀 그래. 그래도 최선을 다하고 있어. 진심이야."

도착

그래, 나도 알아.

"지금 이 상황에서 내가 뭘 기대해야 할지 모르겠어. 내가 어떻게 알 수 있겠어? 이 모든 게 우리보다 더 거대한걸." 그녀가 나를 다시 쳐다본다. "우리가 다음에 테런스를 언제 볼지 누가 알겠어? 하지만 보게 된다면, 단지······."

단지 뭐? 나는 묻는다.

"아무것도 아니야. 난 더는······ 난 아무 말도······ 난 아무 말도 할 **필요**가 없어. 테런스는 나쁜 사람이 아니야, 그건 분명해. 당신이 그 점은 이해해 줬으면 좋겠어."

당신이 그걸 어떻게 알아? 그가 나쁜 사람이 아니라는 걸 당신이 어떻게 알아?

"내가 보기엔 명백하거든. 그 얘기는 잊어버려. 이건 우리 둘과 우리 관계에 관한 얘기가 되어야 하니까. 우린 우리의 문제를 가지고 있지만, 내가 노력 중이라는 건 알아줬으면 좋겠어."

난 어떻게 반응해야 할지 모르겠다. 그녀가 몇 주, 아니 어쩌면 몇 년 만에 처음으로 마음을 열고 가장 정직한 모습을 보여 준 것이다. 나는 창가로 걸어가면서 그녀의 어깨를 슬쩍 짚고 지나간다. 헛간은 조용해 보인다. 이렇게 일찍 일어나니 좋은 것 같다.

나는 내려가서 커피 좀 내릴게. 내가 방을 나서면서 말한다.

그녀는 대답하지 않는다.

커피가 걸러지도록 설정한 후, 나는 침실을 향해 소리쳐 헨을 부른다. 내가 부엌에 있는 동안 혹시 필요한 게 있는지 물어보기 위해서다. 하지만 이번에도 헨은 대답하지 않는다. 다시 침대에 들어가 잠들었는지도 모르겠다. 나는 토스터에 식빵 몇 개를 굽는다. 헨은 커피도 블랙으로 마시고 토스트도 바싹 구워 먹는다. 심지어 버터도 바르지 않는다. 차갑게 식혀 먹는 걸 좋아한다.

나는 토스트와 커피를 따른 머그잔을 위층으로 가지고 간다.

자, 이거. 내가 방에 들어가며 말한다. 여기다 두고 갈게. 먹고 싶을 때 먹어.

"고마워." 그녀가 말한다.

나는 밖으로 나가 욕실까지 복도를 따라간다. 수돗물을 튼다. 헨의 아침 식사를 꼭 침대까지 가져다줄 필요는 없었다. 하지만 사려 깊게 행동해서 나쁠 건 없지 않은가. 배려하는 몸짓이었다. 내가 양손 가득 차가운 물을 퍼서 얼굴을 씻고 있을 때, 헨이 크게 부르는 소리가 들린다.

"주니어!"

무슨 일이야? 내가 대답한다.

그리고 방으로 달려간다. 그녀는 창가에 서 있다. 토스트가 담긴 접시는 손도 대지 않은 채로 화장대 위에 놓여 있다.

"저기 봐." 그녀가 말한다.

난 보지 않아도 알 수 있다. 그가 왔다. 그가 돌아온 것이다.

"아직 올 때가 안 됐잖아. 이렇게 금방 올 리가 없잖아." 그녀가 말하지만, 딱히 내게 하는 말이 아니다.

헨이 급하게 셔츠를 입고 나서 우리는 함께 아래층으로 내려간다. 그녀가 앞장서고 내가 뒤를 따른다. 우리는 문에서 기다린다. 나는 바닥만 응시한다. 자동차 문이 닫히는 소리가 들리더니, 현관으로 올라오는 그의 발소리가 들린다. 우리는 노크를 기다린다.

똑 똑 똑 똑 똑.

헨이 문을 열자 정장 차림의 테런스가 웃으며 서 있다. 그는 가방을 하나 들고 있지만, 옆에는 바퀴 달린 커다란 여행 가방도 있다. 전에는 그런 적이 없었다. 그가 작은 물방울무늬 손수건으로 이마의 땀을 닦는다.

어쩐 일인가요. 무슨 일로 오신 거예요? 내가 묻는다.

"당신이 선발됐습니다, 주니어. 최종 선택되었어요. 당신이 갈 거예요. 시범 정착지의 일원이 되는 겁니다."

♦♦♦

우리는 다시 거실로 돌아와 있다. 테런스가 스크린을 꺼냈지만, 이번에는 메모가 아니라 녹음을 한다. 헨은 자리에 앉아 자기 손만 내려다보고 있다. 내게 익숙하고 두려운 자세다. 내 심장 박동수가 치솟는다, 그건 확실하다.

지금 이 상황을 녹음할 필요가 있어요? 나는 묻는다.

"안타깝게도, 있습니다. 정책이거든요."

내게서 무슨 말이 듣고 싶은 건지 잘 모르겠네요. 내가 이걸 기대하고 있었다고는 말 못 할 것 같아요. 내가 말한다.

"추첨의 핵심은 이 일을 가장 쉽게 받아들이거나 가장 가고 싶어 하는 사람을 뽑는 게 아닙니다. 추첨은 그런 식으로 진행되지 않지요. 반드시 무작위여야 합니다. 보살펴야 할 아이가 있는 사람과, 모셔야 할 연로한 부모님이 있는 사람 중에서 우리가 어떻게 결정을 내릴 수가 있겠습니까? 누가 선발되든 간에, 집에 남겨질 가족은 아무 걱정 없이 잘 보살핌 받을 수 있다고 안심할 수 있어야 하는 겁니다."

도착

난 무슨 말인지 모르겠어요. 원하는 사람을 보내는 게 왜 더 나은 선택이 아니라는 건지 이해를 못 하겠네요. 내가 말한다.

"주니어, 왜 이래요. 우리 이 얘기는 이미 나눈 거잖아요. 당신은 우리를 믿기만 하면 돼요. 자원자를 받으면 가겠다는 사람이 너무 많을 거예요. 그곳 생활이 끼칠 영향을 가장 잘 이해하기 위해, 우리는 가능한 한 무작위로 정착 인원을 구성할 필요가 있습니다. 다음 이주에서, 그러니까 영구적으로 그곳에 거주하게 될 때, 모두가 가고 싶어 할 거라고 가정하는 건 비현실적입니다. 가면 돌아오지 못하는 걸 전제로 할 테니까요. 이건 연구와 이해에 관한 겁니다. 과거 전쟁 중 실시했던 징병제에 관해 알고 있나요? 군에 선발되면 무조건 가야 했어요. 게다가 그건 참전하는 거였죠. 이 일처럼 뭔가 긍정적이고 놀랍고 진보적인 사건의 일부가 되는 일이 아니었다고요."

이건 말도 안 돼요. 나한테 적합한 일 같지도 않고요. 내가 말한다.

난 그들이 내가 아니라 누군가 다른 사람을 보내야 할 것 같은 기분이 든다. 그리고 왜 항상 테런스 혼자 여기에 오는 걸까?

그가 내게서 시선을 돌린다. "그동안 어떻게 지내셨나요, 헨리에타?"

"잘 지냈어요." 그녀가 처음으로 고개를 들어 그와 눈을 마주치며 말한다. "아주 잘 지냈어요."

제1막

"당신은 이 소식에 많이 놀라지 않는 것 같네요."

그의 목소리는 차분하고 안정적이다. 평온함이 느껴진다. 난 그 사실이 마음에 들지 않는다.

"당신 말이 맞아요, 테런스. 많이 놀라지는 않았어요."

"이건 정말 좋은 일이 될 거예요. 두고 보시면 알 겁니다. 제가 다 기뻐요. 두 분 모두를 위해서요. 이제 당신은 역사의 일부가 되는 겁니다. 혹시라도 질문이 있으면, 뭐라도 괜찮으니 하세요. 여기 앉아서 대답해 드릴게요. 얼마나 오래 걸리든 상관없습니다. 하지만 당신도 이 소식을 곱씹어 볼 시간이 필요할 테죠. 그러니 당장 알고 싶은 게 없다면, 저는 일단 가는 게 좋겠어요. 하지만 다시 올 겁니다."

"저 여행 가방은 뭔가요?" 헨이 재빨리 묻는다. "전에는 가져온 적이 없었잖아요."

이제 그녀는 너무도 피곤해 보인다. 눈가에는 그늘이 짙게 내려앉았고, 눈꺼풀도 무거워 보인다.

"음, 어쨌든 말씀드렸듯이, 저는 가겠습니다. 하지만 돌아올 테고, 다시 오면 잠시 머무를 겁니다."

여기에요? 나는 묻는다.

"맞습니다. 부담스러우시리라는 건 알지만, 우리 상황에서 반드시 필요한 일이라서요. 기억하실지 모르겠지만, 제가 처음 방문했을 때 드렸던 서류에 다 설명되어 있었습니다. 주니어가 최종 인원에 선발된다면 제가 돌아와서 여기 잠시 머무를 거라고요."

"전 기억 안 나는데요. 전혀 안 나요. 그 이야기가 한 번도 나온 적 없다고 확신할 수 있어요. 그런데 왜 여기 머물러야 하는 건데요?" 헨이 말한다.

나도 그런 내용은 전혀 기억나지 않아요. 내가 말한다.

"흔히들 그러시죠. 첫 번째 방문에서는 받아들여야 할 게 너무 많으니까요. 좋은 소식을 받으면 세부적인 내용을 다 기억하기가 힘들죠." 그가 말한다.

"그런데 왜 여기 머물러야 하는 건가요, 테런스?" 헨이 묻는다.

"왜냐하면, 그래야만 하니까요, 헨리에타." 그가 날카롭게 대답한다. 그런 다음 노골적으로 친밀한 목소리를 꾸며내더니 평소의 자기 목소리로 돌아간다. "우린 굉장히 바빠질 겁니다. 그리고 서로 긴밀하게 교류하면서 일해야만 해요. 그래서 가까이 있어야 하는 겁니다. 저는 다시 올 겁니다. 하지만 우선 며칠 동안은 두 분만 있어야 할 것 같네요. 그동안 두 분이 축하라도 해야죠! 이제 미래에 대해 더는 걱정하거나 궁금해할 필요가 없습니다. 공식적으로 정해졌으니까요! 주니어, 당신은 매우 지대한 영향을 미칠 중요한 계획의 일부가 될 예정이에요. 이건 현실입니다. 진짜 일어나고 있는 일이라니까요."

◆◆◆

　당신 뭐 하고 있어? 나는 묻는다. 스트레스 받는 상황이라는 건 알지만, 지금 한 시간 넘게 거기서 혼자 왔다 갔다 하고 있잖아.

　헨은 테런스가 떠난 이후 위층으로 올라가서 복도 끝에 있는 객실로 갔다. 나는 그녀가 발을 질질 끌며 돌아다니는 소리를 거실에서 듣고 있다가 결국에는 올라가서 확인해 보기로 했다.

　"여기 좀 정리하려고. 이런 것 좀 다 끌어내야겠어. 아무래도 여기 있는 거 전부 다 갖다 버려야 할 것 같아. 잡동사니를 이렇게 쌓아 두는 거 정말 싫어. 다 쓰레기야. 이게 날 짓누르는 것 같아. 어쩌다가 이런 걸 다 여기다가 모아뒀을까? 우리가 여기서 한 20년쯤 산 것도 아니잖아. 그런데 20년 동안 온갖 쓰레기란 쓰레기는 다 모아놓은 것 같아."

　전부 다 쓰레기는 아니야, 헨.

　"거의 다 그래." 그녀가 말한다.

　지금 이 방을 정리하는 게 그렇게 중요한 일이야? 난 당신

도착

과 얘기를 나누고 싶어. 당신 기분이 어떤지. 나는 묻는다.

"내 기분이 어떤지 나와 얘기 나누고 싶다고? 정말?"

그래. 당신 놀란 것 같네.

"당신답지 않으니까." 그녀가 말한다.

글쎄, 상황을 고려해 보면, 논의할 게 아주 많잖아.

"그렇기도 하고, 아니기도 하지. 우리는 이미 휘말려 들어와 버렸어. 그것에 관해 대화를 나눈다고 해서 상황을 바꿀 수 있는 것도 아니잖아." 그녀가 말한다.

헨. 내가 그녀에게 한 걸음 더 다가가며 말한다. 나 당신이 걱정돼.

그녀의 표정이 조금 부드러워진다.

"무슨 걱정?"

당신을 여기 남겨두고 가야 한다는 사실도 걱정되고, 내가 떠나 있는 동안 당신이 어떻게 살아갈지 그것도 걱정돼.

나는 내 모든 걱정을 그녀에게 털어놓지는 않는다. 내가 떠나는 게 우리에게 무슨 의미일지, 그걸 내가 얼마나 염려하는지도. 떠나 있는 시간이 너무 길다는 것도. 이곳이 지금까지 내가 알아온 전부라는 사실도.

"당신 얼굴. 완전히 빨갛게 달아올랐어." 그녀가 말한다.

난 이 상황이 기분 나빠. 그게 내가 당신에게 하고 싶은 말이야. 내가 말한다.

"당신은 걱정할 것 없어. 내 말 믿어."

난 당신이 이해가 안 돼. 당신은 마치 우리가 매일 이런 종류의 소식을 듣기라도 한다는 듯이, 이게 별일 아니라는 듯이 행동하고 있잖아. 내가 떠난다고! 당신 정말 이해를 못 하는 거야?

이제는 나도 내 얼굴이 달아올랐다는 걸 **느낄 수** 있다. 내 피가 쿵쿵거리며 혈관을 도는 것도 느낄 수 있다. 불쾌하다. 지금 이 순간 그녀가 느낀 첫 번째 충동이 내게서 멀어져 이곳에서 오래된 잡동사니를 정리하는 것이었다니. 난 그게 다른 어떤 사실보다도 고통스럽다. 생각하면 할수록 화가 치밀어 오른다.

"난 내가 해야만 하는 행동을 하는 거야, 알겠어? 이런 걸 계획해서 할 방법이 없잖아. 난 그냥 그때그때 상황에 반응하면서 할 일을 하고 있을 뿐이라고. 그게 다야. 당신이 그걸 이해할 수 없다면, 내가 할 수 있는 일은 없어."

나는 말한다. 앞으로 며칠이 우리 둘만 있을 마지막 시간이야. 테런스도 우리끼리 축하라도 하라고 했잖아. 둘이 함께하는 시간을 즐기면서. 그러니 최소한 노력이라도 해봐야…….

"뭘 노력해?"

나도 몰라. 내가 말한다. 둘만의 시간을 음미하기? 우린 이 시간을 최대한 활용해야 해. 이제 시간이 한정되어 있잖아. 함께 있을 시간이 얼마 없다고.

"내 머릿속에는 당신이 이해하기조차 어려울 질문과 우려와

도착

불평이 넘쳐나고 있어. 그래서 그냥 오늘 밤에는 차라리 바쁘게 움직여서 생산적인 일을 하는 게 낫겠다고 생각했을 뿐이야. 다음에는 무슨 일이 일어날지, 그리고 이 모든 일의 결과는 무엇일지 궁금해하고 있는 것보다는 나을 테니까."

어떤 질문들인데? 나는 바닥에 주저앉아 그녀를 옆으로 끌어당기며 말한다. 나도 알고 싶어. 나도 질문이 있거든.

우리 주변에는 상자와 물건 더미가 흩어져 있다. 헨은 너무나도 피곤하고 스트레스에 절은 모습이다. 나는 그녀의 무릎에 손을 얹는다.

나 당신하고 말다툼하고 싶지 않아. 내가 말한다.

"우리가 전혀 싸우지 않았던 시절이 있었는데. 처음에 말이야. 당신은 기억 못할 거야." 그녀가 말한다.

나는 그 말을 곰곰이 생각해 보지만, 아무 대답도 하지 않는다.

"그리고 사실 난 청소를 하고 싶은 것도 아니야. 그냥 바빠지고 싶었어. 적어도 지금은. 나도 모르겠어. 모든 게 내가 예상했던 것보다 빨리 일어나고 있잖아. 그렇지만 나를 더 걱정시키는 건, 이제 그가 여기 머물 거라는 소식을 들었다는 거야. 왜 더 일찍 알려주지 않았을까?"

나는 그녀에게 키스하기 위해 몸을 기댄다. 헨은 내게 입술이 아니라 뺨을 내어준다.

"이렇게 두면 객실이 쓸모가 없잖아."

나는 눈을 감고 헨에게서 몸을 떼어낸다.

지금 내 최대 관심사는 테런스가 아니야, 헨. 당신이야. 그가 여기서 편할지, 좁아서 불편할지, 난 조금도 관심 없어. 내가 말한다.

"어쨌든 오랫동안 청소를 해야지 해야지 하면서도 못하고 있었어. 우리가 그냥 가만히 앉아서 얘기만 나눠봐야 나한테는 아무 도움도 되지 않을 것 같아서 그래. 변한 건 아무것도 없어. 보면 모르겠어? 그래, 당신은 모르겠지. 그게 바로 내가 깨닫고 있는 거야. 변한 건 아무것도 없어. 적어도 내게는."

내가 말한다. 알았어. 우리가 다르다는 거 알아. 우리가 변화를 다루는 방식이 서로 다르다는 거 나도 알아. 하지만 테런스는 자기가 묵을 방이 어떤지 같은 건 신경 쓰지 않을 거야. 난 당신이 테런스 때문에 스트레스 받는 거 원치 않아.

"난 **테런스** 때문에 스트레스 받는 게 아니야! 이 모든 일이 다 스트레스야. 내 인생 자체가 스트레스야, 주니어!"

이게 바로 그가 저지른 짓이야. 우린 이런 걸 요구한 적이 없어. 나는 생각한다.

"그가 오면 여기서 지내야 하는데, 난 여기 쌓아 놓은 물건의 절반은 대체 뭔지도 모르겠어. 우린 이런 게 다 필요하지도 않잖아."

그녀의 동작은 빠르고 힘이 들어가 있다. 헨이 화났고 상심했음을 의미한다. 나는 그녀가 손에 쥐고 있는 목장갑을 바라본다.

난 손으로 많은 일을 한다. 들어 올리고 분류하는 일. 여기에 그 증거가 있다. 이 낡은 장갑. 두 달쯤 사용하고 나자 두 손바닥이 다 헤져버렸다. 나는 무엇 때문에 내가 이 장갑을 보관해 두었는지 모르겠다. 이토록 너덜너덜해진 장갑을 왜 어딘가에 넣어두었는지. 왜 보관해 두었더라?

"이것 봐. 손바닥과 손가락에 다 구멍이 났어. 그리고 냄새도 나."

안 돼. 그건 넣어둬. 헌 게 사용하기에는 훨씬 좋아. 난 새 장갑 끼는 거 정말 싫어. 내가 말한다.

"보관해 두고는 생전 사용하지도 않을 거잖아."

그건 모르는 거지. 나중에 사용할지도 몰라. 게다가 이런 물건들이 나중에 추억을 떠올리게 해.

"그래서 우리 집에 잡동사니가 이렇게 많은 거야. 그런 식으로 생각하면, 아무것도 못 버려. 정신 건강에 안 좋다고. 지금이 싹 청소해 버릴 기회야. 집안도 정리하고 버릴 건 다 버려버릴 기회. 그렇게 생각하지 않아?"

나는 이게 내 소지품과 추억을 모두 싹 쓸어버릴 기회라고 생각지 않는다. 일반적으로 기회란 어떤 게 좋은 일일 때 그렇게 표현한다. 무언가가 여기에 있고, 우리가 아직 그걸 내다 버리지 않았다면, 거기에는 다 이유가 있다.

"내 말 무슨 뜻인지 알잖아."

잘 모르겠어.

"우린 이 방에 더는 들어오지도 않아. 이 많은 상자 좀 봐. 난 이 안에 뭐가 들었는지 전혀 알지도 못해."

이걸 오늘 밤에 다 정리하겠다는 거야? 벌써 시간이 늦었어.

"아니, 나도 모르겠어. 이제 시작했잖아."

들어봐. 나는 당신이 아무것도 내다 버리지 않았으면 좋겠어. 내가 목소리를 높인다. 여기 있는 건 전부 다 내 거야. 그런데 당신이 이걸 그냥 다 버려버리면, 난 결코 알 수가 없잖아……. 뭘…… 어떤 걸…….

난 생각한 말을 끝내지 못한다. 할 말을 잃어버렸고, 내가 왜 이렇게 애착을 느끼는지도 잘 모르겠다.

나한테 이것들이 필요할지도 몰라. 알겠어? 내가 말한다.

그녀가 내 단호하고 날카로운 어조에 놀란다. 난 그 사실을 알 수 있다. 그리고 그게 나도 놀라게 한다. 평소에 난 이런 식으로 말하지 않는다.

"당신 대체 뭐가 문제야? 왜 이렇게 흥분하는 거야?"

문제 같은 거 없어. 그리고 흥분한 것도 아니야.

"흥분했어. 소리 지르고 있잖아. 대체 왜 소리를 지르는데?"

소리 지르는 게 아니라, 단지 약간 기습당한 느낌이야. 난 당신이 왜 이러는지 모르겠어. 왜 하필 오늘 밤 이러는지도 모르겠어.

"당신 좀 진정해야겠어. 나는 뭔가를 하려는 것도 아니고, 뭔가를 시작하려고 하는 것도 아니야. 그저 잡동사니를 좀 들어내고 공간을 만들려는 거야. 당신이야말로⋯."

난 오늘 밤 우리가 함께 조용하고 편안한 시간을 보낼 거라고 생각했어. 축하하면서. 아무래도 내가 꿈이 너무 컸나 봐. 당신이 여기 혼자 올라와서 이러고 있는 거나 보게 되다니. 여기 있는 모든 게 나에게는 가치 있는 물건이야. 모두 다!

헨이 일어선다. 내게서 등을 돌린다. 상자 하나를 옆으로 밀더니 옷장 안으로 들어간다.

"함께 조용한 밤을 보낸다고. 아, 옛날처럼?"

그녀의 어조에서 조롱기가 느껴진다. 조롱과 분개.

무슨 말이야?

"아니야, 됐어." 그녀가 대답하고는 다시 물건 정리로 돌아간다.

수년 동안 이 많은 게 어둠 속에 그냥 놓여 있었다. 하지만 그렇다고 쓰레기는 아니다. 이것들이 지금의 나를 정의하는 것이다. 내 추억이다. 헨이 어쩌다가 기분이 내킨다고 해서 이것들을 다 내다 버린다는 건 말이 되지 않는다.

제1막

나는 헨과 이곳에서 몇 년을 살았다. 물질 없이 내가 어떻게 정체성을 유지할 수 있겠는가? 왜 그녀는 잊고 싶어 할까? 왜 그녀는 우리를 잊고 싶어 하는 걸까?

나는 헨이 옷장 안으로 더 깊숙이 들어가려고 상자들을 옆으로 옮기면서 엎드려 고군분투하는 모습을 지켜본다. 그녀는 이미 벽에 밀어 붙여져 있던 더미에서 큰 통 몇 개와 신발 상자 두 개를 꺼내서 치워버렸다. 해가 지자 이제 방은 거의 완전히 어두워졌다. 헨이 헤드램프를 움켜쥐고 스위치를 켜지만 머리에 착용하지는 않는다. 그녀는 허리를 숙인 채 옷장 뒤편 깊숙한 곳에 숨어 있다.

"아악!" 헨이 소리 지르면서 눈을 질끈 감고 벽장에서 뛰쳐나온다.

"당신 저거 봤어? 저거. 저 안에."

나는 그녀의 헤드램프를 들고 옷장 안으로 들어간다. 램프로 구석을 비춘다. 그게 거기 있다. 낡은 셔츠 옆에 자리 잡고 있다. 빛 속에 들어가 있지만, 움직이지는 않는다.

나는 불빛을 계속 비추면서 가까이 보기 위해 허리를 구부린다. 나는 그게…… 매혹적이라고 느낀다. 생소하다.

젠장. 괴상하게 생겼어. 이런 건 생전 처음 봐.

"너무 크잖아. 갈수록 커지는 것 같아. 난 몇 년 전에 다 박멸됐다고 생각했어. 이 지역에서는 다 제거했다고 했잖아."

도착

그랬어? 난 모르겠네. 기억이 안 나.

녀석은 아무것도 하지 않는다. 미동도 없다. 난 계속 바라보고만 싶다. 그 욕구가 얼마나 강렬한지 거의 최면에 가깝다. 그것의 길고 가느다란 촉수가 경련을 일으킨다. 겁을 집어먹거나 긴장한 게 아니라, 오히려 차분하고 상황을 알고 침착하며 준비되어 있는 듯 보인다.

"딱 우리에게 필요한 거네. 침략. 분명히 애들이 벽 속으로 파고 들어갈 거야. 유채밭에서 집 안으로 들어온 게 분명해." 헨이 말한다.

침략은 무슨 침략. 딱 한 마리 들어온 건데. 내가 말한다.

"하나도 너무 많아."

왜 움직이질 않을까? 왜 도망치지 않고 숨지도 않지? 나는 생각한다.

이 커다란 벌레에서 눈을 뗄 수가 없다. 난 이 생물에 대해 아는 게 없다. 아무것도 모른다. 단 한 가지도 모른다. 어떻게 그럴 수 있지? 여기 내 집에 살고 있는데. 내가 사는 방에서 같이 살고 있는데. 그런데도 나는 전혀 알지 못했다.

"혹시 침대 밑에는 없는지 확실히 살펴봐야겠어."

그때 나는 그녀의 발이 내 등을 가볍게 건드리는 것을 느낀다.

"주니어? 당신 꼼짝도 하지 않고 빤히 쳐다보기만 하네. 뭐

하는 거야?"

나도 모르겠어. 하지만 당신은 걱정할 필요 없어. 이건 내가 알아서 할게. 내가 말한다.

"잘됐네. 난 신경 쓰고 싶지 않으니까. 오늘 밤은 이쯤하고 끝낼래. 난 가서 잘 거야. 그거 밖으로 내보내."

당신은 가서 좀 쉬어.

그녀가 방을 나갈 때도 나는 여전히 벌레만 쳐다본다. 광이 나는 검은색에 간헐적인 황색 줄무늬가 있다. 인상적인 점은, 길이가 거의 5센티미터나 된다는 것이다. 더듬이는 몸길이의 두 배쯤 된다. 가장 극적인 것은 세 개의 뿔이다. 머리 양쪽에 두 개, 중간에 하나가 위로 돌출되어 있다.

녀석이 내 쪽으로 다가온다. 장수풍뎅이. 맞다. 그게 사람들이 녀석을 부르는 명칭이다.

헨이 문간에서 뭐라고 중얼거리지만 난 알아듣지 못한다.

나는 돌아보지 않고 말한다. 알았어. 당신은 걱정할 필요 없어. 이건 내가 알아서 할게.

♦♦♦

　나는 알람이 울리기도 전에 깨어났다. 헨 옆에 그대로 잠시 누워 있었다. 우리 둘뿐이었다. 헨은 코를 골지는 않지만, 숨소리를 들어보니 세상모르고 잠들어 있다. 입은 벌어져 있다. 나는 몸을 기울여 그녀의 이마에, 왼쪽 눈썹 위의 부드러운 부분에 키스한다. 그녀는 입을 닫고 침을 한 번 삼키지만, 눈을 뜨지는 않는다. 나는 일어나 아래층으로 향한다.

　어젯밤 장수풍뎅이를 보고 나서 어쩐 일인지 기운이 나고 머리도 맑아진 것 같더니, 이제 자아도취적이고 강박적인 신경증에서 벗어난 것 같다. 나는 그게 왜 거기 있었는지, 무엇을 하고 있었는지는 물론, 그것에 관해 아무것도 이해할 수 없다. 어디서 들어온 것일까? 그 어두운 벽장에서 어떻게 혼자 살아남았던 것일까? 거기 얼마나 있었을까? 왜 움직이질 않았을까? 왜 도망치지 않았을까? 자기 자신을 자각하고 있기는 할까? 이 모든 모호함이 나를 두렵게 하면서 편안하게 한다.

　나는 한동안 그것을 바라보았다. 얼마나 오래였는지는 모르겠지만, 그것을 관찰하고 있었다. 그러다가 잠자리에 들었다.

나는 푹 자고 일어났지만, 자면서도 헨이 밤새도록 뒤척이는 걸 느꼈다. 그녀는 일어나 앉았다가 다시 눕기를 반복했다. 마치 우리의 밤 역할이 뒤바뀐 듯했다. 한밤중에 창가에 서서 헛간과 뒤뜰을 내려다보는 그녀의 모습을 보았던 게 기억난다.

가여운 헨. 그녀에게는 힘든 일일 것이다. 커피가 내려지도록 설정한 후, 나는 스크린을 가지고 자리에 앉아 하릴없이 서평한다. 잠시 후 냉장고에서 치즈 한 조각을 꺼내 먹고, 일기예보를 켠다. 더 뜨거운 햇살과 더위가 예고되어 있다. 더 높은 습도도. 자외선이 또 극심한 하루다. 일기 예보에서는 매일 그렇듯이 저녁에 천둥 번개가 칠 확률을 40퍼센트로 예측한다.

헛간에 가서 닭들을 살피고 집안일도 해두어야겠다. 이처럼 무더운 날에는 일을 이르게 끝낼수록 좋다. 나는 헨에게 줄 커피 한 잔을 따라 다시 위층으로 올라간다. 그녀는 방에 없다. 샤워 소리가 들린다. 나는 욕실 문을 열고 머리를 들이민다.

난 이제 일하러 나가려고. 잠은 잘 잤어? 내가 말한다.

그녀는 대답하지 않는다. 물소리 때문에 내 말을 못 들었을 것이다. 아마 머리에 샴푸 칠을 하고 있을지도 모른다. 나는 아무것도 넣지 않은 그녀의 블랙커피를 세면대 옆에 내려놓는다.

그럼 난 일하러 갈게. 내가 말한다.

대답이 없다.

도착

♦♦♦

보통 공장에서 근무를 마치고 나면 난 집에 돌아가려고 매우 서두르지만, 오늘은 그러지 않는다. 얼마나 될지는 모르겠지만, 어쨌든 한동안 내가 마지막으로 헨과 단둘이 지낼 수 있는 밤일 테니 서둘러 돌아가는 게 맞을 테지만 내키지 않는다. 이유는 설명하지 못하겠다. 단지 아직 집에 돌아갈 준비가 안 되었을 뿐이다.

이거 해라 저거 해라 잔소리하는 사람도 없고 어디로 가야 할지 참견하는 사람도 없이, 그냥 운전을 위한 운전을 하며 기분전환 삼아서 정처 없이 차를 몰고 돌아다니고 싶은 기분이다.

헨은 늘 내가 집에 있을 때면 해야 할 일을 일러준다. 시간이 나면 틈틈이 해결할 수 있는 소일거리를. 그녀는 내가 빈둥거리는 것을 좋아하지 않는다. 난 집 안팎에서 온갖 것을 다 수리하는데, 심지어 별로 하고 싶지 않은 일도 다 도맡는다. 따라서 내게 할 일도 어떤 목적도 없다는 건 매우 드문 일이다.

나는 헨에게 메시지를 하나 보낸다.

회사에 생각보다 늦게까지 남아 있어야 할 것 같아. 밥은 집에 가면 먹을게. 당신은 기다리지 말고 먼저 먹어.

나는 거짓말을 좋아하지 않는다. 특히 헨에게 거짓말이라니. 나는 거의, 아니 절대로 헨에게 거짓말하지 않는다. 하지만 어쨌든 이건 사소하고 보잘것없는 거짓말이다. 거시적인 관점에서 보자면 중요하지도 않다. 게다가 그녀를 위한 거짓말이다. 만약 헨이 진실을 알게 된다면 감정이 상할 수도 있지 않은가.

이 부근의 많은 도로는 금이 가고 부서지고 거의 분해될 정도로 방치되어 있다. 그래서 조심해야 한다. 아마 보수할 예산도 없고, 설사 예산이 있다고 하더라도 실제로 보수되도록 신경 쓰는 사람도 없을 것이다. 인근의 도로는 많이 사용해서가 아니라 방치 때문에 낡았다.

테런스는 계속해서 내게 흥분해야 한다고, 이런 일생일대의 기회를 맞이한 것에 전율해야 한다고 말했다. 하지만 난 전혀 흥분되지 않는다. 이 기회는 하나의 시작이다. 나도 머리로는 그것을 이해한다. 그런데 왜 심정적으로는 시작이 아니라 끝처럼 느껴질까?

어쩌면 내 문제일지도 모르겠다. 나한테 뭔가 문제가 있을 수도 있다.

도착

나는 즉흥적으로 길가에 트럭을 세우고 차에서 내린다. 하늘에는 불그스름한 분홍빛에 흐릿하고 가느다란 구름이 줄무늬를 그려놓았다. 빛바랜 해는 뉘엿뉘엿 넘어가고 있다. 아름다운 풍경이다. 나는 바로 이 들판을 거닐고 싶은 묘한 충동을 느낀다. 그저 내가 그렇게 할 수 있기 때문이다.

유채꽃이 꽃망울을 터트리기 시작했다. 들판의 유채는 내 키보다도 한 자쯤 더 커서, 마치 내가 물속에 있는 듯한 느낌이 든다. 노란색이 너무도 밝아서 거의 형광색처럼 보인다. 소리도 들리는데, 거의 감지할 수 없을 만큼 작지만, 아주 가까이 다가가면 들을 수 있다. 절지동물이 부드럽게 윙윙거리는 소리다.

나는 내가 무언가를 찾아다닌다고 생각지는 않는다. 단지 들판으로 더 깊이 들어가고 있을 뿐이다. 유채꽃이 나를 쓰다듬는다. 이제 난 트럭이 보이지 않을 만큼 깊숙이 들어와 있다. 이 안에서 유채꽃에 덮여 숨으니 기분이 좋다. 내가 어디 있는지 아무도 모른다. 나는 내키는 대로 부츠와 양말을 벗어서 한 손에 집어 든다. 맨발에 흙이 닿는 느낌이 좋다.

날은 점점 어두워지지만, 난 아직도 돌아갈 준비가 되지 않았다. 어쩌면 불가피한 일을 계속 미루고 있는지도 모르겠다. 나는 신발을 들지 않은 손으로 유채꽃 줄기를 옆으로 벌리면서 계속 천천히 똑바로 앞만 보며 걷는다.

가는 동안 주기적으로 멈춰 서서 하늘과 황혼을 올려다본다. 또 하루가 갔다. 그때 나는 내 위로 남쪽 하늘을 온통 뒤덮은 그것을 본다. 이제는 냄새도 맡을 수 있다. 연기다.

연기가 짙은 구름 속으로 자욱하게 피어오른다. 나는 천천히 뛰다가 전속력으로 달리기 시작한다. 연기가 갑자기 사방에서 피어오르더니 하늘을 가득 덮는다. 이 정도의 연기를 피워 올리다니 엄청난 불꽃이 타고 있는 게 분명하다. 이 들판에는 창고가 하나 있다. 그게 불타고 있는 게 분명하다.

나는 이러한 오래된 헛간들이 지금과는 상황이 달랐던 과거의 삶을 떠올리게 하는 물리적인 상기물이라는 말을 들은 적이 있다. 그것들은 유지 보수가 필요하다. 복구되어야 한다. 이 들판에 있는 것이 불타서 없어져 버린다면 그 자체가 비극일 것이다. 또 하나의 헛간이 사라지는 것이다. 나는 셔츠를 벗어서 마스크처럼 얼굴을 감싸 묶는다. 연기 때문에 앞을 볼 수가 없다.

헛간 화재는 지난 1년 사이에 더 흔해졌다. 누가 불을 지르는지는 아직 논쟁 중이다. 땅을 잃은 예전 농부들이 항의하는 의미로 불을 놓는 것일까, 아니면 유채 기업들이 더 많은 토지를 차지하려고 남아 있는 헛간들을 태우는 것일까? 범인이 누구든 간에 잘하는 짓은 아니다. 이 주변에서 화재는 위험하다. 며칠 내내 퍼져 나가면서 탈 수 있기 때문이다.

도착

앞쪽 멀리서 그것이 눈에 들어온다. 헛간이 완전히 화염에 휩싸여 있다. 열기가 엄청나다. 내가 도울 수 있을 것 같기도 하다. 어떻게든 불을 끄거나, 적어도 도움이 도착할 때까지 불길을 통제할 수 있을 것이다.

이럴 줄 알았으면 그냥 집에 가서 헨과 저녁 시간을 보냈어야 했는데. 이곳으로 온 건 실수였다. 상황이 좋지 않다. 하지만 어쨌든 난 여기 있지 않은가. 인제 와서 상황을 바꿀 수는 없다. 이번 주 전이었다면, 나는 그냥 돌아서서 도망쳐 버렸을 것이다. 이제는 상황이 달라졌다. 근래 들어서 난 의무감이 커지고 있었고, 이것 역시 내 의무가 될 수 있다. 방관자가 될 수는 없다. 용감해져야 한다. 상황을 통제해야 한다. 행동해야 한다. 나는 숨을 들이마시고 불길을 향해 달려간다.

예닐곱 걸음쯤 나아갔을 때, 무언가가, 또는 누군가가 내 뒤통수를 후려친다. 나는 속수무책이 되어 얼굴을 바닥으로 향하고 고꾸라진다. 어깨가 뭔가 단단한 것, 바위 같은 것에 부딪힌다. 나는 이마를 바닥에 내리 꽂으며 완전히 나가떨어진다. 무언가, 혹은 누군가가 내 위로 온 무게를 실어 덮치는 게 느껴진다. 나는 숨을 헐떡인다. 움직일 수가 없다.

무슨 일이지? 내 위에 있는 건 사람이다. 사람이 이곳에 나와 함께 있는 것일까? 누구지? 누가 이런 짓을 했을까? 누군가 날 미행해 온 게 분명하다. 통증이 따끔거리고 심하게 쑤신다.

피맛이 느껴진다. 쓰러지면서 입술이 터진 것 같다. 난 침을 뱉으려고 하지만, 얼굴이 바닥에 너무 가까이 있다. 등에 무릎이나 팔꿈치가 얹혀서 나를 꼼짝 못 하게 찍어 누르고 있다. 난 시력을 안정시키려 애써 보지만, 할 수가 없다. 눈이 적응하는 데 시간이 걸린다. 나는 앞에 있는 남자를 볼 수 있을 만큼 고개를 바닥에서 들어올린다. 그는 내 몸을 바닥으로 찍어 누르는 사람이 아니다. 양복 차림에 장갑을 낀 남자다. 그가 누군가 다른 사람과 이야기하고 있다.

"움직이지 말아요. 그대로 누르고 있어요. 이 사람 움직이지 못하게 해요." 그가 말한다.

이번에는 나를 붙잡고 있는 사람이 말한다. "어쩔 수 없었어요. 선택의 여지가 없는 상황이라서요."

"이건 당신을 보호하려는 거예요." 양복 차림의 남자가 목소리를 낮추면서 이번에는 나에게 말한다. "난 당신이 불길 속으로 뛰어드는 줄 알았거든요. 우린 당신을 잃을 위험을 감수할 수 없었어요."

난 이토록 격렬한 화재는 본 적이 없다. 일어나려고 애써보지만 그럴 수가 없다. 허리에 가해지던 압박이 조금 약해지는 것이 느껴진다. 남자가 더는 나를 내리누르지 않지만 고통이 너무 심하다.

"움직이지 말아요. 그대로 엎드려 있어요."

도착

아픈 건 내 어깨다. 무감각하면서 동시에 욱신거린다.

나 좀 일으켜 줘요. 나는 불길을 바라보며, 그 열기를 느끼면서 말한다.

땀이 눈 속으로 흘러들고, 마른 땅으로 떨어져 내린다. 어지럽다. 더는 앞을 볼 수 없다. 난 눈을 감는다. 고개가 절로 꺾인다.

"걱정하지 마세요." 양복 입은 남자가 말한다. "우리는 당신을 보호하기 위해 여기 있는 겁니다."

제1막

◆◆◆

난 공포에 질려 깨어난다. 극도의 두려움이 느껴진다. 혀가 무겁고 거추장스럽다. 침을 삼키기가 어렵다. 내 눈이 마치 곤충처럼 방안 이곳저곳을 배회하며 정보를 받아들이는 게 느껴진다. 이곳이 어디고 이 사람들은 누군지 전혀 모르겠다.

"주니어? 정신이 들어?"

나는 정신을 차리려고 애쓴다. 서서히 주변이 눈에 들어온다. 여긴 우리 집이다. 그건 알겠다. 그래도 무슨 일이 일어났는지, 내가 어떻게 집까지 왔는지는 모르겠다. 난 들판에서 일어났던 그 충격적인 사건들이 뒤틀린 악몽이 아니라 현실이라는 것을 깨닫는다. 내 현실. 입안이 바싹 말라 있다. 나는 고통과 소동, 연기, 그리고 양복 차림의 남자 외에는 별로 기억나지 않는다. 그가 나를 붙잡아 찍어 누르고 있었다. 화재였다. 실제로 화재가 일어났다는 사실이 믿기지 않는다. 맹렬히 타오르던 불길.

거실 창문을 마주 보는 의자 등받이는 눕혀져 있고 나는 거기 기대어 앉아 있다. 헨이다. 그녀가 선 채로 나를 내려다보며 말하고 있다. 나는 셔츠를 입고 있지 않다. 셔츠는 어디 갔지? 내 쪽을 향해 놓은 선풍기가 돌아간다. 왜지? 내가 더운가? 잘 모르겠다. 나는 일어서려 하지만, 다리가 후들거린다.

"안 돼. 안 돼. 기다려. 앉아 있어."

어떻게 된 거야?

"당신 엄청난 밤을 보냈어. 여러 사람 걱정시켰다고." 헨이 말한다.

글쎄, 잘 기억이…… 전부 다 기억나지는 않아. 순간순간은 기억나지만…… 내가 어떻게……. 내가 말한다.

"집에 왔느냐고? 기억 안 나?"

응.

"당신, 사고를 당했어. 좀 다치기는 했지만, 어쨌든 괜찮을 거야. 내가 물 좀 가져다줄게."

그녀가 나를 떠나 부엌으로 간다. 나는 방을 둘러본다. 뭔가 달라진 듯하지만, 헨이 가구 한 점을 다른 곳으로 옮겨 놓기라도 한 듯이 딱히 어디가 달라졌는지는 말할 수 없다. 화장실 물 내리는 소리가 들린다. 위층에서. 헨이 부엌에 있다면, 화장실에 있는 건 누굴까? 나는 우리 둘뿐이라고 생각했다. 나와 헨.

"좋은 아침입니다, 주니어. 깨어난 모습을 보니 좋네요. 소식을 듣자마자 바로 달려왔어요. 세상에. 당신 때문에 우리가 얼마나 놀랐는지 모를걸요. 몸 상태는 어때요?" 테런스는 계단을 내려오며 묻는다. 그가 바지에 손을 문지르며 내 앞에 선다.

몸은 괜찮아요. 그렇게 나쁘지 않네요. 자세한 일들은 멍하니 기억이 안 나요.

테런스가 가까이 다가오는 동안, 그의 미소가 흐려진다.

"이게 일부러 저지른 짓이 아니었으면 좋겠네요, 주니어. 정말로 그건 아니길 바라요. 다친다고 해서 이미 결정된 정착지 관련 일정이 달라질 건 없어요. 그거 알고 있죠?"

뭐라고요? 당신은 내가…… 내가 일부러 이렇게 했다고 생각하는 겁니까? 난 심지어 무슨 일이 있었는지조차도 몰라요.

테런스의 미소가 사라질 때만큼이나 빠르게 돌아온다.

"좋아요. 아주 좋아요." 그가 긴 숨을 들이마신다. "의사가 당신 상태를 검진했어요. 그렇게 빨리 의사를 불러올 수 있었던 건 정말 운이 좋았어요."

의사? 의사가 여기 왔어요?

"네. 한 시간쯤 전에 갔어요. 당신은 자고 있었고요. 그래도 휴식을 취해서 다행입니다."

우린 보험이 없어요. 그거 알아요?

"그건 처리됐어요. 당신은 우리 책임이니까요. 부상이 심각하긴 하지만 더 심하지 않아서 다행이에요. 한동안 그 팔은 사용할 수 없을 겁니다. 그리고 이 안락의자에 익숙해져야 할 거

도착

예요."

왜요?

"당신은 누워서 잘 수 없으니까요. 의자를 45도 정도까지 기울일 수는 있지만, 딱 거기까지예요. 통증은 어때요?"

내가 누워서 잘 수 없다고요?

"네. 의사가 아주 간단한 수술을 했고⋯⋯."

수술이요?

"네. 당신의 어깨에. 힘줄에 했는데, 아주 잘됐어요. 의사가 그 붕대를 감았어요. 계속 덮어 두라고 했어요. 완전히 회복되면 멀쩡해질 겁니다."

난 거의 느낌이 없어요. 어깨 말이에요. 아무 느낌도 없어요. 무감각한 것 같아요.

"의사가 약을 처방해서 그래요. 앞으로 일주일 정도는 계속 복용해야 합니다. 약은 나에게 맡기고 갔어요. 기분은 어때요, 주니어? 괜찮은 거죠?"

목이 마르지만, 그것 말고는 꽤 좋아요.

"그 말 들으니 기쁘네요. 우린 할 일이 산더미예요. 당신과 나 말이에요."

헨이 물잔을 가지고 돌아와서 내게 건네준다.

"무슨 얘기 했어요?" 그녀가 묻는다.

나는 그녀를 올려다보지만, 그녀는 테런스를 바라보고 있다.

"주니어가 기억 못 하는 부분을 들려주고 있었어요. 부상에 관해서요." 그가 말한다.

그러니까 점차 좋아질 거라는 거죠? 나는 오랫동안 만족스럽게 물을 마시고 나서 묻는다. 내 어깨 말이에요.

"물론이에요. 걱정하지 않아도 됩니다. 편히 쉬면서 무리하지 않으면, 머지않아 정상으로 돌아올 겁니다."

이 의자에서 어떻게 잠을 자야 할지 모르겠네요.

"누가 알겠습니까? 여기서 잠을 더 잘 자게 될지. 여기가 위층보다 훨씬 시원할 테니까요."

미안하지만, 난 당신이 여기 왜 와 있는지 아직 잘 모르겠어요. 내가 고통에 안간힘을 쓰면서도 어떻게든 일어나 앉으려 애쓰면서 말한다. 걱정해 주는 건 고맙지만, 다른 무엇보다도 난 몸을 회복해야 해요. 그리고 지금은 헨과 내가 단둘이만 지내기로 되어 있는 시간이잖아요. 우리 둘만 지낼 수 있는 마지막 며칠이라고요…….

"당신은 몇 년 전부터 최종 후보에 뽑힐 수도 있다는 사실을 알고 있었잖아요, 주니어. 그동안 그 모든 날을 아내와 함께 지냈어요. 함께 지내면서 좋은 시간을 보냈을 거 아닙니까. 하지만 이제 우리가 해야 할 일이 있잖아요. 앞으로 좋은 날이 될 겁니다. 내가 약속해요. 어쨌든 당신이 반드시 해야 할 일이기도 하고요."

도착

하지만 난 심각하게 다쳤어요. 당신 입으로 그렇게 말했잖아요. 그러면 상황이 바뀌어야 하는 거 아닌가요? 이 상황에 제동을 좀 걸면 안 될까요?

"미안하지만, 일정은 이미 정해져 있어요."

하지만 지금은 불편하거나 스트레스 받는 일이 일어나서는 안 되는 거 아닌가요? 나는 묻는다.

"가능한 한 방해하지 않을게요. 실은 그게 전체 목표이기도 합니다. 쓸데없이 관심 끌지 않기. 조용히 섞여들어 가기. 그러면서 함께 대화할 시간도 가질 겁니다. 하지만 여전히 혼자서 많은 시간을 보낼 수 있습니다. 난 뭔가를 요구하기 위해 여기와 있는 게 아니거든요. 관찰하러 왔습니다."

뭘 관찰합니까?

나는 헨이 내 의자 가까이 다가오는 것을 느낀다. 덕분에 기분이 좀 좋아진다.

"우린 모든 걸 논의할 겁니다."

무슨 뜻인지 말씀해 주세요. 내가 어깨를 문지르며 요구한다. 뭘 관찰한다는 겁니까?

그가 혀로 윗니를 훑으며 예의 그 미소를 번쩍인다.

"언제나와 마찬가지죠. 당신이요."

♦♦♦

이건 나를 극도로 불편하게 하는 익숙한 상황이다. 우리 셋, 나와 헨과 테런스는 거실에 앉아 있다. 테런스는 자신이 왜 이곳에 다시 왔으며, 다음에는 무슨 일이 일어날지, 모든 것을 설명하겠다고 약속했다. 내가 그것을 요구했기 때문이다. 더는 에두르거나 모호하게 언급하지 말라고 경고도 했다. 나는 그의 애매한 설명을 듣고 있을 기분이 아니다.

테런스는 어쩐 일인지 더 흥분해서 안절부절못하는 것 같다. "주니어. 당신은 곧 떠날 겁니다. 그건 확실해요. 우리는 주니어가 안전하고 건강하게 돌아올 수 있도록 할 수 있는 모든 걸 할 겁니다, 헨리에타. 돌아와서 당신과 남은 생을 함께할 준비를 할 수 있도록. 이제 두 사람이 헤어지겠지만, 그건 일시적인 거예요."

헨과 나는 잠시 서로를 바라보다가 다시 테런스를 바라본다. 이제 그녀의 차례다. 이쯤에서 헨이 끼어들어야 한다. 나는 그녀가 너무도 당연한 질문을 던지리라 기대한다. 나는 얼마나 오래 떠나 있게 될까? 하지만 헨은 묻지 않는다. 그녀가 묻지 않는다는 사실이 나를 괴롭힌다.

테런스는 계속 말을 잇는다. "이번 정착에는 어느 정도의 위험이 수반되지만, 안전과 전반적인 복지도 보장합니다. 그게 우리의 가장 큰 관심사죠. 이 사실은 아무리 강조해도 부족함이 없을 겁니다. 초반부터 부주의는 용납될 수 없다고 결정됐어요. 연구나 결과보다, 추첨에서 뽑힌 사람들을 잘 돌보는 것이 가장 중요한 사안이죠. 절 믿으셔야 해요. 아셨죠? 이건 친구로서 하는 말입니다."

당신은 내 친구가 아니야. 나는 생각한다.

그건 너무 당연해서 언급할 가치도 없는 거잖아요. 당연히 당신이 내 안전을 보장해야죠. 난 나보다는 헨이 더 걱정돼요. 내가 말한다.

"물론입니다. 그리고 저는 단지 주니어 당신의 복지만을 언급한 게 아닙니다. 당신은 떠나는 사람이지만, 우리에게는 두 분이 똑같이 이 프로젝트의 일부입니다. 두 분은 가족이에요. 이 일은 당신에게 영향을 미치는 만큼 헨에게도 영향을 미치죠. 이건 공동 사업입니다. 두 사람 공동의 복지는 우리가 전적으로, 그리고 매우 진지하게 받아들이는 의무입니다."

그렇군요. 그래서 당신이 말하고자 하는 바가 뭔가요?

헨이 신경질적으로 손톱의 군은살을 잡아 뜯는다. 안 좋은 징조다.

"당신이 떠나고 나면, 두 분 다 자신만의 도전을 하게 될 겁니다. 헨리에타도 역시 우리의 책임이죠."

그가 헨을 바라보며 그쪽으로 관심을 돌린다.

"우리는 당신을 걱정하고 있어요, 헨리에타. 여기 있는 당신의 남편만 우리의 관심사인 것은 아니에요."

"그런가요?" 그녀가 말한다.

테런스는 손으로 가리고 기침을 한다. 그가 다시 말을 시작하지만, 이번에는 마치 내가 여기 없는 것처럼 헨을 겨냥해서 그녀에게만 집중적으로 말한다. "최종 후보 명단에 들어간 가족들 중에서 오직 한 세대만이 사랑하는 사람이 떠나고 나서도 의지할 수 있도록 특별 지원을 받습니다. 추첨은 무작위이지만, 이 부분은 아니에요. 헨, 당신은 혼자가 아닙니다. 알겠죠? 당신은 혼자였던 적이 없어요. 그리고 앞으로도 혼자가 아닐 겁니다."

어깨에 찌릿한 통증이 느껴지더니 뱃속도 찌르르하다. 나는 반대쪽 손으로 어깨를 움켜잡는다.

얼마나 오래, 내가 얼마나 오래 떠나 있어야 하는 겁니까? 내가 말한다.

"주니어는 오랫동안 떠나 있을 겁니다." 테런스는 헨에게 말한다. "우리는 몇 달이 아니라, 몇 년을 이야기하는 거예요. 그

도착

리고 솔직해지자고요. 두 분은 가까운 곳에 지원 체계라고 할 만한 걸 가지고 있지 않아요. 고립되어서 살고 있잖아요. 둘 다 근처에 가족도 없죠. 우린 이게 두 분의 결혼 생활에 어떤 짐이 될 수 있는지 이해합니다. 주니어는 그 여행에서 자신이 필요한 것들에 직면할 테지만, 당신도 이곳에서 남편을 기다리며 계속 삶을 영위해 가는 동안 역시 나름의 요구사항들과 맞닥트릴 겁니다."

헨은 아무 말도 하지 않는다. 단지 그를 빤히 쳐다보기만 한다.

갑자기 생각 하나가 떠오른다. 어쩌면 내가 오해했을 수도 있다. 지금 테런스는 헨도 같이 가는 거라고 말하는 걸까? 그들이 우리가 함께 가는 게 더 합리적이라고 결정했다고? 그 생각을 하자 갑자기 온몸으로 온기가 전달되는 것 같다. 정말 기분 좋은 전망이다.

"우리는 많이 조사하고 분석했습니다. 헨은 정확한 귀환 날짜를 모르기 때문에, 여기서 삶을 살아가기가 더 힘들 거예요. 우리는 당신이 여기 홀로 앉아서 기다리고, 바라고, 궁금해하면서 미쳐가는 것을 절대 바라지 않습니다. 많은 지원에 둘러싸여 있는 도시 사람보다 당신이 견뎌내기가 훨씬 힘들 거예요. 그러니 가능한 한 평범해지려 노력하면서, 계속 당신의 삶을 살아가야 합니다."

헨이 손톱 뜯던 것을 멈춘다. "평범해져요? 나더러 평범해지라는 거군요. 알았어요. 평범해질게요."

테런스는 그녀의 에둘러 말하는 어조를 알아듣지 못하는 듯하다.

내가 말한다. 지금 내 아내더러 평범해지라고 하는 거군요. 전혀 평범하지 않은 비정상적인 방법으로 나를 멀리로 데려가려 하면서 말입니다. 지금 아내가 당신에게 무슨 말을 하려고 하는 건지 이해 못 하는 거죠? 지금 이 상황에 평범한 구석이라고는 없어요.

"물론 알고 있습니다. 하지만 우리는 당신의 출발이 유발하는 충격을 줄일 겁니다. 그리고 이제 우리는 도움이 되는 기술적 수단도 가지고 있어요."

헨은 반응하지 않는다. 왜 더 항의하지 않는 걸까? 아니면, 왜 질문이라도 더 하지 않는 걸까? 뭔가 더 듣기 위해 기다리고 있는 걸까, 아니면 너무 어이가 없어서 아무 말도 할 수 없는 걸까? 헨이 이런 식으로 경직되어 조용하고 폐쇄적으로 굴 때면 대체 무슨 생각을 하고 있고 어떤 기분인지 알 수가 없다. 난 헨이 이런 상태가 되는 것이 싫다. 이해할 수 없기 때문이다. 내 입장에서는 너무 부당하고 유치하다.

"홀로 남는다는 건, 정말 힘든 일입니다. 어느 정도 좋은 면도 있지만 시기가 길어지면 그렇지 않죠. 게다가 홀로 있는 게

도착

익숙하지 않다면 더욱더. 이곳에서 헨의 삶은 당신과 함께해 왔어요, 주니어. 하지만 우리는 당신이 없는 동안 그녀가 홀로 있지 않도록 할 겁니다. 그게 엄청난 차이를 만들 거예요."

좀 더 이해할 수 있게 설명해 주세요. 헨이 홀로 있지 않도록 하겠다는 말은, 그녀가 사람을 고용할 수 있게 해준다거나, 뭐 그런 걸 의미하는 건가요?

그가 헨을 흘깃 바라보며 껄껄 웃는다. "아니요. 그런 게 아닙니다. 그보다 훨씬 나은 거예요. 뭐가 어디까지 가능한지 알게 되면 깜짝 놀랄걸요. 이건 VR, 즉 가상현실의 정점기였던 30여 년 전에 시작되었지만, 그동안 VR은 자연스럽게 도태되었죠. 아시다시피 그건 구식입니다. 이건 가상현실 다음 단계의 일이고, 모든 면에서 충분히 보증됩니다.

아내를 몇 달이고 VR 포드에 넣어 둘 수는 없어요. 평상시처럼 지낼 수 있는 것도 아니고, 살아 있는 것도 아니잖아요. 그건 혼수상태고……. 내가 말한다.

"당연히 아니죠! 우리가 헨에게서 남편을 빼앗아가는 거잖아요. 우리가 하려는 건 공정하고 자연스러운 일입니다."

좋아요. 그럼 그게 대체 무슨 의미인데요? 내가 말한다.

"그건 우리가 당신을 대체하리라는 의미예요."

♦♦♦

나는 그를 한 대 치고 싶다. 그의 얼굴에 주먹을 한 방 먹이고 싶다. 코를 부러트리고 싶다. 이건 내가 예상했던 것과는 완전히 다르다. 지난 며칠 동안, 그리고 지난 2년 동안, 나는 많은 가능성과 다양한 시나리오를 고려해 봤지만, 이건 아니었다. 이건 고려 사항이 아니었다.

안 돼. 이 개자식. 나는 말한다.

"주니어. 이러지 마." 헨이 부른다.

"주니어. 좀 진정해 보세요." 테런스도 말한다.

진정은 무슨 빌어먹을 진정! 지금 그게 정확히 무슨 말인데?

"일단 내 말을 좀 들어봐요. 우리는 당신이 남기고 갈 공백을 메우기 위해 대체품을 개발하고 있어요. 다른 사람이 아닙니다. 진짜 사람도 아니에요. 생체역학적 복제물입니다. 그 복제물이 여기 살 겁니다. 헨리에타와 함께. 그게 당신이 하던 일을 할 거예요. 본질적으로는 당신이 될 테고요."

도착

아니. 난 그게 좋은 생각이라고 생각지 않아. 마음에 안 들어. 내가 말한다.

"이이가 받아들이기에는 너무 벅찬 일이에요." 헨이 말한다.

"아내를 생각해 봐요, 주니어. 이게 다른 대안보다 훨씬 나아요. 당신은 외진 곳에 살고 있어요. 아내가 그 긴 시간 동안 정말 혼자 있기를 바라는 건가요? 누군가 여기로 와서 그녀를 해치려 한다면? 그때는 어쩔 건가요? 그 복제물이 헨을 위해 이곳에 있을 겁니다. 그건 당신과 똑같을 거예요. 상상할 수 있는 모든 면에서 동일할 겁니다. 당신이 있던 이곳에서 당신의 자리를 지키고, 당신의 아내가 상황을 극복하도록 도울 거예요. 그리고 당신이 돌아오면······."

이건 미친 짓이야. 정신 나간 짓이라고. 그게 나처럼 될 수는 없어. 말도 안 되고 불가능해. 내가 말한다.

"그렇지 않아요. 당신이 상상할 수 있는 것보다 훨씬 더 가능성이 있습니다. 그 대체물은 당신과 똑같을 거예요."

"당신과 똑같대. 모든 면에서. 물론 상상이 안 되기는 해." 헨이 말한다.

난 이 상황이 도저히 이해되지 않아. 그게 진짜예요? 그 대체물이라는 거? 인간은 아니라고 했잖아요. 그럼 도대체 뭔데요?

"복잡합니다. 제가 엔지니어는 아니지만, 대충 설명해 보자면, 그건 최신 컴퓨터 소프트웨어로 설계되었고, 3D 프린터를 사용해서 제작되었어요. 우리는 약 10년 동안 시제품 작업을 해왔습니다. 대단히 놀라운 결과물이죠. 당신도 차이를 말할 수 없을 거예요. 심지어 헨도 대체물과 당신 사이에서 차이를 찾아내지 못할 겁니다. 구분되는 점이 없어요. 어떤 식으로든 다른 점이 없죠.

말도 안 돼. 나와 닮은 로봇이 여기서 아내와 함께 살게 하고 싶지 않아요.

"그건 로봇이 아니에요. 새로운 종류의 자기 결정 능력을 갖춘 생명체이고, 고급 자동화 컴퓨터 프로그램입니다. 생명과 과학의 융합체죠. 원하신다면, 부피와 신체가 있는, 살아 있는 조직을 가진 매우 정교하고 역동적인 홀로그램으로 생각해도 좋을 겁니다. 과거였다면 당신은 헨에게 사진을 남겨 놓고 떠났을 테죠. 이게 그다음 단계예요."

나는 헨을 바라본다.

당신은 어떻게 생각해? 나는 묻는다.

"믿기도 어렵고 이상하고 깜짝 놀랄만한 얘기 같아. 그러니 당신 귀에는 더 이상하게 들리겠지."

"이 일에 관한 한 날 믿어야 해요." 테런스가 말한다.

나한테 선택의 여지가 있어요? 우리가 이걸 거절할 수 있는 겁니까? 우리가 이 대체물을 원하지 않는다고 결정하면 어떻게 되는 건데요?

"이게 얼마나 대단한지 정말 모르겠어요? 이제부터 헨에 관해서는 아무 걱정도 할 필요가 없어지는 겁니다. 헨은 우리가 잘 돌보리라는 걸 알 테니, 본인의 여행에만 집중할 수 있잖아요. 그리고 당신이 돌아오면, 아예 떠나지도 않았던 것처럼 모든 게 전과 마찬가지로 계속될 거예요."

"맞아." 헨이 말한다. 그녀의 목소리에서는 좌절감이 뚜렷이 묻어난다. "이제부터 당신은 내 걱정 할 필요가 없어."

"개발은 이미 시작되었어요. 그리고 그걸 끝내기 위해서는 두 분의 도움이 필요합니다. 특히 당신의 도움이요, 주니어."

그래서 당신이 여기 머무르는 거군요, 그렇죠? 그 대체물과 관련 있는 거죠?

"예, 맞아요. 난 정보를 수집하고 관찰하고 모으기 위해 여기 있습니다. 내가 관찰해서 모으는 당신에 관한 정보가 우리 프로그램, 다시 말해, 우리가 만든 대체물이 정말 현실적이고 실제 인간과 같은지 확인하게끔 도울 테니까요. 우린 이미 당신의 화상 통화를 모두 문서로 만들어놓았는데, 그것도 아주 좋은 시작이지요. 하지만 주니어, 내가 여기 있는 동안에는 우리가 만든 대체물이 당신의 대역배우인 것처럼 생각해 줬으면 좋겠어요. 둘 다 연극에 나오는 배우인 것처럼 말입니다. 그리고 당신 자신에 관해 가능한 한 모든 걸 내게 말해 주셔야 해요. 그러면 정말 도움이 될 겁니다. 모든 세부적인 사항이 중요해요. 예를 들어, 어제 아침으로는 뭘 먹었나요, 주니어?"

꺼져버려. 내가 말한다.

"주니어, 부탁이에요. 어서요. 당신의 아침 메뉴요. 어제. 뭘 먹었죠?"

헨이 그를 도와주라는 신호로 내게 고개를 끄덕인다. 아내를 위해서, 결국 난 그렇게 한다.

커피, 토스트. 내가 말한다.

그가 스크린에 무언가를 입력한다.

"봤죠? 그렇게 어렵지 않잖아요. 이런 식으로 도와주면 됩니다. 사소해 보이지만, 그렇지 않거든요. 당신의 기분, 생각 같은 모든 사소한 것들이 차이를 만들 거예요."

"난 바람 좀 쐬야겠어." 헨이 말한다. 그녀는 누구의 대답도 기다리지 않는다. 그냥 일어서더니 바쁘게 방을 가로질러 현관으로 나가 버린다.

"주니어, 우리는 당신이 마음을 굳게 먹었으면 좋겠어요. 알겠죠? 헨에게는 이 상황이 쉽지 않을 테니까요. 당신이 이걸 더 빨리 받아들일수록, 앞으로 나아가는 데 마찰도 줄어들 겁니다. 우리 모두 다 연관된 상황이잖아요. 헨을 위해서라도 그렇게 해요."

그는 어느 때보다 더 강렬하게 나를 바라본다. 그 지적인 체하는 얼빠진 인간은 어디로 사라진 걸까. 그의 모든 방문이 지금 이 지점을 향해 온 것이다. 마침내, 이 현실적인 순간으로. 이제야 알 것 같다.

나는 생각한다. 맞아. 내가 헨을 걱정하기는 했어. 그녀가 너무 오랫동안 여기 혼자 있어야 한다는 걸. 난 단지 내가…… 그것을…… 해결책으로 받아들이고 싶은지 그걸 모르겠다. 내가 어떻게 그걸 받아들일 수 있지? 내가 대체된다는 걸 어떻게 수락할 수 있겠어?

"차에서 몇 가지 물건을 꺼내와야 할 것 같네요. 그런 다음에 시작하죠." 테런스가 말한다.

시작하다니, 그게 무슨 뜻이에요? 벌써?

"주니어." 그가 일어서며 말한다. "아직도 이해를 못 했군요, 그렇죠? 이미 시작됐어요."

제2막

점유

◆◆◆

더 많은 기억. 내가 잊었거나, 잊었다고 생각했던 기억들, 간직하고 있다는 사실조차 몰랐던 기억들이 돌아오고 있다.

나는 헨이 그 소음을 들었던 첫날 밤을 기억한다. 테런스가 처음 방문하고 대략 6개월, 또는 8개월쯤 지났을 때였다. 당시 그녀는 잠을 잘 이루지 못했다. 내가 자다가 깨어나 보면 헨은 침대에 누워서 천장을 올려다보거나 나를 쳐다보고 있었다. 가끔은 아예 침대에 없을 때도 있었다. 그날 밤에는 헨이 나를 깨웠다.

"주니어." 그녀가 내 팔을 흔들면서 불렀다. "주니어? 일어나 봐!"

왜? 무슨 일이야? 내가 물었다.

"저 소리 들려? 저 소리 들리지?"

나 자고 있었잖아. 무슨 소린데?

"들어봐." 그녀가 말했다.

나는 여전히 비몽사몽 상태에서 미동도 없이 가만히 누워 귀를 귀울였다. 집은 고요했고, 나는 헨에게 사실대로 말했다.

"며칠째 밤이면 저 소리가 들려. 그런데 오늘 밤이 최악인
것 같아. 꼭 벽을 긁는 것 같은 소리야."

당신 꿈꿨나 봐. 얼른 다시 자. 내가 말했다.

1분 후, 어쩌면 그보다 좀 더 지나, 헨이 나를 다시 깨웠다.

"들어봐. 들리지? 내 생각에는 장수풍뎅이 같아. 점점 더 불
어나는 것 같다니까. 당신도 분명히 그 소리를 들었을 거야."
그녀가 말했다.

그렇지만 난 듣지 못했다. 잠들어 있었으니까. 헨이 그래야
했던 것처럼.

♦♦♦

테런스가 차에서 물건들을 챙겨 들고 돌아와서는 곧장 위층으로 운반한다. 그는 우리 셋이 다시 거실에 앉아 있어야 한다고 고집을 부린다. 주로 내게 '간단히 질문할 것'이 있지만, 헨도 그 자리에 있기를 바란다고 말한다. 그녀가 덧붙일 말이 있을지도 모르기에.

"집에 있을 때 혹시 으스스한 느낌을 받아본 적 있나요?" 테런스가 묻는다.

으스스해요? 아니요. 집이잖아요. 여긴 내 집이에요. 나는 말한다.

"가끔 그럴 때도 있어요. 하지만 조용해서 좋은 점도 많아요." 헨이 말한다.

우리는 나름의 이유가 있어서 여기 사는 겁니다. 이런 삶에도 좋아할 만한 점이 많아요. 내가 말한다.

"우리가 익숙해진 삶이기도 하고요. 그건 의심의 여지가 없는 사실이에요." 헨이 말한다.

"저는 단지, 글쎄요. 잘 모르겠네요. 뭐라고 말할 만큼 여기 오래 있었던 게 아니라서요. 단지 저라면 그게 거슬리지 않을까 생각하거든요. 약간, 정신적으로 그럴 것 같다는 거죠. 아마 제가 이곳에 익숙하지 않아서 그럴 겁니다."

도시에서 온 모든 사람이 그렇게 생각해요. 그래서 모두 떠나는 겁니다. 내가 말한다.

나는 헨을 쳐다본다. 그녀는 내가 무슨 말을 하는지 이해하기 때문이다. 헨은 저 너머에 있는 현대 도시 생활의 모든 것, 그 모든 것에 구애받지 않고, 이곳에서 우리 둘만 살아가는 게 어떤 건지 안다.

"난 당신이 말하는 걸 가끔 느끼는 것 같기도 해요. 그냥……저 밖에는 뭐가 있을까 궁금할 때가 있거든요." 헨이 말한다.

나는 그녀가 다시 이 얘기를 하자 놀란다. 헨은 전에도 한 번 내게 이 말을 했지만, 때가 되면 그런 감정도 밑으로 가라앉아서 다시는 표면으로 떠오르지 않으리라 생각했다. 하지만 그렇게 되지 않았다는 걸 직접 들으니 기분이 좋지는 않다. 난 이해를 못하겠다. 헨은 시골 생활을 좋아한다.

그녀는 말한다. "어딘가 새로운 곳으로 가는 걸 생각하면 무서워요. 하지만 때때로 자신을 겁주는 건 좋은 거 아닌가요? 틀에 박힌 일상 속에 갇혀 버리기란 너무도 쉽잖아요. 우리는 그 일상이 어딘가 다른 곳, 예를 들어 '만족'으로 가는 길이라고 스스로를 설득하곤 하지만, 사실 그건 그저 영원히 쳇바퀴처럼 돌아가는 내 안의 틀에 지나지 않아요."

우린 이곳에 사는 거 좋아해요. 내가 말한다.

테런스는 주제를 바꾼다. 그가 헨에게 말한다. "피아노를 연주한다고 하셨던 것 같은데, 맞나요?"

헨은 피아노를 연주한다. 그녀는 피아노 치는 걸 좋아하고, 나는 그녀의 연주를 좋아한다.

"피아노 선율은 아름답죠." 그가 말한다.

"음이 안 맞아요. 불완전하죠." 헨이 말한다.

"뭐라고요?" 테런스가 말한다.

"우리 피아노 말이에요. 여기에 우리보다 더 오래 있어서 상태가 별로예요. 조율이 안 됐어요." 그녀가 말한다.

그래도 아내에게 도움이 되죠. 긴장을 풀어주거든요. 내가 말한다.

나는 헨이 연주하는 모습을 생각하면서 그녀의 손을 잡으려고 팔을 뻗는다.

음악은 치유 능력이 있어요. 난 아내가 자신만의 것을 가지고 있어서 기뻐요. 나는 할 수 없고, 아내만이 할 수 있죠. 내가 테런스에게 말한다.

"가축 금지령이 내려졌는데도 두 분은 닭을 키우고 있잖아요. 어떻게 된 건가요? 아, 물론, 걱정하지 마세요. 닭 몇 마리 때문에 누구에게 고발하고 그러지는 않을 겁니다. 내 생각에 그건 큰 문제도 아니거든요."

아무도 몰라요. 수가 많지도 않고요. 우리가 이 집을 구했을 때도 닭들이 이미 여기 있었는데, 없애버리고 싶지 않았어요. 내가 말한다.

헨이 말한다. "난 남편에게 키우고 싶으면 키워도 상관없지만, 나는 닭 돌보는 일에 전혀 관심 없다고 선언했어요. 삽 들고 닭똥 치우는 일은 내 관심사가 아니거든요. 그리고 키우다가 걸리면 벌금은 당신이 내야 한다는 말도 했고요."

테런스가 말한다. "음, 정말 흥미롭군요. 봤죠? 이게 바로 우리가 딱히 정해진 주제 없이 이런저런 대화를 나누는 이유예요. 이런 식의 대화가 서로의 이해를 돕거든요."

그가 스크린에 무언가를 입력하기 시작한다. 메모하는 거라고 나는 추측한다.

"이것저것 알면 알수록, 점점 더 집처럼 편안해지네요." 그가 말한다.

◆◆◆

어느 순간 마침내 대화가 중단되자, 테런스가 일어선다.

"난 이제 위로 올라가 보는 게 좋을 것 같네요." 그가 머리 위로 팔을 뻗어 스트레칭을 하며 말한다. "짐을 풀어서 장비를 꺼내 놔야죠. 설치도 하고요. 그럼 실례하겠습니다."

장비요? 뭐 하려고요? 장비가 많나요?

"아니요, 그렇게 많지 않아요. 걱정할 필요 없습니다. 자료 수집 같은 걸 도와줄 몇 가지 필수 장비예요."

"방을 보여드릴게요." 헨이 말한다.

"아, 주니어. 이거요. 두 알 복용하는 거 잊지 마세요."

그가 반투명한 약병을 들고 흔든다.

"여기요. 의사의 지시예요." 그가 말한다.

이게 뭔데요? 진통제?

"도움이 될 겁니다. 맞아요."

어깨에 통증은 있지만 무시할 수 있을 정도다. 내가 손을 내밀자, 그가 두 개의 파란색 캡슐을 손바닥에 내려놓는다.

"이게 효과가 있을 거예요."

그들은 테런스가 미리 차에서 가져온 가방을 각자 두 개씩 들고 위층으로 향한다. 나는 뻣뻣하고 따끔따끔한 감각을 느끼면서 아주 천천히 일어난다. 아무래도 조금 움직이는 게 좋을 것 같다. 어쨌든 다친 부위는 다리가 아니지 않은가. 나는 탁자를 정리한다. 다친 어깨에 너무 무리가 가지 않게끔 하면서, 나는 싱크대 옆에 쌓인 더러운 접시를 설거지한다. 말라붙은 달걀노른자가 씻어내기 가장 힘들다. 팔을 뻗지 않는 한, 즉 팔을 옆구리에 고정해 두는 한, 통증은 그다지 심하지 않다.

내가 여기 아래서 한쪽 팔로 설거지를 하는 동안, 낯선 남자가 내 아내와 위층에 함께 있다. 하지만 내가 뭘 어쩌겠는가? 어떻게 반응해야 하지? 그냥 모든 것에 동의하면서 수동적이고 상냥하게 굴어야 하나? 아니면 이 전체 과정에 대해 더 항의해야 할까? 더 많은 답변을 요구할까?

위에서 헨이 이리저리 걸어 다니는 소리가 들려온다. 나는 발소리만 들어도 그게 헨이라는 것을 안다. 속도나 무게로 알 수 있다. 헨과 나는 오랫동안 함께 살아왔다. 우리가 누군가와 함께 살게 되고 그들에 관해 알아가는 방식은 참으로 놀라운 것 같다. 함께 보내온 시간, 그거야말로 중요하다. 이곳을 떠나게 되면, 난 헨의 가벼운 발소리가 그리울 것 같다. 헨의 발소리를 듣는 것은 그녀의 말을 듣는 것과 같다. 목소리만큼이나 뚜렷이 알아들을 수 있다는 의미다.

걷기는 비언어적 의사소통이다. 예를 들어, 난 헨의 발소리만 듣고도 그녀가 화가 났는지 알 수 있다. 발소리는 누군가의 냄새, 목소리, 웃음, 표정 같은 다른 신호들만큼 명백하지는 않다. 따라서 사소한 신호일지는 모르지만, 종종 사람마다 확연히 구분된다. 익숙함은 시간이 지남에 따라 천천히, 무심코 커져만 간다. 나는 일부러 그녀의 발소리를 알아내려고 애써본 적이 없다. 무의식적으로 깨달았다.

테런스는 미혼이다. 나는 그가 결혼 같은 헌신적인 관계가 작동하는 방식을 이해하고 있는지 잘 모르겠다. 관계라는 것은 내가 겪어보지 않는 한, 내가 그 안에 들어가 있지 않다면 정말로 이해할 수 없다. 그래서 헨과 내가 함께하는 삶이 흥미로울 수 있다. 우리는 함께 살기 시작했고 서로에게 헌신해 왔지만, 처음부터 서로에 관해 사소한 모든 것을 알고 있던 건 아니다.

누군가와의 동거는 시뮬레이션이나 리허설을 할 수 없다. 실시간으로 경험해야만 한다. 실제 추억을 얻는 데는 함께하는 경험을 대체할 만한 것이 없다. 예를 들어, 나는 헨이 어떻게 코를 푸는지 안다. 지금까지 그것에 관해 생각해 본 적은 없지만, 어쨌든 안다. 그 억양과 리듬을 안다. 그녀는 매번 같은 속도로 코를 푼다.

그녀의 발소리, 코 푸는 방식 같은 것들을 관찰하는 일은 마치 작은 비밀과도 같다.

나는 그녀의 발소리와 코 푸는 방식도 그리울 것 같다. 그 밖에 내가 또 무엇을 그리워하게 될지도 궁금하다. 그녀가 나에 관해서, 나 자신조차도 모르고 있을 나에 관해서, 개인적으로 무엇을 알고 있는지도 궁금하다. 내가 가고 나면 헨은 나의 어떤 점을 그리워할까?

문이 열리는 소리와 걸어 다니는 발소리가 들린다. 헨의 웃음소리도 들린다. 난 그게 진짜 웃음이라는 걸 안다. 그녀도 다른 사람들처럼 가짜 웃음과 진짜 웃음을 가지고 있다. 그것이 내가 헨에 관해 새롭게 깨달은 사실이다. 이 웃음은 진짜다.

나는 테런스를 몇 년 전부터 알아왔고, 지금도 알지만, 가만히 생각해 보면, 아직도 그에 관해 제대로 아는 것이 거의 없다. 그의 성격과 본성뿐만 아니라, 의식적이든 비자발적이든 간에, 그가 존재하는 모든 방식에 관해 말하는 것이다. 누군가를 알아가려면 시간이 필요하다. 함께하는 시간. 나는 그가 밤에 집안을 어떻게 걸어다니는지, 잠들려고 애쓸 때면 무슨 생각을 하는지 모른다.

그가 어디에서 일하는지는 안다. 그의 얼굴도 익숙하다. 목소리도 알아듣는다. 미소도 안다. 하지만 거기까지다. 아는 게 별로 없다는 말이다. 게다가 그런 면들은 그가 내게 보이고 싶은 대로 의도적으로 얼마든지 꾸며대거나 가장할 수 있는 부분이다. 하지만 이제 그는 여기 우리 집에서 우리 음식을 먹고, 우리 욕실을 사용하고, 손님용 침대에서 잠을 자면서 우리와 함께 지낼 것이다. 나를, 우리를 지켜보면서.

그가 정말로 원하는 게 뭘까? 그냥 관찰하는 거? 나와 얘기하는 거? 아니면 뭔가 다른 거?

헨이 다시 웃는다. 이번에는 더 크게 웃는다. 그가 뭔가 웃긴 말을 한 게 틀림없다. 하지만 나는 그가 웃기는 사람이라고 느껴본 적이 없다. 내게는 그들의 대화 소리가 들리지 않는다. 나는 싱크대에서 마지막 접시를 집어 들어 건조대에 올려놓고 비눗물 속을 더듬어 혹시라도 날붙이가 남아 있지 않은지 확인한다. 수챗구멍 마개를 뽑아 물을 빼낸다.

나는 이 접시들이 더러워진 이후로 일어난 모든 일을 도저히 믿을 수가 없다. 내가 다른 사람이 된 것 같다. 오늘뿐 아니라, 지난 몇 주간 계속 그런 느낌이었다. 그동안 내 삶은 새롭게 추가된 경험과 정보를 통합해서 테런스 이전의 삶에, 즉 2년 전 그날 밤, 내가 길가에 있는 녹색 전조등 불빛을 처음 보았던 그 순간 이전의 삶에 끼워 넣는 과정이었다.

우리 집은 여전히 그때 그 집이다. 나는 비눗물이 뚝뚝 떨어지는 손을 바라본다. 역시 언제나와 같은 내 손이다. 모든 것이 똑같고 전혀 변하지 않았지만, 오늘, 지금, 이 순간에는 모든 것이 완전히 다른 느낌이다.

점유

헨이 부엌문 앞에 나타나더니 내 옆으로 다가온다. "테런스는 짐을 정리하고 있어." 그녀가 말한다.

나는 말한다. 내가 생각을 해봤는데, 이게 이상적인 상황은 아니지만, 그래도 우리 한번 노력해 보자. 최선을 다해 보자고. 우린 이겨낼 수 있을 거야. 테런스가 여기 오래 머물러 있지는 않겠지. 그럼 다시 우리 둘만 있게 될 거야. 한동안은. 내가 떠나기 전에 말이야. 그가 여기 얼마나 있을지 아직 말 안 했지?

"금요일까지."

알았어. 적어도 테런스 한 명뿐이잖아. 떼 지어 몰려온 것도 아니고. 그가 아무리 신사다운 척해도, 한 명이면 충분해.

나는 아픈 어깨에 마른행주를 걸친다.

당신은 그가 괜찮은 사람 같아?

"보이는 그대로겠지."

그를 낯선 사람으로 생각해?

"그렇게는 말 못 하겠는데. 지금 이 시점에서는."

정말? 잘 생각해 봐. 낯선 사람 맞아. 내가 말한다.

나는 헨쪽으로 몸을 더 기울이며 목소리를 낮춘다.

우린 그를 몰라. 잘 모르잖아. 단지 우리가 그를 만날 때마다, 뭔가 중요한 일이 일어났을 뿐이야. 중요한 소식을 들고 와서 뭔가를 폭로했을 뿐이지. 그래서 우리가 생각보다 그를 더 잘 아는 것처럼 느끼는 거야.

"나는 그를 잘 아는 것 같다고 느껴지는 않아. 내가 하려는 말은 그게 아니야. 단지 그를 완전히 낯선 사람이라고 생각하지 않는다는 거야. 난 그를 다른 사람들보다는 잘 알아. 하지만 신경 쓰지 마. 당신도 나름의 의견을 낼 수 있으니까."

난 그녀의 어깨에 한 손을 얹는다.

당신 괜찮아?

"그래. 그냥 피곤해."

그가 여기에 오래 있었던 것 같은 기분이야. 안 그래? 몇 달은 된 것 같아. 솔직히 내 체내 시계가 모두 엉망이 된 것 같아. 사고 때문인지도 몰라. 위에서 둘이 무슨 얘기 했어?

"언제?"

방금 내가 설거지하고 있을 때.

"당신 설거지하면 안 돼. 어깨 때문에."

둘이 무슨 얘기를 나눈 거야?

"기억 안 나. 그에게 방을 보여주고, 난 우리 방에 있었어. 별 얘기 안 했는데. 왜?"

테런스가 재미있어?

"그러니까 당신 말은 그가 웃긴 사람이냐고 묻는 거야?"

그래.

"나도 모르겠어. 당신은 그렇게 느껴? 그가 웃겨?"

아니. 그냥 궁금해서. 나보다 당신이 그와 더 많이 얘기를 나

넜으니까. 그래서.

"그가 분명히 농담을 해줄 거야. 당신이 그걸 원한다면."

그래 그러겠지. 그게 내가 원하는 거라면. 내가 말한다.

그녀가 잠시 멈춰서 나를 바라보더니 돌아서서 떠난다.

잠깐. 내가 말한다.

헨이 멈춘다.

당신은 내가 그 들판에서 발견됐다는 사실이 이상하지 않아? 의사가 너무 빨리 왔다는 생각은 안 들어?

"아니." 그녀가 내 쪽으로 돌아서며 말한다. "분명한 건 아우터모어에게 당신을 건강하게 지킬 권리가 있다는 거야."

그들은 내가 가기도 전에 이미 거기 있었어. 내게 무슨 일이 일어나기도 전에 거기 있었던 거야. 그래서 나는…… 그래서 난 그들이 날 미행하고 있던 게 아닐까 싶어. 내가 말한다.

"당신은 아무것도 기억나지 않는다고 말했던 것 같은데."

기억 안 나. 하지만…… 나도 모르겠어. 조금 기억이 나는 것 같기도 해. 내가 그 불타고 있는 헛간에 다가가는 걸 누군가가 막았어. 누군가가 나를 쳐서 쓰러트렸고.

"당신은 넘어지면서 머리를 부딪혔어. 그러니 그렇게 혼란스러워하는 것도 무리가 아니지." 그녀가 팔을 뻗어 내 손목을 만진다. 그녀의 손길이 기분 좋다. 마음을 진정시킨다.

고마워. 당신은 내 기분이 나아지게 하는 법을 알아. 최근에

제2막

는 모든 게 이상하고 불확실한 느낌이 들어서 정말 힘들었거든. 내가 말한다.

"주니어?"

왜?

"나 당신에게 할 말이 있어, 알았지?" 나는 그녀의 손이 내 손목을 더 꼭 잡는 것을 느낀다. "난 당신을 너무 잘 알아. 정말이야. 물론 우리 관계가 지속되는 동안 상황이 많이 달라졌어. 우리 둘 다 변했지. 당신도 나에 대해 아마 똑같이 느낄 거야. 관계가 변하는 건 정상이야. 하지만 우리가 결혼하고 이곳으로 이사온 이후로 아무리 상황이 바뀌었다고 해도, 난 여전히 내가 당신을 잘 안다고 느껴. 난 어느 때보다도 지금 당신을 더 잘 알아. 그리고 그게 문제의 일부라고 생각해. 관계를 시작할 때, 우리는 모든 걸 쏟아부어야 해. 그리고 관계라는 건 내가 누구와 결혼하고, 앞으로 그 결혼 생활이 어떻게 전개될지 알고 있다는 희망과 믿음에 기반하지. 하지만 솔직히 실제 결혼 생활이 어떨지는 알 수 없어. 살아보지 않고는 알 수 없는 거지. 어느 시점이 되면, 처음에 품었던 희망은 관성과 이해로 바뀌어버리고, 그다음에는 모든 게 반복되지. 그건 정말이지…… 너무 가혹해. 우리가 해온 모든 것이 예측할 수 있는 게 되어버리는 거잖아. 그게 우리에게 새로운 진리가 되어버리는 거야. 내게 그건 전혀 위안이 되지 않아. 오히려 그 반대야."

내가 막 대답을 하려 하자 그녀가 손을 떼고 들어 올려 내 말을 막는다. 나는 해야 할 말이 있지만 헨은 듣고 싶어 하지 않는다.

"지금은 내가 얘기하고 싶어. 그리고 당신이 들어줬으면 좋겠어. 당신은 당신만의 특성이 있어. 당신에게는 중요한 존재의 방식이지. 하지만 그건 굉장히 피곤할 수 있어. 나는 그게 단지 당신의 고유한 부분인지, 아니면 이 관계 속에서 우리의 일부이기도 한지 궁금해. 어쩌면 내가 너무 예민하게 구는 것일 수도 있어. 그리고 이게 우리 관계에만 국한된 건 아닐지 의심해서도 안 될 것 같기는 해. 가끔 당신은 무슨 선심이라도 쓰듯이 내가 없다면 당신이 어떻게 살아갈지 모르겠다고 말하지만, 난 그 말을 들을 때마다 당신이 삶에서 안정감을 느끼게 하려고, 당신이 원하는 일을 할 수 있도록 지원하기 위해 내가 여기에 있는 양 느껴져. 당신이 이런 내 기분을 이해하는지는 모르겠지만 나는 오랫동안 그렇게 생각해 왔어. 때때로 난 진이 빠지는 느낌이야. 때로는 덫에 걸린 듯한 느낌을 받아."

헨은 진지하다. 그 사실은 그녀의 눈, 목소리, 모든 것에서 볼 수 있다. 그녀는 또 피곤해 보인다. 난 그녀가 하는 말을 들어야만 한다. 우리 사이가 늘 완벽했던 건 아니지만, 그래도 내가 이런 고통을 초래했다는 건 싫다. 좋은 일이 아니다. 기분이 안 좋다.

제2막

내가 그랬다면 미안…….

"그만. 사과하지 마, 제발. 내가 당신에게 원하는 건 그게 아니야. 지금 내 말을 들어주는 거, 그게 날 돕는 거야. 난 이 얘기를 절대로 꺼내지 못할 줄 알았어. 심지어 그것조차도, 그러니까 내가 이 얘기를 꺼내고 싶지 않았다는 그 사실조차도 날 화나게 해. 하지만 이젠 그럴 수 있어서 기뻐."

저기, 당신 오늘 밤에 피아노 연주하면 어때? 아마 그게 도움이 될 거야.

나는 대체 이게, 이런 생각이 어디서 불쑥 튀어나왔는지 모르겠다. 하지만 피아노 연주가 그녀에게 도움이 되리라는 사실은 안다.

그녀는 눈을 깜빡이며 한숨을 쉰다. "글쎄, 그런 생각은 안 해봤는데."

내 생각에는 괜찮을 것 같아. 기분이 훨씬 나아질걸.

그녀는 돌아서서 떠난다.

나는 그 자리에 그대로 남는다. 그녀는 더 이상 아무 말도 하지 않는다. 헨이 지하실로 내려가 피아노 덮개를 벗기고 연주를 시작하기까지 몇 분 정도 걸린다.

♦♦♦

　나는 반쯤은 눕고 반쯤은 앉은 듯한, 이렇게 불편한 자세로 잠을 자야 했던 적이 한 번도 없었다. 부드러운 침대에서 사지를 쭉 뻗고 아내 옆에 누워 있던 때가 벌써 그립다. 나는 가끔 손이나 발을 뻗어서 아내를 만지는 걸 좋아한다. 내 피부가 아내의 피부를 스치는 그 느낌을 좋아한다. 억지로 의자에 앉아 잠을 자게 된 이후로, 난 다시는 아내의 존재를 당연하게 여기지 않기로 했다. 내 곁에 있던 그녀의 몸이 그립다.

　헨은 한동안 피아노를 연주했지만, 그리 오래 하지는 않았다. 연주 중간에 갑자기 멈춰버렸다. 난 그녀가 연주를 해서 기쁘다. 그게 아내에게 얼마나 도움이 될지 알기 때문이다. 나도 연주를 듣는 게 좋다. 마음이 진정된다. 조율이 안 된 피아노로도 그녀는 우아하고 아름답게 연주한다. 나는 그녀가 연주하는 동안 거의 잠들 뻔했지만, 성공하지는 못했다. 헨이 갑자기 연주를 멈추더니 위층 침실로 가버려서 나는 의지와는 상관없이 다시 잠이 깨어서 집안의 열기 속에 가만히 앉아 있어야 한다. 그러자 별의별 생각이 다 들기 시작한다.

가끔 오늘 밤 같은 이런 분위기에 놓이면, 나는 내 의도와 욕망을 넘어서는 것이 얼마나 많은지, 심지어 내 마음속에조차 내가 제어할 수 없는 것이 얼마나 많은지 깨닫곤 한다. 물론 가끔은 그것을 잊어먹는다. 내가 모든 것을 통제할 수 있다고 습관처럼 믿어버린다. 지금 내가 바라는 건 자고, 쉬고, 회복하는 것이다. 하지만 내 목표는 중요하지 않다. 내가 원하는 건 상관없다.

테런스의 방이 바로 위에 있다. 그가 짐을 풀고 정리하는 소리가 들려온다. 아직도 짐을 푸는 것 같다. 나는 그가 이미 잠자리에 들었으리라고 생각했다. 뭐가 그리 중요하고 급해서 이렇게 늦게까지 깨어 있는 걸까? 그는 앞뒤로 왔다 갔다 걸어다니는 중이다. 내 생각에는 침대와 짐 가방, 그리고 옷장 사이를 오가는 것 같다.

내 기억과 생각에 관해서는 그의 말이 옳다. 그는 요즘 내가 심란하다면, 그건 얼마든지 이해할 만하다고 말했다. 그가 다시 돌아와서 내가 곧 떠나리라는 소식을 우리에게 전해 준 이래로, 내 마음은 오래전에 그랬던 것보다 더 생생하고 더 기민하며 더 선명하다. 어쩌면 그 어느 때보다 더 선명히 깨어 있는지도 모른다. 그가 전해 준 소식이 일종의 자극제 역할을 했을 것이다. 나는 분 단위로 내면의 변화를 느낄 수 있다. 그건

점유

165

굉장히 흥분된다. 마치 내가 그동안 뇌의 한 부분을 완전히 방치해 두었다가, 이제 막 그 부분을 찾아낸 것 같다.

테런스는 그런 일이 일어날지도 모른다고 했다. 뭔가 극단적인 감정의 기복이 있을 수 있다는 말도 했다. 한순간은 활기차고 생산적인 기분을 느끼다가 다음 순간 갑자기 음울하고 쓸쓸해질지도 모른다고. 우리는 여전히 그 시범 정착지가 어떨지 그곳에서의 삶이 어떨지 잘 모른다. 바로 이런 소식, 이런 충격적인 소식과 변화에 대한 기대감을 앞에 두고 있을 때 일어나는 일이 바로 감정의 기복이다. 그는 내게 무리하지 말고, 생각에 압도당하지 말고, 감정을 절제하라고 경고했다.

이곳 어둠 속에 홀로 앉아서, 나는 헨과의 초기 시절을 생각하지 않을 수가 없다. 우리 사이의 모든 것이 새로웠던 시절. 난 집착하지 않으려 애쓰고 있지만, 그러지 않기란 쉬운 일이 아니다. 그 당시 나는 걱정이 없었다. 정말이다. 그때는 모든 게 간단했다. 우리는 싸우지 않았고, 지루한 논쟁도 하지 않았으며, 오랫동안 침묵하지도 않았다. 우리는 신혼부부였고, 난 완전히 사랑에 빠져 있었다.

내가 떠난다는 소식은 헨에게 더 힘들었을 것이다. 그녀의 행동을 보면 그 사실을 알 수 있다. 헨은 나보다 더 쉽게 의심하는 성향이 있다. 난 전에는 불안했지만, 지금은…… 지금은 점점 더 기운이 나고, 목적을 실감한다. 하지만 헨은 너무 산만

해 보인다. 내게 너무 신경을 쓰고 있거나, 감정이 완전히 결여된 탓일 것이다.

테런스가 옳다. 난 떠나기 전에 지금 주어진 시간을 잘 활용해야 한다. 이제부터는 생산적이고 효율적으로 행동할 것이다. 해야 할 일에 집중할 것이다.

그가 다시 걸어 다닌다. 천천히 앞뒤로 움직인다. 바닥이 삐걱거리는 소리와 또 다른 이상한 소음이 들려온다. 역시 위에서, 그의 방에서 나는 소리다. 난 아직 피곤하지 않기에 쉽게 잠들 수 있을 것 같지 않다. 기분이 이상하다. 가서 그 소음의 정체가 무엇인지 알아봐야 할 것 같다.

나는 위층으로 향한다. 테런스의 닫힌 방문을 두드린다. 문이 조금 열리고, 그가 밖으로 몸을 내민다. 셔츠도 입지 않고 있다. 나처럼 그도 사각팬티 차림이다. 한 손에는 무언가를 들고 있다. 그는 늘씬하고, 생각보다 근육질이다. 운동이라도 하고 있었던 듯 평소보다 무겁게 숨을 몰아쉬고 있다. 긴 머리는 여느 때와는 달리 뒤로 묶여 있지 않고, 얼굴 양쪽으로 흘러내려 있다.

"주니어? 아무 일 없는 거죠?" 그가 묻는다.

왠지 산만해 보인다. 나는 그의 장비들을 엿볼 수 있을 만큼만 그를 지나쳐 방 안쪽을 들여다본다. 장비가 생각보다 훨씬 많다. 그가 들여온 것보다도 더 많은 것 같다.

짐이 대단히 많네요. 내가 말한다.

나는 처음으로 그의 가방 컬렉션 전체를 보고 있다. 상자도 몇 개 있다. 짐 꾸러미 중간에는 삼각대가 설치되어 있다.

"옙. 이제 다 들어왔어요. 설치하고 작동하는 데 그리 오래 걸리지는 않을 겁니다. 모두 최신 장비예요."

대체 무슨 일인가요? 이 모든 장비가 다 뭐 하는 데 필요한 겁니까?

"정보를 모으는 데요. 이미 얘기했잖아요. 이제 설치만 하면 돼요.

어떻게 설치하는 건데요?

별로 대단할 건 없어요. 이걸 조립하면 돼요. 도티◆는 다락 방에 설치하면 되겠다고 헨이 얘기하던데요. 거기가 조용해서 좋을 거라고.

도티요?

"아, 죄송해요. 우리 컴퓨터 중 하나예요. 앞으로 좀 더 공식 적인 인터뷰를 진행할 건데 그걸로 녹음할 거예요. 크기가 좀 크니까 다락에 설치하고 그대로 둘 거예요. 필요할 때 우리가 다락으로 올라가면 되니까요. 나머지 장비는 더 작고 가벼워

◆ Dotty. 약점이나 위태로움, 휘청거림, 또는 '약간 정신이 나갔다' 등의 의미가 있다.

요. 있는지 눈치도 못 챌걸요."

헨이 그의 장비를 모두 보았는지 궁금하다. 나는 그의 손에 들려 있는 작은 장치를 가리킨다. 커피잔 정도의 크기다.

그건 뭔가요?

"아, 이게 내가 방금 말했던 작은 장비예요. 당신과 대화할 때 사용하는 기본적인 녹음기죠. 이건 부엌에 두어야 할 것 같네요."

부엌에서도 녹음을 한다는 겁니까?

"방해되지 않도록 확실히 할게요."

그럼 그게 작동되는 거예요? 항상?

"그래요. 일단 설정해 놓으면."

왜 부엌이에요? 난 이해를 못 하겠네요. 말도 안 돼요.

"이건 자료를 수집하는 거예요, 주니어. 부엌은 어느 집에서나 중요한 장소잖아요."

거긴 사적인 장소이기도 해요. 헨과 내가 아침에 커피를 마시고, 저녁이면 식사를 하는 곳이라고요. 우리가 대화를 나누거나, 나누곤 했던 데라고요. 실험실 같은 곳이 아니에요.

"우리는 이것을 가능한 한 철저하게 수행해야 합니다. 반드시 그래야만 해요. 무엇보다도 헨을 위해서. 이건 배우고 이해하기 위한 겁니다. 사실 기왕에 올라오셨으니, 이것 좀 잠깐 도와주시겠어요?"

점유

그가 돌아서서 방에 들어가더니 문을 활짝 열고는 상자 중 하나 위로 허리를 굽혀 기다랗고 가느다란 검은색 금속 막대를 꺼낸다. 나는 방으로 걸어 들어간다.

"여기요. 이것 좀 들고 계세요." 그가 말한다.

나는 그것을 받아 든다. 보기보다는 가볍다.

"잠시만요. 부가 장치를 찾아야 하거든요. 같은 가방에 챙겨 넣었을 텐데, 찾을 수가 없네요. 여기 어딘가 있을 텐데."

이게 뭔가요?

"플로섬♦이에요."

플로섬?

"카메라에는 대부분 이름이 있어요. 엔지니어들의 유머죠. 당신도 익숙해질 겁니다. 플로섬은 접이식 거치대에 설치하는 겁니다. 제섬♦♦도 여기 어딘가에 있을 거예요."

이건 너무 과해 보이네요. 공격적으로 보이기도 하고요. 내가 말한다.

"내가 기술 전문가는 아니지만, 모든 게 표준규격에 맞고 사용자 친화적이에요. 그런 걸 디자인할 생각이라면 모르겠지만,

---

♦ Flotsam. 표류 화물. 실수로 배 밖으로 떨어진 물품. 주로 난파나 사고 시에 바다로 떨어진 것을 의미한다.

♦♦ Jetsam. 부유 쓰레기 또는 해양 폐기물. 곤경에 처한 선원이 배의 짐을 가볍게 하려고 의도적으로 배 밖으로 던진 잔해를 묘사하는 표현이기도 하다.

그걸 사용하는 데는 컴퓨터 과학 학위 같은 건 필요 없어요. 자, 여기 있네요." 그가 말한다.

그리고는 다른 가방에서 작은 걸쇠를 꺼낸다.

"내가 렌즈를 끼울 동안 1분만 더 들고 계세요."

그가 거치대 끝에 렌즈를 끼우는 동안, 나는 가방을 내려다본다. 많은 장비, 예비 부품, 추가 부품, 클램프♦ 등이 들어 있다. 그리고 그때 금속 아래 있는 무언가가 내 눈길을 사로잡는다. 사진이다. 스크린에 있는 게 아니라, 오래된 종이 사진, 인쇄된 이미지다.

"됐습니다." 그가 내 옆으로 움직여 와서 갑자기 가방의 지퍼를 닫아버리더니 말한다. "자, 이제 저에게 주세요."

그가 내 손에서 거치대를 가져간다.

확신할 수는 없다. 그리고 어쩌면 내가 피곤해서 그럴지도 모르지만, 난 그게 나였다고 생각한다. 그 사진 말이다. 하지만 몇 년 전의 나다. 아니, 실은 오래전의 나다. 나라는 걸 간신히 알아볼 수 있지만, 그래도 어쨌든 그건 나였다. 옆구리에 양팔을 붙이고 파란색과 흰색 체크무늬 셔츠를 입은 채 거기 서 있는 나. 그 셔츠는 전혀 기억나지 않는다. 그런 사진을 찍은 기

♦ clamp. 조개, 또는 조개처럼 사물을 단단히 물어 고정하는 장치를 포괄적으로 칭한다.

억도 없다. 그 이후로 내가 너무 많이 변한 걸까?

테런스가 카메라 거치대를 조립해서 침대 옆에 내려놓는다.

"걱정하지 마세요. 내일 저 혼자서도 끝낼 수 있으니까요."
그가 말한다. 그리고는 나를 다시 복도로 안내한다. "도와주셔
서 고마워요."

그래요. 아까 당신 방에서 무슨 소리가 나는 걸 들은 것 같
았어요. 그래서 올라와 본 거예요. 내가 말한다.

"미안해요, 친구. 이것들을 설치하느라 좀 들떠서 그래요. 내
가 자는 걸 깨웠나요?"

아직 안 자고 있었어요.

"조용히 할게요. 우리 둘 다, 그러니까 헨과 나 둘 다, 당신
이 아래층에 있어서 알아차리지 못할 거라고 어림짐작했던 것
같아요. 그리고 난 밤에 일하는 걸 좋아하거든요. 그러면 수면
에 도움이 되죠."

이 상황에 스트레스를 받고 있나 봐요?

"아니, 아니에요. 그건 절대로 아니에요. 전혀 아닙니다. 농
담해요? 그게 아니라, 들떠 있다니까요. 이보다 더 행복할 수
없을 정도예요. 당신이 정말 잘해 주고 있어서요."

나는 그의 옆으로 다시 방 안을 들여다보려 하지만, 그에게
막혀서 볼 수가 없다. 그가 내 시야를 막고 있다.

"이곳이 내게는 새로운 장소잖아요. 침대도 새롭고. 그리고

더위에 관해 당신이 했던 말도 농담이 아니란 걸 알겠더라고요. 그래서 그래요. 사실 난 대부분의 사람처럼 긴 수면이 필요하지 않다는 걸 요즘 들어서 깨닫는 중이에요. 어쨌든 잠이란 게 과대평가되었다는 생각이 들기 시작했거든요."

사람은 모두 잠이 필요해요. 내가 말한다.

"그렇게 생각하시나요? 흥미롭군요." 그가 복도로 한 걸음 나와 등 뒤로 문을 닫는다.

"수면은 흥미롭죠. 효율적이지는 않아요. 인간이 지금보다 더 효율적인 존재가 될 수 있는 여지는 항상 남아 있어요. 먹고, 의사소통하고, 잠자고, 만약 우리가 이 중 어느 것도 할 필요가 없다면 어떨까요?"

그런데 왜요? 왜 우리가 그런 걸 하고 싶어 하지 않겠어요? 그런 걸 하지 않는 게 왜 우리를 더 나아지게 한다는 거죠?

그가 잠시 멈추고 생각한다. 그리고는 다시 천천히 조심스럽게 말을 시작한다.

"내 말은 효율과 관련해서 그렇다는 거예요. 그게 진화 과정을 촉진할 테니까요. 마침내 그 모든 진화 과정이 일어난다면요. 그러니 할 수만 있다면, 그렇게 되도록 돕는 게 좋지 않을까요?"

당신은 그걸 **돕고** 있는 건가요? 나는 묻는다. 내 눈에는 도움보다는 오히려 방해하는 것처럼 보이는데요.

"물어봐 줘서 고마워요. 왜냐하면, 우리가 해야 할 일은 진화에 대한 우리의 사고방식을 바꾸는 것이거든요." 그가 한 손을 자기 가슴에 얹는다. "인간의 유일하게 지속적인 자질은 '적응해 간다'라는 겁니다. 항상. 그러니 천년 후에는 우리가 밤에 20분 이상 잘 필요가 없다고 상상해 보세요. 그거야말로 진화를 의미할 겁니다. 인간이 그 지점까지 더 빨리 갈 수만 있다면, 난 우리가 노력해야 한다고 생각해요. 우리는 경계를 넓혀야 합니다. 매일 추가로 얻게 될 6~7시간으로 무엇을 할 수 있을지 생각해 보세요. 놀라운 일이잖아요."

나는 그걸 놀랍다고 느껴야 할지 걱정스럽다고 느껴야 할지 모르겠다.

내가 말한다. 이건 당신의 영역이잖아요. 당신이 하는 일이고요. 나는 당신이 말하는 일종의 강제적인 진보에 설레거나 그러지는 않아요. 수면은 우리가 반드시 해야 할 일 중의 하나일 뿐이고, 난 잠을 자도 상관없어요. 익숙해져서 괜찮아요. 그게 내가 아는 거예요.

내 말을 듣고 테런스가 웃는다. 그것도 아주 큰 소리로 웃어댄다. 그가 이렇게 크게 웃는 건 처음 보는 것 같다.

"우리가 왜 잠을 자야 하는지에 대한 명확한 답은 아직 없어요. 하지만 내가 장담할 수 있는 건 우리가 그걸 연구 중이라는 거예요. 진지하게."

우리는 자면서 휴식을 취해요. 몸이 회복할 기회를 주는 거죠. 꿈도 마찬가지고요.

"꿈이라. 그렇죠. 꿈을 많이 꾸시나요?"

모두 그렇지 않나요? 내가 대답한다.

"수면은 많은 것과 관련되어 있어요. 복잡한 뇌를 정돈하는 것일 수도 있죠. 새로운 정보를 얻고 처리하기 위해서요. 지난 며칠 동안 당신이 해야 했던 것처럼. 우리는 뇌의 뉴런 사이에 있는 시냅스 수를 증가시켜야만 해요. 그러기 위해서 뇌는 휴식이 필요한 거죠."

그는 우리의 즉흥 토론이 헨을 깨울 수도 있다는 듯이 속삭이듯 이야기한다. 그녀는 복도 저편에서 자고 있지만, 방문은 살짝 열려 있다.

"우리는 온종일 수도 없이 많은 새로운 정보를 습득하는데, 그중 대다수를 망각해야 해요. 그 외에는 우리가 기능할 방법이 없어요. 다시 말해서, 주니어, 우리는 잊으려고 잠을 자는 겁니다."

나는 그가 방금 말한 내용을 곰곰이 생각해 본다.

난 잊고 싶지 않아요. 내가 말한다.

✦ 신경 세포인 뉴런은 시냅스 구조를 통해 인접한 다른 신경 세포와 신호를 주고받으며 정보를 받아들이고 저장하는 기능을 한다.

"맞아요." 그가 목소리를 높여 말한다. "그렇다면 당신도 나처럼 잠을 자면 안 돼요. 알겠죠? 그래서 우리가 수면과 기억을 연구하는 겁니다. 당신은 이 모든 일에서 중요한 역할을 하고 있어요. 어떻게 그렇다는 건지 전적으로 깨닫지는 못하겠지만, 어쨌든 당신은 우리에게 매우 중요해요."

그는 처음 도착한 이래로 끊임없이 내가 특별하고 독특한 사람인 듯 느끼게 하려고 애쓰고 있지만, 지금까지는 별 효과가 없다.

난 단지 나와 아내에게 최선이 될 만한 것을 원해요. 나는 올바르게, 좋은 사람으로 살고 싶고, 비록 작은 것일지언정 차이를 만들면서 살고 싶어요. 내가 말한다.

"기억될 만한 삶의 자취를 남기고 싶은 모양이네요."

물론이죠. 네, 맞아요. 내가 말한다.

"이제부터 그런 걱정은 하지 않아도 됩니다. 당신은 삶의 자취를 남길 거예요. 내가 그렇다고 하면 믿어도 됩니다. 당신의 기여도가 엄청 높거든요. 그런데도 당신은 자신이 얼마나 중요한지, 얼마나 가치 있는 존재인지 몰라요. 일단 지금은 가능한 한 많이 자고 휴식을 취해 두는 게 좋다는 것만 알아두세요. 특히 그런 사고를 당했으니까요." 그가 잠시 말을 멈춘다. "이건 우리 대화 주제에서 좀 벗어나는 감이 있지만, 혹시 의식(意識)에 대해 생각해 본 적이 있나요?"

의식이요? 별로 생각해 본 적 없어요.

"하지만 알고는 있잖아요. 그렇죠? 그게 뭔지. 내 머릿속 세상과 구분되고 헨의 세상과도 구별되는 당신의 머릿속에 살아 있는 세상. 너무 따분하게 굴려는 건 아니지만, 데카르트 시대 이후로 우리는 정신과 물질을 두 개의 뚜렷이 다른 영역으로 간주해 오고 있어요."

맞아요. 물론이죠. 그것에 관해 별로 생각해 보지는 않았어요. 하지만 흥미롭네요.

"좋아요, 좋아요. 그렇게 생각한다니 정말 기분이 좋네요. 지금 시간이 너무 늦었다는 건 알지만, 기왕 이렇게 얘기를 시작했으니 내가 뭐 좀 하나 물어봐도 될까요?"

그가 다시 속삭인다. 소리가 너무 작아서 알아듣기가 힘들다. 우리는 서로 가까이 다가선다.

뭘 물어보고 싶은데요?

"만약에 헨이," 그가 눈짓으로 우리 침실 쪽을 가리킨다. "모든 면에서 지금의 그녀와 같지만, 한 가지 중요한 면에서, 즉 육체적으로 좀 덜 매력적이었다면, 그래도 당신은 그녀와 결혼했을 것 같나요?"

그 질문은 내 허를 찌르지만, 내색하고 싶지 않아서 주저 없이 대답한다.

물론이죠. 나는 헨을 사랑해요. 그녀는 내 아내잖아요. 그녀는 영원히 나와 함께할 거예요. 난 항상 그녀를 사랑해 왔고, 앞으로도 항상 사랑할 겁니다.

"그건 나도 알아요. 알고말고요. 당신이 그녀를 깊이 사랑한다는 걸 의심하는 건 아니에요. 하지만 내가 **정말** 묻고 싶은 건 그게 아닙니다. 정말 확실히 그녀와 결혼했을 것 같아요? 영원히 그녀에게 헌신했을 것 같은가요? 한번 생각해 보세요. 그녀의 외모가 당신에게는 아무런 의미가 없나요? 그게 당신이 하고 싶은 말인가요? 그녀의 외모는 전혀 무관하다고?"

이 무슨 뜬금없고 눈치 없는 질문이란 말인가. 우리가 나누던 대화와는 전혀 아무런 상관도 없는 질문이다. 등줄기로 땀이 한 방울 흘러내리는 것이 느껴진다.

내 말은, 내겐 무슨 일이 있든 상관없이 헨은 여전히 헨일 거라는 겁니다.

"정말 그럴까요? 그렇더라도 그녀가 당신이 사랑에 빠졌던 그 헨일까요? 이건 어떤가요? 만약 그녀가 지금과 똑같이 생겼지만 조금 덜 똑똑하다면? 그래도 여전히 헨일까요?"

이건 한심한 짓이다. 한마디로 말도 안 되는 질문이다. 헨은 헨이다.

나는 어깨에 뻐근함을 느끼면서 손을 어깨로 가져간다. 그는 나를 지켜보고 있다. 그가 나를 감시하고 파악하기 위해 이곳에 와 있다는 사실을 다시 한번 깨닫는다.

제2막

"미안합니다. 잠도 못 자게 이렇게 붙들고 있으면 안 되는데. 제가 실수하는 것 같네요. 이제 소음을 줄일게요. 오늘 밤엔 더는 시끄럽게 안 하겠습니다. 약속할게요."

나는 지금이 그에게 무언가를 물어볼 때라고 생각한다. 헨이 그 이야기를 꺼낸 후 줄곧 나를 괴롭히던 어떤 것.

혹시 이상한 소리 못 들었어요? 예를 들어, 벽 속을 가볍게 긁어대는 듯한 소리?

"못 들었는데요. 무슨 일 있는 거 아니죠?"

그럼요. 그냥 궁금해서요. 푹 쉬세요.

"편히 쉬세요, 주니어. 내일은 중요한 날이에요, 할 일이 많거든요. 그리고 명심하세요. 곧 우리의 관찰 기간이 끝나면, 다시는 걱정할 일이 없을 겁니다. 약속할게요. 모든 게 다 잘될 겁니다. 조금만 더 버텨주세요. 며칠만 더."

그는 방으로 다시 들어가서 조용히, 딸깍 소리도 거의 들리지 않게끔 부드럽게 문을 닫는다.

$$\blacklozenge \blacklozenge \blacklozenge$$

"좋은 아침입니다, 주니어."

나는 눈을 뜬다. 그리고 여러 번 깜박인다.

"잘 잤나요?"

테런스가 나를 내려다보며 서 있다. 미소 지으며, 푹 쉬어서 상쾌한 모습으로. 커피 한 잔을 손에 들고 있다. 난 냄새로 그걸 알 수 있다. 내가 가장 좋아하는 머그잔을 그가 차지했다.

네, 잘 잤어요. 나는 눈을 가늘게 뜨고 그를 쳐다보며 말한다. 지금 몇 시죠?

"8시가 다 됐어요. 오늘은 좀 더 자게 내버려 두는 게 좋을 것 같더라고요. 어깨는 어때요?"

괜찮아요. 헨은 어디 있죠?

"회사에 갔어요. 10분 전에 떠났습니다. 여긴 우리 둘뿐이에요, 친구."

나는 어깨의 통증에 움찔하며 일어나 앉는다. 테런스가 나에게 머그잔을 건네준다. 내가 좋아하는 식으로 뜨겁고 진하다. 어젯밤 나는 이 의자에서 절대로 잠들지 못할 것만 같았다. 아래층으로 내려왔을 때는 잠이 다 깨어버린 후였다. 나는 어둠 속을 돌아다녔다. 테라스에도 잠시 나가 있었다. 거실도 앞뒤로 서성거렸다. 어디에서도 편치가 않아 안절부절못했다. 나는 위층으로 올라가서 헨도 깨어 있는지 확인해 볼까 고민도 했다. 하지만 위에서는 아무 소리도 들리지 않았기에, 그 생각을 접어두었다.

결국 나는 의자에 등을 기대 앉아 눈을 감았다. 그리고 집이 내는 소리를 들었다. 내가 잠을 잤는지는 모르겠지만, 적어도 잠깐은 눈을 붙였던 게 분명하다.

"굉장히 깊게 자던데요. 아침 먹으면서 혹시라도 우리가 당신을 깨우지는 않을까 걱정했는데 내내 그냥 자더라고요. 악몽은 안 꿨어요?"

아니요. 내가 왜 악몽을 꾸겠어요? 내가 말한다.

그는 대답하지 않는다.

"괜찮아요? 내가 제대로 했나요?"

뭘요?

"커피 말이에요. 진하게 내려서 크림과 설탕. 그렇게 마시는 거 맞죠?"

어떻게 알았어요?

"헨이 알려줬죠."

맛있어요. 내가 말한다.

"이것도, 역시 잊으면 안 되죠." 그가 내게 알약을 건네면서 말한다.

나는 마지못해 그것을 받아 들고는 커피 한 모금과 함께 삼킨다. 나는 다리를 움직여 의자 밖으로 내려놓는다. 그리고 하품을 하며 일어선다. 창가로 걸어가 밖을 내다본다. 덥고 화창한 또 다른 하루가 시작되었다. 짙은 아침 안개도 평소와 다름없다. 폭풍이 몰려올지도 모르겠다. 바라건대. 습도를 낮춰주면 좋겠다.♦

나는 스크린을 집어 들고 일기 예보를 켠다.

기온은 일정하게 유지되겠지만, 상대 습도는 계속해서 높아질……

테런스는 일기 예보를 듣는 나를 바라본다. 그가 끼어든다.

"습도가 너무 높을 때는 땀도 별 소용이 없죠. 우리에게 더 나은 냉각 방법이 없다는 게 안타까울 따름이네요."

나는 벌써 관자놀이 부위에서 땀이 솟는 것을 느낀다. 시간이 지날수록 더 심해질 것이다. 그가 그 사실을 이야기하면 할수록 나 또한 더 절절하게 그 점을 깨닫는다.

닭에게 모이 좀 주고 와야 할 것 같네요. 내가 셔츠 단추를

♦ 한랭전선을 따라 오는 뇌우는 서풍이나 북서풍을 동반해 공기를 맑고 건조하게 한다.

채우면서 말한다.

"이미 줬어요."

나는 멈춘다.

"아침에 일어나서 내가 도울 일이 없을까 생각해 봤거든요."

그래서 이미 닭에게 모이를 주었다고요? 그건 내 일이에요.

"괜찮아요. 걱정하지 마세요. 당신을 위해서 한 거니까요. 먹이를 먹으려고 상당히 극성스럽게 굴던데요. 아직 이른 시간인 건 알지만, 우리에게는 시간 제한이 있잖아요. 그래서 내가 당신의 집안일을 대신해 주면 우리가 바로 일을 시작할 수 있겠다고 생각했어요."

인터뷰 말인가요?

"이제 헨도 출근하고 없으니, 방해할 사람도 없잖아요."

나는 그가 지난밤에 이 얘기를 미리 했더라면 좋았으리라고 생각한다. 우리가 아침 일찍부터 인터뷰하리라는 것을. 나는 헛간으로 나가기를 고대하고 있었다. 그에게서 도망치고 싶었다.

알았어요. 내가 말한다.

"배 안 고파요? 커피만 마셔도 괜찮겠어요? 헨이 당신은 보통 커피를 먼저 마시고 아침은 나중에 먹는다고 하던데요."

커피면 돼요. 일단 화장실 먼저 다녀올게요.

"좋아요. 물론이죠. 다녀오세요. 여기서 기다리고 있을게요. 천천히 다녀오세요."

♦ ♦ ♦

나는 탈출했다. 적어도 잠깐은 그에게서 벗어날 방법을 찾았다. 질문과 응시와 관심에서 벗어나기 위해. 우리의 작은 화장실에 갇혀 있더라도 혼자 있을 수 있으니 다행이다.

나는 거울에 비친 내 모습을 바라본다. 저기 내가 있다. 늘 그렇듯이 왠지 축 늘어져 있고 피곤하고 늙어 보인다. 나는 세면대에 긴 금발 머리카락 한 올이 떨어져 있음을 알아차린다. 머리카락 한 올이다. 그까짓 것에 신경이 쓰여서는 안 된다. 나는 이미 양치질하고 찬물로 세수도 했다. 거울에 비친 모습은 잠을 한숨도 못 잔 사람 같다. 단 1분도. 어제 느꼈던 에너지가 하룻밤 사이에 사라져 버렸다.

나는 세면대 위의 머리카락을 얼굴 가까이 집어 올려서 불빛에 비춰본다. 그것을 뒤집어 본다. 변기 속으로 떨어트린다. 나는 무릎을 꿇고 앉는다. 가능한 한 바닥 타일에 가깝게 얼굴을 가져다 댄다. 바닥에 머리카락이 더 떨어져 있는지 보고 싶다. 내 코가 바닥에서 2~3센티미터쯤 떨어진 곳에서 맴돈다.

아무것도 없다. 나는 자세를 바꾸어 변기 뒤를 들여다보며 잃어버린 반지를 찾는 것처럼 바닥을 손바닥으로 더듬는다. 뒤쪽을 만지니 시원하고 축축하다. 변기 측면에는 습기가 차 물방울이 맺혀 있다. 변기도 마치 우리처럼 땀을 흘리는 것 같다.

아까 그 머리카락 외에 그의 흔적은 없다. 테런스는 우리 첫솔 통에 자기 칫솔을 남겨 두지 않았다. 그건 다행이다. 헨이 그에게 준 수건은 다른 수건과 함께 걸려 있지 않다. 그는 수건을 다시 방으로 가져갔을 것이다. 그의 방은 화장실 바로 옆이다. 변기 뒤의 벽을 통과하면 그의 방이다. 그는 왜 이리 오래 걸리는지 궁금해하고 있을 것이다. 나는 수도꼭지를 다시 돌려 물이 흐르게 한다.

변기 앞에 서서 소변을 본다. 물을 내리기 전에 변기 속을 들여다본다. 진한 노란색이다. 탈수 상태인 게 분명하다. 물을 더 마셔야겠다.

나는 손을 씻는다. 약장을 열고 치실을 꺼낸다. 헨은 늘 치실을 쓴다. 또는 그렇다고 본인이 주장한다. 나는 그리 자주 사용하는 편은 아니지만, 지금은 약장 문을 닫고 치실을 길게 뽑아낸다. 왼쪽 검지에 한쪽 끝을 감고 거울을 들여다본다.

치실의 다른 쪽 끝을 오른쪽 집게손가락으로 감아 입으로 가져간다. 입을 크게 벌린다. 입 안쪽 깊숙한 곳의 두 치아 사이로 치실을 미끄러트려 넣는다. 잇몸 사이로 힘차게 밀어 넣

점유

는다. 점점 압력을 가하면서 앞뒤로 움직인다. 불편함이 느껴질 때까지, 피의 금속맛이 느껴질 때까지 계속해서 치실을 움직인다. 난 멈추지 않고 계속한다. 더 힘을 준다. 불편함이 고통이 된다. 눈에 눈물이 차오르고 입안이 피로 가득 찬다. 세면대에 침을 뱉고 피와 타액이 혼합된 액체가 배수구로 흘러드는 것을 지켜본다.

이런 내 모습에 부끄러움이나 혐오감을 느껴야 한다는 것을 알고 있지만, 하얀 세면대에 흐른 피를 보았을 때 내가 느끼는 감정은 그게 아니다. 기분이 좋다. 깨어 있는 기분이다. 정신이 맑고 살아 있는 기분이다.

나는 모든 게 괜찮은 것처럼 욕실에서 나온다. 테런스는 말
한마디 없이 뒤를 따라 걸으면서 나를 다락방으로 안내한다.
그곳에서 그가 인터뷰를 진행할 것이다. 내가 전혀 하고 싶지
않은 인터뷰를. 나는 그가 여기 내 집에서 내 공간을 침범하는
걸 원치 않는다. 그의 질문에 대답하고 싶지 않지만, 그래야 할
것 같다. 그는 내게 선택의 여지가 있는 것처럼 말하지만, 정말
그럴까? 나한테 정말 선택의 여지가 있을까?

"좋아요, 주니어. 언제든 준비되면 시작할게요. 카메라는 준
비됐어요. 무슨 말이라도 해보실래요? 사운드 레벨을 설정하
는 중이거든요."

다락방은 이 집에서 가장 더운 곳이다. 나는 테런스가 왜 이
곳이 인터뷰하기에 가장 좋은 장소라고 생각하는지 그 이유를
모르겠다. 비어 있고 조용하기는 하지만, 아래층도 그다지 산
만하지는 않다.

그는 이미 우리가 앉을 접이식 의자 두 개를 가져다 놓았다.

가장 특이한 점은 의자의 배치다. 서로 마주 보고 앉는 대신 나는 벽을 바라보고 테런스는 내 뒤에 자리 잡는다. 그는 나에게 앉아서 긴장을 풀라고 말한다. 나는 앉는다. 그리고 그가 내 뒤에 앉느라 내는 소리를 듣는다. 나는 그를 볼 수 없고 단지 들을 수만 있다. 그의 옆에 놓인 삼각대에 설치된 렌즈가 나를 향하고 있다.

무슨 말을 해야 할까? 내 말 들리나요? 안녕하세요. 안녕하세요.

"완벽해요. 됐습니다. 걱정하지 말아요, 주니어. 잘 녹음되고 있습니다. 다 잘되고 있어요. 좋아요. 우리에게 무슨 말이든 해 보세요."

나는 생각한다. 나는 당신이 가버렸으면 좋겠어. 난 당신의 친구가 아니야. 당신이 떠나기를 바라. 내 집에서 나가.

무슨 말을 해요? 나는 묻는다.

"아무 말이나 원하는 대로. 정말이에요. 뭐든 얘기해 보세요."

글쎄요. 무슨 말이 듣고 싶은데요?

"직장은 어때요? 어디서 일하나요? 무슨 일을 해요, 주니어?"

그는 이미 내가 무슨 일을 하는지 알고 있지만, 아마도 더 자세한 정보를 듣고 싶은 모양이라고 나는 생각한다.

지금처럼 다치지 않았을 때는 사료 공장에서 일해요. 작업은 대부분 하역장 남쪽 끝에서 이루어집니다. 그게 내 자리예요.

나는 말을 멈춘다. 무슨 말을 더 해야 할지 모르겠다. 더는 얘기하고 싶지가 않다.

"좀 더 자세히 알려주세요. 난 듣기만 하고, 아무 말도 하지 않을 거예요. 더 말해 주세요. 무엇이든 떠오르는 대로."

곡물은 매일, 온종일, 시간에 상관없이 들어오죠. 나는 다른 위치에서 일할 수도 있었어요. 짐을 덜 들어 올리는 자리나 덜 육체적인 일을 할 수도 있었죠. 하지만 이젠 그 일에 익숙해요. 힘든 일도 좋아하고요. 나는 일부 남자들처럼 종일 앉아 있거나 시간만 죽이는 건 좋아하지 않아요. 아침이 공장에서 가장 바쁜 시간이에요. 그 시간이 가장 빨리 지나가죠. 난 빈둥거리는 것보다는 바쁜 게 낫다고 입버릇처럼 말해요.

"아주 좋아요, 주니어. 좀 더 얘기해 줘요."

곡물에 관해 얘기할까요? 나는 묻는다.

"예, 물론이에요. 곡물 얘기를 해보세요."

포장된 상태나 덩어리로 들어와요. 포장된 곡물이 훨씬 다루기가 쉽죠. 트럭에서 목판 미끄럼틀 위로 내리거든요. 내가 지게차로 미끄럼틀을 한 번에 하나씩 옮겨놓아요. 하역장에서 구렁까지 옮기는 거예요. 모든 게 구렁으로 먼저 이동하고, 그런 다음 거기에서 나뉘어 다시 움직여요.

덩어리로 들어온 곡물은 곧장 이동식 호퍼*로 쏟아부어요. 그런 다음 자루에 담아야 해요. 포장용 공간이 따로 있거든요. 그 일은 쉽고 아무 생각 없이 할 수 있어요. 지루하다고 생각하면, 정말 지루해서 힘들 수 있어요. 먼지도 꽤 많이 나죠. 눈에는 안 보일지 몰라도, 사방이 포장지나 섬세한 코팅을 입힌 것처럼 얇게 덮여 있어요. 포장하는 게 쉬운 일이 아니에요.

"근처에 동물 농장이 있었던 때를 기억하나요?"

나는 생각해 본다.

아니요. 모르겠어요. 내가 말한다.

"내 생각에 그런 거대 농장들은 환경이 꽤 열악할 수도 있을 것 같아요."

가금류 농장이 최악이죠.

"가금류 농장에 가본 적이 있나요?"

아니요. 안 가봤어요. 하지만 얘기는 들어봤어요. 아주 끔찍한 곳이라고들 하던데요.

"그래요?"

닭장 하나에 너무 많은 닭을 빽빽하게 몰아넣고 키운대요. 그럼 안 되잖아요. 그런 닭장에는 승강기도 있다고 해요. 닭들이 수십 층으로 겹겹이 쌓여 사는 거죠. 신선한 공기라는 건

◆ 곡물이나 사료 등을 담아 아래로 내려보내는 V자형 용기이다.

아예 없고, 자연광도 없죠. 이론상으로는 환기가 되어야 하지만, 실제로는 그렇지도 않고요.

"그쪽 방면으로 많이 알고 있네요."

네. 그런 것 같아요. 듣기만 해도 많이 배울 수 있으니까요. 환풍기가 고장이 나도 바로바로 수리하지 않아서 늘 망가져 있대요. 환기 시설이나 빛, 닭들을 아무도 신경 쓰지 않는 거죠.

"직장에서 이런 얘기들을 하나요? 그래서 이쪽 상황을 그렇게 잘 아는 건가요?"

난 회사에서는 거의 말을 안 해요. 보통은 그렇죠. 하지만 듣기는 해요.

"함께 일하는 사람들이 그런 얘기를 들려주는 거군요."

맞아요. 지나가다 듣기도 하고요.

"그럼 이런 얘기는 직접적인 설명이고, 당신은 이야기들을 듣고 나서, 나름의 견해를 형성하는 거고요? 나름의 판단을 하는 거겠죠? 아니면 동료들이 내린 판단이라고 할 수 있을까요?"

양계장에서 일했던 사람 하나가 닭의 뇌가 그의 엄지손가락보다 작다고 했어요. 인간이라는 존재의 특권은 우리의 뇌가 다른 생명체의 운명을 결정할 만큼 적당히 크다는 거야. 그가 한 말이에요. 그러고 나서 웃더라고요.

"다른 말도 하던가요?"

그런 농장에서는 박테리아와 곰팡이가 드물지 않게 발생한

점유

다고 하더군요. 그런 균에 감염된 조류는 무기력해지고 방향 감각도 상실한다고요. 가금류 농장 작업자들은 내내 마스크, 고글, 장갑을 착용해야 해요. 모든 새를 해치는 온갖 종류의 흉측한 작은 기생충이 있거든요. 그런 게 돌기 시작하면, 건강한 가축은 거의 남지 않는다고 보면 돼요.

"당신이 왜 내게 이런 이야기를 들려준다고 생각하나요?"

모르겠어요. 나는 그의 질문을 곰곰이 생각해 본 후 대답한다.

"그거 흥미롭네요, 주니어. 정말이에요. 헨과도 이런 대화를 나눈 적이 있나요? 아니면 단지 이 정보, 이 기억이 지금 막 떠오른 건가요?"

모르겠네요. 내가 말한다.

그가 내 뒤에서 자신의 스크린에 대고 뭔가 소음을 내는 게 들린다. 하지만 그는 아무 말도 하지 않는다.

"당신은 공장에서 일하는 걸 행복으로 느끼는 게 분명해요. 들어보니 당신에게 딱 맞는 일 같네요."

내가 행복했던가? 지금은 행복한가? 어쩌면 그럴지도 모르겠다고 나는 생각한다. 다른 사람들은 자기 직업에 관해 어떻게 생각할까? 우린 반드시 해야 하는 일이기에 할 뿐이다.

내가 말한다. 공장일은 그냥 곡물, 사료, 곡물, 사료뿐이에요. 종일 그것뿐이죠. 시간은 계속 흘러가고요. 난 항상 그게 좋은 일이라고 생각해 왔어요. 최근까지는요. 그런데 이제는 잘 모르겠어요. 좋은 건가요? 시간이 빨리 가는 게? 며칠 전에야 비로소, 나는 시간에 대해 다른 식으로 생각하게 됐어요. 왜 우리는 지금 우리가 사는 이 시간대에 사는 걸까요? 만약 우리가…….

"지금은 이 정도면 충분한 것 같아요, 주니어. 고마워요. 정말 잘해 주었어요. 마지막으로 한 가지만 더 질문하고 좀 쉬도록 하죠. 잠깐 눈을 감아주실래요?"

나는 눈을 감는다.

"좋아요. 자, 보이시나요?"

방금 눈을 감으라고 했잖아요.

"알아요. 내 질문은 눈을 뜨라는 게 아니었어요. 내가 하는 질문을 잘 생각해 보세요. 눈을 감고도 볼 수 있나요?"

당신의 모습은 볼 수 없어요. 지금 이 방에서 일어나는 일도 마찬가지고요.

"그건 나도 알아요. 그래도 뭔가를 볼 수 있지 않나요?"

나는 기다린다. 눈은 계속 감고 있다. 마음을 비운다. 집중한다. 뭘 봐야 하는 걸까?

네. 볼 수 있어요. 내가 말한다.

"무엇을 볼 수 있나요?"

지금, 이 순간에요?

"네. 지금, 이 순간에요."

헨.

♦♦♦

테런스는 대화가 끝났음을 알린다. 나는 일어나 아래층으로 걸어 내려간다. 인터뷰에 지치고 괴롭고 당혹스럽다. 의외로 긴장된 분위기였다. 나는 그렇게 말을 많이 할 준비가 되어 있지 않았다. 하지만 일단 의자에 앉고 나니, 말을 멈출 수가 없었다. 그의 질문, 그의 침묵. 그것들은 마치 정보가 내게서 흘러나오도록 의도적으로 설계된 것 같았다. 그의 주위에 머물면 머물수록 그에 대한 신뢰가 사라진다.

밖으로 나가서 나는 좁은 흙길을 따라 헛간으로 향한다. 체인을 풀고 나무 걸쇠를 들어 올린 다음 헛간에 들어간다. 닭들은 늘 그렇듯이 목적도 없이 이리저리 돌아다니는 중이다. 몇 마리가 나를 쳐다보고, 또 몇 마리는 나를 완전히 무시한다. 그럴 필요는 없지만, 난 어쨌든 모이통을 더 채워준다. 생각이 계속 소용돌이친다. 그러면서 기분이 더 나아지는 대신 점점 더 나빠지는 것 같다. 어깨가 아프다. 왜 그에게 양계장에 관해 이야기했을까? 나는 내 닭들을 내려다본다. 이 녀석들은 그런 농장에 있는 닭들처럼 고통 받지 않는다. 먹이도 제대로 제공받는다. 보살핌도 받는다. 널찍한 공간도 가졌다. 자유롭다.

헛간에 있는 유일한 작은 창문을 통해 나는 집을 바라본다. 위층 테런스의 방에서 움직임이 보인다. 그가 방에 있다. 나는 그의 블라인드가 내릴 때까지 계속 지켜본다. 내게 헛간이 있어서 다행이다. 집에 있고 싶지 않을 때, 휴식과 고독이 필요할 때, 생각할 시간이 필요할 때 올 수 있는 이런 공간이 있어서 기쁘다. 돌볼 닭이 있다는 사실도 기쁘다. 내가 녀석들을 지금 하듯이 사려 깊게 돌본다는 사실도 기쁘다. 나는 닭들을 매우 잘 안다. 닭은 익숙하고 예측할 수 있다.

나는 헛간 뒤쪽을 한가로이 거닐고 유채밭을 배회한다. 테런스의 인터뷰는 내 안에서 완전히 멈추지 않은 무언가를 움직이게 했다. 삶은 각 개인에 의해 결정되어야 하고, 합법적이지 않을 때만 개입이 허락되어야 하는 거 아닐까? 도전과 발전의 요소도 필요하지 않을까?

그런 생각을 하자 시범 정착 시설이 떠오른다. 그게 내 소명일까? 내 도전? 그게 내가 제안받은 발전일까? 내 자리에 다른 사람이 선택되었다면 어땠을까? 내 인생은 당연히 다른 길로 나아갔을 것이다. 내가 포함된 게 추첨을 통해서가 아니라, 미리 정해져 있던 거라면? 테런스에게 일단 이걸 물어서 그를 난처하게 해봐야 할 것 같다.

점유

내가 집으로 돌아간 시점에 테런스는 여전히 위층에 있다. 나는 그를 부른다.

위에 있죠!

대답이 없다.

나는 거실에 있는 내 의자로 걸어간다. 내 스크린을 집어 든다. 무의식적으로 헨의 직장으로 전화를 건다. 벨이 세 번 울리자 그녀가 전화를 받는다.

여보, 나야. 저기…….

"무슨 일인데? 나 회사에 있을 때는 생전 전화 안 걸더니, 어쩐 일이야?"

그녀의 목소리에서 걱정이 느껴진다.

내가 말한다. 오늘 아침에 테런스와 한참이나 대화를 나눴어. 아니, 실은 나 혼자 떠들었지, 그것도 많이. 테런스가 그렇게 유도해 가더라고. 그는 지금 자기 방에 올라가 있어. 헨. 어쩐지 좀 이상해. 전부 다 이상해. 대체 무슨 일이 일어나고 있는 건지 모르겠어. 나에게 말이야. 그에게도. 이 상황도.

"어떻게 이상한데? 당신이 무슨 얘기를 했는데?"

주로 일에 관한 거. 그런데…… 이상했어. 난 그냥 그가 묻는 말에만 대답하려고 했거든. 느긋하게 굴려고 애도 썼어. 마음에 떠오르는 걸 말하려고. 그런데 요점이 뭔지 모르겠어.

헨은 조용하다. 아무 말도 하지 않지만, 나는 배경의 소음을 들을 수 있다. 아마도 그녀의 동료들일 것이다.

일은 어때? 내가 묻는다.

"바빠. 늘 똑같지 뭐." 그녀가 말한다.

내가 생각해 봤는데, 아무래도 누군가에게 얘기해야 할 것 같아. 우리에게 무슨 일이 일어나고 있는지. 그들에게 테런스가 누구고 왜 여기로 왔는지, 그리고 아우터모어는 어떤 곳이고 난 어디로 가게 될지 등에 관해 얘기하는 거지.

"난 그게 좋은 생각인지 잘 모르겠어." 헨이 대답한다.

왜 그런데? 당신이 생각하기에는 소름 돋지…….

삐걱거리는 소리가 들려서 나는 돌아선다. 테런스가 내 뒤겨우 몇 걸음 떨어진 곳에 서 있다. 나는 그가 아래층으로 내려온 줄 몰랐다. 지금까지 아무 소리도 내지 않았기 때문이다.

"주니어? 무슨 일이야?" 그녀가 묻는다.

아무것도 아니야. 그만 끊어야 할 것 같네.

"알았어. 나중에 봐."

나는 전화를 끊고, 스크린을 탁자 위에 다시 내려놓는다.

"닭들은 어때요, 주니어?"

그는 내가 어디 있었는지 안다. 아마 내내 지켜보고 있었을 것이다. 내가 집을 나가서 계단을 내려가 헛간으로 가서 안으로 들어가는 것까지. 그게 그가 여기 온 이유 아닌가.

닭들이야 늘 똑같죠. 모이만 좀 더 주고 왔어요. 내가 말한다.

"헨과 통화하고 있던 겁니까?"

맞아요.

"직장으로 자주 전화를 하시나요?"

상황에 따라 다르지만, 아니요. 그리 자주는 안 해요.

"별일 없는 거죠?"

네. 바쁘대요.

"우린 그녀의 안위를 늘 확인해야만 해요. 가장 중요한 일이니까요. 당신에게는 거리낌 없이 이런 말을 할 수 있지만, 헨에게는 얘기하기가 좀 그러니 이건 우리끼리만 알고 있도록 하죠. 이런 상황에서는 뒤에 남는 배우자가 가장 큰 타격을 받고, 그에 대처하는 데 어려움을 겪는 일이 종종 생기거든요."

음, 충분히 이해할 만한 일이죠. 이런 일이 일상적으로 일어나는 건 아니잖아요.

"맞아요. 이런 상황은 불확실하고 낯설고 스트레스도 엄청나니까요. 우리는 배우자들이 상대 배우자의 잠재적인 부재에 어떤 영향을 받는지 많은 연구를 했습니다. 그리고 난 여기 와서 두 분의 조용한 일상을 망쳐놨어요. 그래서 단지 우리가 헨의 복지를 최우선으로 생각해야 한다는 데 의견을 같이할 수 있으면 좋겠어요. 그러니 만약 그녀가 이상하게 행동한다고 생각하거나, 그녀가 당신에게 무슨 말이라도…… 그러니까 당신을 당황스럽게 할 만한 무슨 말이라도 한다면, 내게 말해 주는 게 최선이에요. 즉시요. 그녀가 당신에게 평소와 다른 말을 한 게 있나요?"

아니요. 내가 말한다.

"좋아요. 그리고 미안해요, 주니어. 오늘 아침에 내가 깜빡한 게 하나 있어요. 인터뷰하기 전에 해야 했는데, 내 잘못이에요. 큰 문제는 아니지만, 지금 하는 게 좋을 것 같아요. 오래 걸리지 않을 겁니다."

뭔데요?

"별거 아니에요. 당신에게 뭔가 부착하는 겁니다. 작은 센서."

그가 두 손가락 사이에 밝은 갈색 패드를 들고 있다. 얇고 작으며, 유연하고 부드러운 재질로 만들어졌고, 동전보다 크지 않고 원형 반창고와 비슷하게 생겼다.

"가볍고 무해한 겁니다. 붙어 있는지 눈치 채지도 못할걸요."

이런 건 붙이고 싶지 않아요.

"별거 아니라니까요. 그렇지만 중요해요. 혈압이나 심박 수, 그런 따분한 것들을 추적하는 겁니다."

얼마나 오래 붙이고 있어야 해요?

그가 내 뒤로 움직인다. "30초만 지나면 이게 붙어 있다는 사실도 잊어버릴 거예요. 내가 약속합니다."

나는 반복해서 거절 의사를 밝히지만, 그가 내 목덜미 중앙,

머리선 바로 아래 센서를 단단히 눌러서 붙이는 것을 느낀다. 약한 열감과 따끔한 감각이 둔하게 느껴진다. 나는 손을 그 자리로 가져가서 만진다.

"됐어요. 그게 다예요. 다 된 겁니다."

계속 붙어 있는 건가요? 아니면 자거나 샤워를 하면 떨어지는 건가요?

"아니요. 계속 붙어 있을 겁니다. 그냥 잊어버리면 돼요."

좋아요. 내가 말한다. 손가락으로는 여전히 그 작고 부드러운 원형 센서를 더듬어 본다.

"내가 이 말을 해도 개의치 않으시며 좋겠어요. 당신과 헨이 전화 통화하는 걸 들었어요. 거기에 대한 내 견해를 말씀드릴게요. 적어도 지금은 이 상황을 조용히 유지하는 게 가장 좋을 겁니다. 다른 사람들이 당신의 행운에 어떻게 반응할지 결코 알 수 없을 테니까요. 이 지역에는 새로운 일자리도 별로 없고, 크게 흥분할 일도 없습니다. 그런데 이건 쉽게 분노를 일으킬 수 있는 일이에요. 이런 상황에서 가장 일반적으로 일어나는 반응이 바로 질투거든요. 그게 인간의 본성입니다."

그냥 생각만 해본 거예요.

"게다가, 비밀을 지키는 건 일종의 게임입니다. 우리는 게임을 하고 있어요, 알았죠? 그렇게 생각해 보세요. 그저 게임일 뿐이라고요. 그리고 게임은 재미있어야 하잖아요."

♦♦♦

테런스는 내게 홀로 있을 시간, 즉 '생각을 정리할 시간'을 주었다. 내가 의자에 앉아 벽을 바라보면서 집중하려 애쓴 건 기껏해야 몇 분, 어쩌면 15분에서 20분 정도였을 것이다. 그동안 나는 생각을 했다.

그러고 나서 그가 미소 지으며 다시 내 옆으로 돌아온다.

"여기서 공장 일에 관해 계속 질문만 해댈 게 아니라, 내가 직접 가서 공장도 한번 둘러보고, 작업자 몇 명과 얘기도 나눠 보면 이 지역 사람들에 관해 좀 더 감을 잡을 수 있지 않을까 싶어요." 그가 말한다.

난 별로 내키지 않는다. 그가 내 삶에 더 깊이 파고드는 걸 원치 않는다.

우리가 함께 가면 어떨까요? 지금 가도 되잖아요. 내가 충동적으로 제안한다.

"아니요. 그러지 않아도 돼요, 주니어. 어깨가 그런데, 괜히 집 밖으로 돌아다니게 하면 내 마음이 좋지 않을 거 같아요."

그래도 걸을 수는 있어요. 다리는 괜찮잖아요. 그리고 당신이 내가 일하는 곳을 보고 싶어 한다는 것도 알겠어요. 그러니 말 나온 김에 지금 가자고요. 내가 말한다.

"음, 당신이 대장이니 알아서 해요. 좋아요, 그럼. 왜 안 되겠어요."

우리는 함께 밖으로 걸어 나가서 내 트럭에 올라탄다. 난 트럭의 시동을 걸고 '공장'이라고 말한다.

내비게이션 시스템이 깜박이더니 내 말을 인식했다는 의미로 삑 소리를 낸다.

"아파요?" 우리가 도로로 나서자마자 그가 묻는다.

어깨요?

"네, 길이 울퉁불퉁할 수 있잖아요. 집에서 의자에 앉아 쉬는 것과는 다를 겁니다."

아니, 괜찮아요. 조금 돌아다니는 게 더 나을지도 모르죠. 가끔 한 번씩 집 밖으로 나서는 것도 좋아요. 집을 떠나지 않는 건 신체적으로나 정신적으로 건강하지 않거든요.

"이 트럭은 타고 다닌 지 얼마나 됐나요?" 그가 묻는다.

한참 됐어요. 새 차를 산 것도 아니에요.

"상태가 좋네요."

차는 관리만 제대로 하면 오래 탈 수 있어요.

"다른 모든 것도 마찬가지죠." 그가 말한다.

내가 테런스와 집 밖으로 나선 것은 이번이 처음이다. 트럭에 나란히 앉아 있으니, 전보다 더 그를 더 의식하게 된다. 트럭은 우리를 목적지로 데려가고, 그동안 나는 테런스를 찬찬히 살펴볼 기회를 얻는다. 테런스가 내게 하는 것처럼. 그는 손톱을 물어뜯는 모양이다. 손목은 가늘다. 턱수염도 없고, 면도를 안 해서 까칠하게 자란 수염도 없다. 나이는 기껏해야 스물두서너 살 정도밖에 안 돼 보인다. 하지만 그 직장에서 일하려면 그보다는 나이가 있어야 할 것이다. 최소한 서른은 되어야한다. 하지만 절대로 그렇게 보이지 않는다. 긴 머리는 물론이고, 아기 같은 얼굴도.

"그래. 어떤가요?"

키가 큰 노란 꽃의 들판이 우리 옆으로 몰려든다.

뭐가 어때요? 나는 묻는다.

"공장이요. 정말 궁금하거든요." 그가 내 쪽으로 몸을 돌리고 왼쪽 다리를 들어 몸 아래로 당겨 넣으며 말한다. "난 당신이나 헨리에타와 함께 있으면 굉장히 편하지만, 거긴 내가 아는 사람이 아무도 없잖아요. 내가 뭘 예상하고 가야 할지 알려주세요."

전에 종자나 곡물 공장에 가본 적 있어요?

"아니요. 없어요."

정말 큰 건물이에요. 건물이 몇 채 더 있고요. 모두 연결되어 있죠.

나는 우리 대화의 초점을 그의 쪽으로 돌릴 작정이다. 항상 나에게 초점이 맞추어진 대화가 갈수록 지긋지긋하다.

수년 동안 어떤 종류의 일을 했어요? 아우터모어 이전에 말이에요. 내가 묻는다.

"이런저런 다양한 일을 했죠. 내가 무엇에 열정을 가졌는지 알아내기까지 꽤 시간이 걸렸어요. 난 열정이 있어야만 해요. 그렇지 않으면 그 일을 왜 하겠어요?"

난 아무 대꾸도 하지 않는다. 공장 일에 대한 내 감정이 열정이라고 설명할 수 있을지 확신이 서지 않는다. 그냥 직업일 뿐이다. 내가 잘하는 직업. 난 일자리가 필요하고, 그래서 그 일을 한다. 어떤 이상 같은 것이 아니다.

바로 그때 그가 대화의 주제를 바꾼다. 하지만 이유는 모르겠다.

"헨은 여행을 많이 다녀보지 않은 것 같아요. 그렇죠? 많이 해봤나요?"

아니요. 여행을 다닐 필요가 없으니까요. 여행을 그리 좋아하지도 않아요. 헨은 집과 자기 삶의 많은 부분에 상당히 만족하고 있어요. 그건 전혀 잘못된 게 아니잖아요.

"당연히 아니죠. 전혀 아니에요. 어젯밤에 그녀의 피아노 연주를 들었어요. 정말 잘 치던데요."

제2막

내가 아는 최고의 연주자죠. 내가 말한다.

저기, 내가 당신에게 뭘 좀 물어볼 게 있어요. 당신이 정직하게 대답해 줬으면 좋겠어요. 내가 말한다.

"물론입니다."

그건 어때요? 그거 있잖아요, 여기 와서 내 자리를 차지할 그거? 그게 헨과 함께 살 예정이잖아요.

맙소사. 내가 테런스에게 이렇게 직접적으로 질문을 한 것도, 그것, 그러니까 그 대체품이라는 것에 관한 얘기를 꺼낸 것도 처음이다. 왜 굳이 지금 그 얘기를 하는지는 나도 모르겠지만, 갑자기 물어보고 싶은 충동이 일었다.

"그게 정확히 당신의 자리를 차지하는 건 아니에요. 그냥 거기 있게 되는 거죠. 일종의 대리 교사 같은 것으로 생각하면 될 겁니다. 아이들이 뒤처지지 않도록 돕기 위해 몇 개의 수업을 가르치려고 오는 대리 교사요."

좋아요. 내가 말한다.

하지만 그렇다고 괜찮은 건 아니다. 나는 전혀 괜찮지 않다.

"당신이 궁금해하는 건 당연한 거예요. 질문하는 걸 자존심 상해하지 말아요."

나는 그게 어떤 건지 도저히 이해할 수가 없어요. 내가 말을 잇는다. 노력은 해봤지만, 도저히 안 돼요.

"그건 당신하고 똑같아 보일 거예요, 주니어. **정확히** 당신처럼 보이는 거죠. 심지어 당신조차도 당신 자신과 그것 사이의 차이를 말할 수 없을 정도로요."

나는 테런스에게서 시선을 돌려 창문에 비친 내 모습을 바라본다. 사람이 그렇게 완벽하게 복제될 리가 없다. 불가능하다.

"내가 당신 입장이라도 역시 믿기 힘들었을 거예요. 그건 우리가 태어나기 직전, 광범위한 3D 프린팅이 시작되었던 이전 시대의 기술력까지 거슬러 올라갑니다. 3D 프린팅의 첫 번째 업적은 맞춤 뼈와 관절을 프린팅한 것이었죠. 교체가 필요한 환자를 위해서요. 사실 이 모든 건 의료 서비스 추진 계획에서 시작된 거예요. 그 뼈들은 제조되었지만, 완전히 가짜는 아니었어요."

완전히 진짜는 아니지만, 그렇다고 완전히 가짜도 아니라는 거네요?

"그렇다고 할 수도 있겠죠. 맞아요. 그것들은 칼슘과 다른 유기물질로 만들어졌는데, 그 유기물질은 합성물질과 결합한 것이죠. 그 후로도 기술은 계속 발전해 나갔어요. 그런 다음 여가 활동으로서의 가상현실이 시작되었죠. 지금 우리가 하는 일은 가상현실에서 자연스럽게 발전해 온 거예요. 난 우리가 이 모든 일이 얼마나 빨리 일어날지, VR은 또 얼마나 빨리 쓸모없어질지, 그리고 다음엔 또 어디로 이어질지 깨닫지 못했다고 생각해요."

늘 그렇게 되는 것 같더라고요. 한 가지가 다음을 위해 길을 닦는 거죠. 내가 말한다.

"성장과 진보, 그건 인간의 본성이에요. 항상 이런 식이었어요. 불가능하던 것이 어느 순간 성취할 수 있는 게 되지만, 그건 다음번 불가능이 새로 추구하는 목표가 되는 순간 빠르게 잊히고 말아요."

그렇다면 우리가 그걸 하나로 묶는 공통의 실마리네요.

"인류를 의미하는 건가요?"

맞아요. 나는 당신이 도착한 이래로 우리가 살아가는 방식에 관해서, 또, 우리가 어디에 의존하는지 등에 관해서 더욱더 많이 생각하게 됐어요. 그리고 우린 진보에 의존하죠.

테런스가 고개를 끄덕이기 시작한다. "맞아요. 심지어 당신의 트럭도. 그리 오래전 일도 아니에요. 아마도 당신 부모님이 어렸을 때쯤, 그때만 해도 사람들이 여전히 자기 차를 운전해 다녔죠. 지금 우리 눈에는 오류투성이의 인간이 고속도로를 따라 시속 100킬로미터의 속도로 거대한 금속 덩어리를 조종해 다닌다는 게 너무나 어리석고 터무니없고 위험해 보이지만, 몇 세대 동안은 그게 일반적이었어요. 모두가 차를 소유했고, 사람들이 그걸 직접 운전했죠. 아무도 그것을 심각하게 생각하지 않았어요."

그리고 모든 것이 변하는 동시에, 또 많은 게 그대로 유지되죠.

"맞아요. 아우터모어 슬로건이 의미하는 바도 그거예요."

더 멀리, 더 뛰어나게. 내가 말한다.

그는 잠깐 아무 반응도 하지 않는다.

"우리 슬로건을 아시네요?"

그런 것 같네요. 어딘가에서 봤거나, 당신이 언급하는 걸 들었을 거예요.

테런스는 창밖을 내다본다. "난 이 주변에 유채밭이 이렇게 많은 줄 몰랐어요." 그가 말한다.

이곳은 거의 다 유채밭이 되었어요. 저기 좀 보세요. 앞쪽으로. 저기. 내가 말한다.

우리가 운전하는 동안 이어지던 노란 꽃의 바다가 처음으로 끊어지고 세 개의 공장 타워가 보인다.

"우와. 당신 말이 맞네요. 정말 오래된 것처럼 보여요. 마치 버려진 곳 같군요." 그가 말한다.

한때는 좋은 시절도 있었어요.

♦♦♦

우리는 비포장도로를 벗어나 공장의 다 허물어져 가는 철조망 문을 통과해 자갈이 깔린 주차장에 들어선다. 나는 오랫동안 집에서부터 이 부지까지 운전해 다녔다. 우리는 몇 대의 트럭이 줄지어 서 있는 끝자락에서 주차할 곳을 찾는다.

오늘 우리는 앞문으로 들어갈 거예요. 하지만 난 평소에는 그쪽으로 안 다녀요. 작업자용 출입구인 뒷문으로 들어가죠. 내가 말한다.

테런스는 스크린을 꺼낸다. 메모를 하거나 사진을 찍으려는 것이라고 나는 추측한다. 아니면 둘 다이거나.

우리가 문으로 들어가자 차임이 울린다. 테런스는 내 뒤로 한두 걸음 뒤처져서 들어온다. 주변에는 아무도 없다. 심지어 메리도 없다. 나는 이상하다고 생각한다. 자기 책상에 앉은 그녀와 마주치리라고 예상했기 때문이다. 그녀는 접수원이다. 보통 지금 이 시각이면 직원들을 맞이하고 전화를 받으면서 자리에 앉아 있어야 한다.

이쪽이에요.

나는 입구를 통해 뒤쪽 하역장이 있는 곳으로 그를 데리고 간다. 이곳에도 역시 아무도 없다.

"내가 생각했던 것보다 훨씬 크네요. 볼 것이 많아요." 테런스가 말한다. "아마도 내일 다시 한번 와서 놓친 게 없나 둘러봐야 할 것 같네요. 화장실이 저쪽인가요?" 그가 우리 왼쪽에 있는 긴 복도를 가리키며 묻는다.

예. 저쪽으로, 끝까지 가세요.

"금방 다녀올게요."

나는 공장의 이쪽 구역에는 자주 오지 않는다. 여기 이런 식으로 서 있어 본 적도 없다. 오늘은 이상하게 조용하다. 다들 어디로 갔을까? 물 한 방울이 천장에서 내 발 옆 바닥으로 떨어진다. 젖은 곳 주변으로 물 몇 방울이 모여 있다. 다음 방울은 떨어지기까지 천천히 형성되지만, 어쨌든 떨어지기는 한다.

메리. 나는 복도 끝에 있는 그녀를 올려다보며 말한다. 잘 지냈죠?

그녀가 멈추고는 나를 쳐다본다.

"주니어? 어머, 세상에! 몸은 좀 어때요? 못 올 줄 알았는데, 어쩐 일이에요?" 그녀가 나에게 걸어오기 시작한다. "어디 좀 봐요! 헨이 전화했어요. 어깨를 다쳤다면서요? 몸 상태는 어때요?"

좋아요. 그냥 좀 쑤시는 정도예요. 괜찮아지겠죠.

"여기서 뭐 하는 거예요?" 그녀가 말한다. 그리고 조심스럽게 나를 끌어당겨서 안는다. 나는 허리를 구부려줘야만 한다. 그녀는 내 어깨를 조심한다. "난 당신이 이렇게 금방 일하러 올 수 있을 거라고는 생각지 않았어요."

아니에요. 지금 당장은 할 수 없어요. 잠시 쉴 거예요.

두 사람이 지나가면서, 메리를 향해 고개를 끄덕이지만, 둘 다 대화를 멈추지는 않는다.

"우리 모두 당신이 그리울 거예요. 벌써 보고 싶던걸요. 그렇지만 우리끼리 그럭저럭 해나갈 수 있어요. 그러니 당신은 필요한 만큼 푹 쉬어요."

오늘 내가 어디 갔는지 궁금해하면서 나에 관해 물어온 사람이 있었어요?

"오늘이요?" 그녀는 머리 주위에서 윙윙거리는 파리를 향해 극적으로 획획 손을 내젓는다. "글쎄요. 잘 모르겠네요. 오늘 여기 온 이유가 있는 거예요? 아직 쉬어야 하잖아요."

그냥 테런스를 내려주려고 온 거예요. 그가 여길 둘러보고 있거든요.

호퍼 몇 개가 켜져 있고, 차츰 소리가 시끄러워진다. 듣고 있기가 점점 더 힘들다.

"테런스?"

그래요, 테런스. 이제는 고함을 질러야 한다. 헨의…… 사촌이에요. 우리와 잠시 함께 지내고 있어요.

"아, 맞다. 헨이 얘기했어요. 어쨌든 오늘 얼굴 봐서 정말 반가웠어요. 곧 예전처럼 건강 되찾기를 바랄게요. 기억해요. 건강보다 더 중요한 건 없어요."

♦♦♦

우리는 한 시간 정도 공장에 있었다. 요즘 내가 불안한 심정으로 깨닫기 시작한 무언가가 있는데, 나는 그게 스트레스나 수면 부족 탓이라고 추정한다. 다름 아니라, 전에는 한 시간이 한 시간처럼 느껴졌다면, 최근에는 시간이 빨라졌다. 아니, 어쩌면 시간이 느려졌는지도 모르겠다.

어떻게 불과 며칠 사이에 인식이 이토록 빠르게 변할 수 있을까? 테런스는 잠시 혼자서 하역장을 둘러보았지만, 내가 함께 있을 때는 계속해서 말을 걸었다. "이것 좀 봐요." "저것 좀 봐요." "그렇다면 그게 무슨 의미라고 생각하나요?" 그는 내게 도구와 장비에 관해서도 물어보았다.

공장을 떠날 무렵이 되었을 때, 나는 긴장도 되고 짜증스럽기도 했다. 집으로 차를 타고 가는 동안, 나는 계속 창밖만 내다보았고, 그는 계속해서 스크린에 무언가를 입력했다. 어딘가로 전화도 한 번 걸었는데, 나에 관해 이야기하는 듯했다. 집에 돌아왔을 때, 나는 잠시 혼자 있고 싶었지만, 그는 다시 대화를 나누고 싶어 했다.

우리는 다시 그의 임시 심문실로 돌아갔다. 그는 지난번처럼 내 뒤에 앉아 있다. 우리가 공장에서 돌아왔을 때, 헨은 이미 집에 와 있었다. 나는 그녀에게 공장에 다녀온 이야기를 하고 싶었지만, 테런스가 항상 가까이 있거나 우리 사이에 끼어들었다.

"몸은 좀 어때요? 어깨는 괜찮아요?" 테런스가 묻는다.

느낌도 거의 없어요.

"아, 정말이요? 통증이 없어요?"

네. 안 아파요.

"좋아요, 좋아요. 그 알약 덕분이에요. 그게 도움이 되는 겁니다. 입안이 마르는 증상은 없어요?"

나는 그에게 무엇을 말하고, 어느 정도까지 말해 주어야 하는지 나 자신과 논쟁한다.

입이 마르지는 않지만, 난, 그러니까 내 느낌은…… 마치 커피를 너무 많이 마신 것처럼 정신적으로 활력이 느껴지지만, 카페인 과용 때처럼 막 예민하고 그렇지는 않아요. 뭔가 좀 달라요.

내가 느끼는 건 활력 그 이상이다. 뭔가 좀 더 심오한 느낌이지만, 난 그런 사실은 테런스에게 털어놓지 않는다.

"흥미로운 얘기네요. 그렇다니 다행이에요." 그가 말한다.

하지만 이상해요. 오늘 아침에 뭔가를 생각해 보려 했거든요. 어렸을 때, 그러니까 열여섯 살 때 아직 학교 다니던 시절을 떠올려 보려고 했지만, 할 수 없었어요. 사소한 것들을 자세히 기억할 수 없더라고요. 그 무엇에 관한 기억인지 정도는 알겠는데, 그게 전부였어요. 혹시 당신이 주는 그 약이 기억에 영향을 미칠지도 모른다는 생각은 하지 않나요?

테런스는 나를 진지하게 바라본다. "내가 제대로 이해를 한 건지 모르겠네요. 만약 열여섯 살 때가 기억이 나지 않는다면, 그걸 어떻게 알고 있다는 건가요?"

바로 그게 이상하다는 거예요. 내가 모른다는 거. 내가 그걸 알고 있다는 사실, 그게 내가 아는 전부예요. 거기에 중요한 기억이 있다는 건 알지만, 내 손이 닿지 않는 저 너머에 있다는 겁니다.

헨이 문 앞에 나타난다. 그녀가 어디까지 들었는지 모르겠다.

"당신은 여기 오면 안 돼요." 그녀를 보자마자 테런스가 단호하게 말한다.

"왜 남편에게 그런 질문을 하는 건가요? 이이는 많은 스트레스를 받고 있어요. 그런데 당신은 남편의 기분이 더 나아지게 하지 않잖아요. 오히려 더 나빠지게 하고 있어요."

"헨, 부탁이에요. 지금은 때가 아닙니다."

"지금 당신이 하는 행위는 부당해요."

테런스가 목소리를 높인다. 전에 한 번도 들어본 적 없는 목소리다. "그쯤 해두라고요! 당신은 여기 있으면 안 된다고 했잖아요."

이봐요. 진정해요. 헨에게도 우리만큼 여기 있을 권리가 있어요!

"주니어, 난 아무런 방해 없이 당신과 일대일로 대화 나눌 시간이 필요해요. 헨, 당신이 상황을 악화시키고 있어요. 제발. 정중하게 부탁하는 겁니다."

"당신은 잘하고 있어, 주니어. 그러니까 그의 질문에 할 수 있는 만큼만 답하면 돼. 난 아래층에 있을게."

그녀는 테런스에게는 아무 말도 하지 않고 떠난다.

그가 말한다. "두 분 모두 심경이 복잡한 모양이군요. 게다가 난 중간에서 방해나 하고 있고요. 저도 알아요. 하지만 이건 최선을 위한 겁니다. 헨은 괜찮을 거예요. 나라면 그녀의 반응에 대해 너무 걱정하지 않을 겁니다. 이제 내가 몇 가지 확인할 거예요. 모든 게 괜찮은지 확실히 해야 하거든요. 혈압과 심박 수 외에도 몇 가지 더요."

그가 서서 작은 장치를 집어 올린다. 그리고 내 검지에 무언가를 부착한다. 신호음이 울리기 시작한다.

그건 뭔가요? 나는 묻는다.

"모니터예요. 별거 아닙니다."

그가 내 다른 손을 잡더니 검지와 중지를 펼친다. 그리고 돌아서더니 가방에서 무언가를 들어올린다. 작은 주사기처럼 보이는 물건이다. 그가 내 자유로운 손을 다시 잡고 손가락 사이의 얇은 살에 주사기를 가져다 댄다.

"따끔할 겁니다. 표본을 채취할 거예요." 그가 말한다.

나는 안 된다고 말하면서 그를 제지할까 생각하지만, 상황이 너무 빨리 전개되어서 막을 수가 없다. 그는 바늘의 가느다란 끝을 내 손가락 사이로 찔러 넣는다. 나는 움찔하면서 반사적으로 손을 뒤로 잡아당긴다.

젠장!

"미안합니다. 다 됐어요. 민감한 부위라는 거 알아요. 그렇죠?"

그는 내 뒤쪽으로 걸어가지만 앉지는 않는다.

"잠시 몸을 앞으로 숙여 보실래요?"

이렇게요?

난 의자에서 앞으로 몸을 숙인다.

"예. 그리고 팔은 허벅지에 올려놓으세요. 네, 그렇게요."

등 뒤에서 그의 손이 내 척추를 따라 움직이는 게 느껴진다.

"좋아요. 됐습니다. 여행에 대해 생각해 본 적이 있나요, 주니어?"

여행이요? 그러니까 당신 말은 강요된 추첨 때문에 지구의 대기를 떠나도록 강요당하는 여행 말고 내가 스스로 선택할 수 있는 그런 근사한 여행이요?

그가 껄껄 웃는다. "정확해요. 네."

아니요. 별로 없어요.

"당신이 아는 곳 너머의 다른 장소들을 보는 게 좋은 생각이라고 여겨지지는 않나요? 단지 며칠만이라도 농장을 벗어나서 다른 장소를 보고 시야를 넓히기 위해서라도?"

난 그런 생각을 한 번도 해본 적 없다. 그런 생각이 매력적으로 느껴진 적도 없다. 내게는 직장과 집 같은 책임져야 할 것들이 있다.

난 내가 있는 곳과 지금 이대로의 내가 좋아요. 여기서 헨과 함께 사는 게 편안해요. 내겐 집과 돌봐야 할 닭이 있잖아요.

"그렇다면 헨리에타는 어때요? 헨이 그 이상을 원할지도 모른다는 생각은 안 해봤나요?"

전에도 말했듯이, 헨은 여기 있는 걸 좋아해요. 우리가 함께하기 전에 그녀의 삶이 어땠는지, 어떤 식으로 살고 있었는지 당신이 못 봐서 그래요.

"둘이 함께하기 전에 그녀의 삶이 어땠는데요? 헨이 경제적으로 힘들었다는 말은 차 타고 오는 동안 했죠."

눈 뒤 깊은 곳에서 시작되는 가벼운 두통이 느껴지기 시작한다.

제2막

내가 아는 사실은 그녀가 내게 들려준 것뿐이에요. 내가 말한다.

"그럼 그게 어땠는데요?

좋지 않았어요. 헨은 별로 유복한 가정 출신이 아니에요. 허름한 농가에서 자라났어요. 아주 찢어지게 가난했대요.

"그녀의 과거에 관해 뭘 알고 있나요?"

그건 별로 중요하지 않아요. 난 내가 그녀와 함께하길 원한다는 걸 항상 알고 있었어요. 난 우리가 함께할 수 있고, 함께 잘 살 거라는 사실도 알았어요. 내게 그녀의 과거는 아무 상관없어요.

"하지만 당신이 했던 말은……."

왜 헨에 관해서 물어보는 건가요? 이게 왜 중요한데요? 나는 한 손을 들어 올려 관자놀이로 가져가면서 묻는다.

"난 당신에 관해 모든 것을 완전히 이해해야만 해요. 당신에게 헨보다 더 중요한 게 뭔가요?

없어요. 난 이제 할 말은 다 한 것 같은데요.

"조금만 더 여기서 얘기할 수 있으면 좋을 것 같네요."

아니요. 당신과 더는 얘기하고 싶지 않아요. 내가 말한다. 의도했던 것보다 목소리가 크다.

"뭐 잘못된 거라도 있나요? 머리를 왜 그렇게 문지르고 있어요?"

나는 내가 여전히 왼쪽 관자놀이를 문질러대고 있다는 걸 깨닫지 못하고 있었다. 그가 그 사실을 언급하자 나는 손을 멈춘다.

　약간의 두통이 있어요. 이제 아래층으로 내려가고 싶어요.

　"좋아요. 물론입니다. 이제 가셔도 돼요. 여기 인질로 잡혀 있는 게 아니니까요. 가도 괜찮습니다."

　나는 앉아 있던 의자를 쓰러트리며 일어나서 그가 더 말을 걸기 전에 다락방을 내려가는 좁은 계단을 내달린다.

◆◆◆

테런스와의 인터뷰는 혼란스럽고 두서없고 불안했는데, 마지막에 그가 헨에 관해 너무 많이 물어보자 불안과 혼란이 더욱 심해졌다. 내가 그만하겠다고 하지 않았다면, 그는 더 많은 걸 물어왔을 것이다. 난 그가 헨에게 너무 많은 관심을 보이는 게 싫다. 날 불안하게 한다. 사실, 공식 인터뷰라는 것 자체가 전부 다 불필요하다고 느껴진다. 그냥 여기서 며칠 지내면서 내가 사는 걸 지켜보고 내가 하는 말을 듣다가 가면 안 되는 걸까? 그 정도면 충분하지 않을까?

시간이 많이 늦었다. 피곤해야 하는데, 피곤하지가 않다. 나는 테런스에 대해 나름의 이론을 세우기 시작했다. 왜 그가 정말로 여기에 있는지에 관한 이론, 왜 그가 이런 식의 질문들을 던지는지에 관한 이론. 나는 그가 내게, 우리에게 정직하지 않다고 생각한다. 무언가를 숨기고 있다.

나는 부엌으로 걸어 들어가 맥주 한 병을 집어 든다. 입이 너무 건조하지만, 그에게는 그 사실을 말하지 않을 것이다. 알약 때문일 수도 있고, 열 때문일 수도 있다. 맥주가 도움이 된다. 나는 몇 분 동안 냉장고 앞에서 생각을 정리하며 앞뒤로 오간다. 남은 맥주를 마저 마시고 한 병을 더 딴다. 헨은 지하실에서 피아노를 치고 있다.

나는 계단을 살금살금 조심스럽게 내려간다. 그렇게 끝까지 다 내려간다. 거리를 유지한 채 그녀 뒤에 서서 맥주를 홀짝이며 지켜보고 귀 기울인다. 헨은 정말 대단한 여자다. 연주도 막힘없이 정말 잘한다. 그녀의 연주 방식에는 부인할 수 없는 연약함이 있다. 그것이 내 보호 본능을 강화한다. 그녀가 아까 나를 위해 테라스 앞에서 해주었던 것처럼 나도 그녀를 위해 이곳에 있어 주고 싶다. 헨은 내가 괜찮은지 보려고 다락방까지 올라왔다. 내 편을 들어주었다. 그녀가 없었으면 난 어떻게 살았을까? 생각만으로도 무시무시하기에, 난 얼른 그 생각을 떨쳐버린다. 난 그녀가 연주하는 노래가 무엇인지 안다. 매번 곡을 알아차릴 때마다 나는 기분이 좋다. 그러면 연주를 더 즐길 수 있다. 헨은 얼마 전만 해도 그 곡을 자주 연주했지만, 최근에는 거의 하지 않았다.

나는 맥주를 한 번 더 길고 탐욕스럽게 꿀꺽이며 마신다. 맥주가 두통을 가라앉히는 듯하다. 나는 그녀를 지켜본다.

어쩌면 난 내가 늘 믿어왔던 것만큼 평범하지 않을지도 모르겠다. 그건 무거운 생각이고 날 긴장시킨다. 전에는 이런 생각을 한 번도 해본 적이 없다. 맥주와 테런스와 나눈 대화, 그리고 헨이 이 특정 곡을 연주하는 상황이 모두 뒤섞여 영향을 미치는 게 분명하다.

나는 몇 걸음 더 가까이 다가가서 이제는 그녀 바로 뒤에 서 있다. 헨은 아직도 내가 여기 있는지 모른다. 그녀는 아직 음정 하나도 틀리지 않았다. 머뭇거리거나 멈추지도 않는다. 실수도 실책도 없다. 놀랍지 않은가. 그녀 자체가 놀랍다.

상황이 점점 더 명확해지고 있다. 추첨이나 아우터모어 때문이 아니다. 나는 과거를 돌아보고, 내가 가진 것을 새로운 눈으로 찬찬히 살피고 평가하고, 내 삶을 다른 방식으로 생각해보는 중이다.

나는 남은 맥주를 마저 마신다. 병을 발치에 조심스럽게 내려놓고 그녀를 향해 한 걸음 더 나아간다. 서두르지 않는다. 이제 그녀 바로 뒤에 있다. 팔을 뻗어 그녀의 어깨에 한 손을 얹는다. 헨이 깜짝 놀라서 움찔하는 바람에 건반을 잘못 누른다. 그녀가 연주를 멈추더니 양손을 무릎에 얹는다.

계속해. 아름다워. 당신 연주는 정말 듣기 좋아. 내가 말한다.

"놀랐잖아." 그녀가 말한다.

그냥 당신이 보고 싶었어. 당신과 함께 있고 싶어. 온종일 거의 못 봤잖아.

나는 그녀의 피부에 맺힌 땀을, 그 습기를 느낄 수 있다.

점유

"이상한 날들 중 또 하루가 지나갔네. 여전히 비 한 방울 내리지 않아. 이젠 걱정이 되기 시작했어." 그녀가 말한다.

난 당신이 걱정하는 거 원치 않아. 그런 건 원해 본 적도 없어.

"그렇다는 거 알아. 알고말고. 당신, 내가 연주하는 거 좋아하지?"

그래, 좋아해. 정말 연주를 잘하잖아.

그녀가 벤치에서 나를 바라보기 위해 돌아앉는다. "내가 당신에게 하고 싶은 말이 있어. 이건 날 위한 게 아니야. 그거 알고 있었어? 나 자신을 위해 연주하는 게 아니라고. 내가 연주를 하는 이유는…… 당신이 내가 그렇게 하기를 바라기 때문이야. 당신을 위해 연주하는 거라고."

그녀가 방금 한 말은 의미심장하다. 하지만 나는 헨이 아직할 말을 다 한 게 아님을 감지한다. 그녀는 계속 이야기할 작정이고, 더 많은 것을 말하고 싶어 한다.

계속해. 내가 말한다.

"당신은 내 연주를 좋아해. 그리고 다른 많은 것처럼, 당신은 그게 나에게 좋다고 생각하지만, 실은 그렇지 않아. 기분이 나아지는 데 도움이 되지도 않아. 난 심지어 여기 내려와서 앉아 있는 것도 싫어. 그리고 이미 깨닫고 있든 그렇지 않든 간에, 당신은 그런 일에 굉장히 무신경해. 당신이 내 기분을 이해해 주기를 기대했던 순간들이 너무나도 많았지만, 그런 일은 일어나지 않더라고. 그런 상황은 너무나도 사람을 실망시키고 지치게 해. 지금도 당신은 우리가 여기 있는 한, 하루하루 움직이기만 한다면, 내가 행복하리라고 확신하잖아. 솔직히 말해서 나는 전혀 행복하지 않아. 이런 걸 당신에게 구구절절 설명해야 한다는 사실도 정말 싫어. 사실 내가 꼭 설명하지 않아도 되는 거잖아. 당신이 내게 관심을 기울인다면, 아주 조금만이라도 관심을 기울인다면, 나를 피상적으로 여기지 않는다면, 얼마든지 알아차릴 수 있을 테니까. 나는 당신의 아내가 되는 것과는 별개로 내 정체성을 원해. 원래 그래야 하는 거잖아."

그녀의 목소리는 높지도 떨리지도 않고 부드럽다. 어조도 한결같고 사려 깊고 차분하고 냉정하다.

그러니까 지금까지 내가 그래왔다는 거야? 뭐가 됐든 간에 내가 해온 것들이 당신을 이렇게 느끼게 했다는 거잖아? 나는 묻는다.

"아니. 오히려 당신이 하지 않았던 것들이 날 그렇게 느끼게 하는 거야."

계속해. 나 듣고 있어. 솔직하게 말해 줘서 다행이긴 하지만, 듣기 좋은 말은 아니네. 당신이 이런 식으로 느끼는 건 싫어. 전에는 이런 얘기한 적 없잖아. 내가 말한다.

"할 수가 없었지. 하지만 지난 몇 년 동안, 테런스가 나타난 이후로, 내가 말은 별로 안 했지만, 정말 많이 생각했어. 우리에 대해 생각해 왔어. 당신과 이런 얘기를 하는 게…… 내가 알아야 할 것을 알아내는 첫 번째 단계야."

당신이 원하면 언제든지 나와 얘기할 수 있어, 헨. 언제든지. 내가 말한다.

"고마워." 그녀가 대답한다.

진심이야. 내가 말한다.

그녀가 한 손을 내 팔에 얹는다.

"그게 오지 않으면 어쩌지?" 그녀가 묻는다. "폭풍우 말이야. 비. 우리는 폭풍우가 반드시 와야 하는 것처럼 행동해. 전에 항상 왔기 때문에 불가피한 것처럼. 하지만 만약 이번에는 폭풍이 오지 않고, 이런 식으로 날씨가 이어진다면 어떨까? 그럼 어쩌지? 내가 이런 식으로 계속 살아갈 수 있을지 잘 모르겠어. 그래야 하겠지만, 그럴 수 있을 것 같지 않아."

내가 대답을 하기도 전에, 혹은 다른 말을 하기도 전에, 그녀는 일어서서 다리로 의자를 뒤로 밀더니 아무 말 없이 위층으로 걸어 올라간다.

♦♦♦

다시 혼자다. 고맙게도. 나는 생각할 시간이 더 필요하다. 거실의 어둠 속에서, 의자에, 내 의자에 앉아. 나는 매일 낮과 밤의 고독에 익숙해지고 있다.

한동안 나는 헨과 테런스가 번갈아 화장실에 가느라고 위층에서 걸어 다니는 소리를 들었다. 수돗물이 흐르는 소리, 변기물 내리는 소리, 복도에 서서 대화 나누는 소리, 잠자리에 들준비를 하는 소리. 그들은 많은 이야기를 나누었지만, 내가 인터뷰에서 테런스와 대화했던 것처럼 공식적인 방식은 아니었다. 이제 그들은 각자의 침대에서 잠들었다.

어깨가 훨씬 나아졌다. 테런스는 내게 약을 한 알 더 주었다. 내일은 중요한 날이 되리라고 나는 마음속으로 다짐했다. 테런스는 나에게 완전히 솔직하지 않다. 난 그가 무엇을 숨기고있는지 알아낼 작정이다. 하지만 내가 뭘 찾고 있는지도 모르면서 어떻게 무언가를 찾아낼 수 있을까?

아직은 잠이 오지 않을 것 같다. 피곤하지도 않다. 정신이 말똥말똥하다. 내 눈은 어둠에 적응했다. 나는 눈을 감고, 뜨고, 감고, 뜬다. 뜨고. 감고. 뜨고. 감고.

잠을 잘 수 없을 때, 내 머리에는 헨이 떠오른다. 나는 종종 그녀의 피아노를 발견했을 때를 회상한다. 우리는 이 집에서 살기 시작한 지 며칠이 지나서야 그것을 찾아냈다. 이전 주인들이 지하실에 가져다 두고 먼지투성이 담요로 덮어 두었다. 피아노를. 상태가 별로 좋지 않았다. 나는 어쩌다가 그걸 지하실에 내려다 두었는지, 왜 가져다 두었는지 전혀 모른다. 누군가는 그것을 쓰레기라고 생각해서 옮기는 것 자체를 귀찮아했을 수도 있다.

피아노를 발견했을 때, 나는 흥분했다. 헨이 어렸을 때 학교에서 피아노를 연주했다는 사실을 알고 있었기 때문이다. 다시 피아노를 칠 수 있으면 좋아할 거라고 믿었다. 그것은 우리가 이 집을 사기로 한 게 올바른 결정이었음을 보여주는 또 다른 신호였다. 내가 무엇을 찾아냈는지 말했을 때, 헨은 나만큼 기뻐하지 않았다. 난 실망스러웠다.

당신은 별로 기쁘지 않은 것 같네. 그녀의 눈을 가린 채 아래층으로 이끌어가서 담요를 벗겨낸 후에 내가 말했다.

"멋지네. 하지만 난 더는 피아노 안 쳐." 그녀가 말했다.

이제는 할 수 있잖아. 내가 말했다.

"그럴 수 있겠지. 상태가 그리 좋지는 않네. 그리고 지하실까지 내려와야 하잖아."

공짜 피아노가 새것이 아니라서 미안해, 헨. 하지만 이건 당신 거야. 그러니 앞으로 좋아하게 될 거야.

나는 헨을 위해 피아노를 청소했지만, 제대로 소리가 나게 조율할 수는 없었다. 헨도 한동안 애를 써보다가 포기해 버렸다.

곧 익숙해질 거야. 내가 그녀에게 말했다. 약간 불협화음이 난다고 해서 그게 최악의 상황은 아니잖아.

◆◆◆

"좋아요. 깨어났군요. 조용히 하려고 했는데, 계속 그러고 있을 수는 없더라고요." 테런스가 말한다.

아니, 괜찮아요. 나도 일어나야죠. 지금이 몇 시죠? 내가 말한다.

음식을 하는지 양념 냄새가 나고 팬 지글거리는 소리가 들린다.

"아홉 시가 다 됐어요, 잠꾸러기. 누가 업어 가도 모를 만큼 깊이 자던데요. 기다려주려고 했지만……. 자, 인제 그만 일어나요." 그가 말한다.

그는 어깨에 마른행주를 걸치고 있다. 그리고 내게 손을 내민다. 그의 손바닥에는 흰색 알약이 세 개 놓여 있다.

세 개?

"어제와 같은 약이에요. 진통제."

난 더는 약이 필요하지 않다고 생각한다.

그렇게 많이 아프지 않아요. 내가 말한다.

나는 그것들을 손에 받아 들고는 어떻게 할지 잠시 생각해 본다. 그는 기다린다. 나는 그것들을 입에 넣는다. 희미하게 고무맛이 난다.

"잠을 푹 오래 자는 건 좋은 거예요. 정말 기쁘네요. 그게 바로 당신에게 필요했어요."

나는 덮고 있던 얇은 시트를 몸에서 걷어버리고 다리를 휘둘러 두 발이 의자에서 바닥으로 내려가도록 한다.

맞아요. 하지만 정말로 많이 자기는 했는지 잘 모르겠어요. 내가 말한다.

"점점 의자에 익숙해지는 것 같네요. 나라면 그럴 수 있었을지 잘 모르겠어요. 난 심지어 편안한 침대에서도 가끔 잠을 이룰 수가 없거든요."

나는 하품을 하고 이마를 문지르며 정신을 차리려고 노력한다. 오늘 아침에도 내 머리는 어제와 똑같은 부분이 조금 지끈거린다.

언제 잠이 들었는지 기억도 안 나요. 내가 말한다.

"저기, 기분 상하지 않으면 좋겠네요. 오늘 아침에 일어났을 때, 내가 식사를 준비해야겠다는 생각이 들더라고요."

나는 부엌 쪽을 바라보며 테런스에 시선을 고정하려 애를 쓴다. 그는 오븐 옆에 서서 어깨 너머로 이야기하고 있다. 헨은 어디 있지? 나는 일어나서 부엌으로 들어간다. 달걀 상자가 조리대 위에 열려 있다. 도마, 칼, 그리고 은식기도 꺼내져 있다. 내 무쇠 팬은 스토브 위에 놓여 있다. 달걀 스크램블인가? 그는 내 앞치마를 두르고 있다.

"양이 충분하려나 모르겠어요."

우린 보통 아침은 많이 먹지 않아요 헨은 어디 있죠?

"글쎄요. 나도 그녀가 어디 있는지는 모르겠네요. 아침은 거르면 안 돼요. 내가 계속 생각해 왔는데, 당신은 전보다 더 먹고 기운을 차려야 해요. 살이 빠지지 않았어요? 아침 식사가 기운 나게 해줄 거예요. 하루의 연료가 되어주는 거죠! 신진대사도 도와주고요. 여행 중에도 정해진 아침을 먹을 겁니다. 균형 잡힌 세 끼가 제공될 거예요. 달걀 껍데기는 어떻게 하죠?"

이상하게도 음식 냄새가 역겹다. 달걀에 뭔가 특이한 것을 넣은 모양이다.

거기에 뭘 넣은 거예요?

"나만의 비법을 사용했어요. 향신료예요. 달걀만 조리하면 맛이 너무 밋밋하잖아요."

나는 서랍을 열고 커피 봉지와 필터를 꺼낸다.

"미안해요. 커피 먼저 내렸어야 하는데. 이제는 알 때도 됐는데 말이에요."

커피 마시죠? 내가 묻는다.

"아니요. 난 커피는 됐어요. 고마워요."

테런스는 요리하는 달걀을 나무 숟가락으로 저으면서 휘파람을 불기 시작한다. 내가 커피메이커에 물을 붓고 있을 때, 헨이 걸어 들어온다.

"테런스가 아침 하는 거예요? 다행이네요. 나는 아침 거르는 걸 좋아하지 않거든요. 일어난 지도 벌써 한참 됐어요." 그녀가 말한다.

어디 갔었어? 내가 헨에게 묻는다.

"산책 다녀왔어. 일찍 일어났거든."

"배고파요?" 테런스가 헨에게 묻는다.

"네. 고파요. 좋은 아침이야." 그녀가 나를 지나쳐서 싱크대로 걸어가는 동안 내 팔을 만지며 말한다.

커피?

"난 괜찮아. 커피는 출근해서 마실래." 그녀가 말한다.

정말? 집에서 떠나기 전에 항상 한 잔 마셨잖아.

"커피 좀 줄여보려고 애쓰는 중이야. 몇 가지 변화를 주고 싶어서."

여기서 한 잔 마시고 회사에서 한 잔 더 마신다고 죽지 않아.

"그래. 나도 알아. 그래도 어쨌든 난 괜찮아."

그녀는 냉장고 옆에서 테런스와 부딪친다. 미안하다고 말한다. 그가 그녀의 등을 만진다. 오븐과 냉장고 사이에는 공간이 별로 없다.

"이제 달걀은 다 됐어요."

"내가 접시 가져올게요. 냄새가 좋네요. 뭘 넣은 거예요?"
헨이 말한다.

"몇 가지 추가했어요. 맛있었으면 좋겠네요. 집에 있는 재료로 대충 만들어본 거예요. 격렬한 운동 후에는 늘 입맛이 더 돌죠."

나는 여전히 잘 때 입었던 반바지 차림이다. 셔츠도 입지 않았다. 배는 고프지 않다. 속이 더부룩하고, 머리도 아직 멍하다.

난 그냥 커피나 마실게요. 내가 말한다.

"정말요? 당신 먹으라고 아침을 한 건데. 물론 주로 그렇다는 겁니다. 아침은 거르지 말고 먹어야 해요." 테런스가 말한다.

"이미 당신 몫까지 만들었잖아." 헨이 테이블 위에 접시 세 장을 가져다 놓으며 말한다. "그러니 조금이라도 먹어."

아직 배도 안 고프고, 당장은 다시 의자에 앉고 싶지도 않아. 밤새도록 앉아 있었잖아. 내가 무슨 다섯 살짜리 앤 줄 알아.

내 말투는 날카롭지만, 그래도 상관없다. 그들은 서로를 바라본 다음 나를 바라본다. 테런스가 이런 식으로 점점 더 큰 자유를 누리는 건 한마디로 과하고, 나는 그걸 받아들이고 싶지 않다. 그는 낯선 사람이다. 내 집에 있는 낯선 사람.

"괜찮아요. 먹고 안 먹고는 당신 선택이죠." 테런스가 말한다.

테런스가 식탁으로 팬을 가져간다. 그는 말라붙은 조각만 남기고 팬이 비워질 때까지 접시 두 개에 달걀을 나눠 담는다. 그가 팬을 스토브 위에 다시 내려놓는다.

"맛이 괜찮아야 할 텐데." 그가 말한다.

"근사해 보이는데요." 헨이 말한다.

커피 여과가 끝나지 않았지만, 나는 과정을 중단하고 유리병을 꺼낸 후, 잔에 커피를 따른다. 나는 식탁에 등을 돌리고 서 있지만, 그들이 먹는 소리를 들을 수 있다. 접시에 날붙이가 닿는 소리, 씹는 소리가 들린다.

"맛도 정말 좋아요. 세상에. 진짜 맛있어요." 헨이 말한다.

"너무 맵지는 않아요?"

"아니요. 전혀 안 매워요. 딱 내 취향이에요."

나는 돌아서서 조리대에 기대 선다.

난 그가 헨에게서 멀어졌으면 좋겠다.

10분이면 갈 준비가 끝나겠죠? 나는 테런스에게 말한다.

"내가 테런스를 공장에 내려주고 가면 될 것 같은데. 어제 당신이 데려갔잖아. 그러니까 오늘은 아무 데도 갈 필요 없어." 헨이 말한다.

공장은 당신 가는 방향하고 다르잖아. 갔던 길을 되돌아가야 할 텐데.

"당신은 쉬어야지. 쓸데없이 집 밖으로 나설 필요 없어."

나는 커피를 한 모금 홀짝인다. 뜨거운 커피를. 또 다른 뜨거운 아침에 마시는 뜨거운 커피다. 그가 그냥 자기 차를 가지고 갈 수도 있을 것이다. 하지만 확신컨대 그는 그렇게 하면 헨과 대화할 기회를 놓칠 거라고 말할 것이다. 바로 그때 나는 조리대 위 커피메이커 오른쪽에 있는 것을 본다.

장수풍뎅이. 꼼짝도 하지 않고 거기 앉아 있다. 나를 바라보면서.

"그래도 괜찮겠어요? 괜히 폐 끼치고 싶지 않거든요." 테런스가 묻는다.

테런스도 헨도 아직 그것을 보지 못했다. 나는 그들이 장수풍뎅이를 보지 못해서 기쁘다. 그들은 보자마자 죽이고 싶어 할 테니까.

"당신은 집에서 할 일이 있잖아. 그렇지, 주니어?" 헨이 묻는다. "주니어?"

맞아. 집 안팎으로 해야 할 작업이 몇 가지 있어. 내가 말한다.

"내가 일 끝나면 공장으로 가서 테런스 태우고 올게." 헨이 말한다.

당신 일 끝내려면 몇 시간 걸릴 텐데, 안 그래?

"그래도 괜찮아요." 그가 말한다.

테런스는 자신의 접시에 놓인 음식을 다 먹었다. 그가 일어서서 접시를 싱크대로 옮긴다.

"대부분의 사람은 이런 기회를 얻지 못하죠. 그들은 당신이 지금 누리는 것을 누리지 못해요. 그건 다시 말해서, 당신의 일 상을 당연한 것으로 여겨서는 안 된다는 의미입니다. 그 느낌을 즐기세요. 참, 잊어버리기 전에 말씀드릴 게 있는데, 샤워기에서 물이 새는 것 같아요. 샤워 끝내고 물을 잠갔는데도 계속 뚝뚝 떨어지더라고요. 심각한 건 아니지만 알려드려야 할 것 같아서요."

나는 커피를 한 모금 더 마신다.

내가 살펴볼게요. 내가 말한다.

"달걀 정말 맛있었어요. 접시는 그대로 두세요. 설거지는 주니어가 하면 돼요. 오늘 아무 데도 안 갈 테니까요." 헨이 말한다.

♦♦♦

나는 헨을 위해 더 노력해야만 한다. 오늘 아침에 나는 그녀가 말수도 적어지고 기분도 수시로 변하는 것을 알아차렸다. 내가 충분히 노력하지 않은 탓이다. 그녀에게 관심을 두고 있음을, 신경 쓰고 있음을 보여줘야 한다. 떠나기 전에 깊은 인상을 주어야만 한다.

프라이팬을 약 10분 동안 뜨거운 물속에서 철 수세미로 문질러야 하는 것만 빼면, 아침 식사 설거지는 그리 오래 걸리지 않는다. 테런스가 팬을 스토브 위에 다시 올려놓지 않고 물에 담가 두었다면 훨씬 닦기가 수월했을 것이다. 그게 세상이 무너질 만한 일은 아니지만 그래도 성가시기는 하다.

끝내고 나니 어깨가 뻐근하다. 나는 바쁜 하루를 계획하고 있다. 집주변에서 해야 할 작업이 몇 가지 있다. 시간은 계속 흘러간다. 내게 남은 날은 얼마 되지 않는다. 나는 뼛속까지 그 사실을 느낄 수 있다. 한마디로 긴급 상황이다. 더는 하루가 충분히 길게 느껴지지도 않는다. 물론 전에도 그런 적은 없었지만 지금은 한층 더 시간이 모자라다. 그 사실이 슬프지만 뜻밖의 긴장감을 주기도 한다.

다친 어깨에도 불구하고 오늘 난 생산적이어야 한다. 아픈 건 단지 어깨뿐이다. 내가 떠나고 나서 헨이 집안일 때문에 걱정하게 하고 싶지 않다. 내 할 일 목록은 끝이 없다. 과거에는 그 사실 때문에 오히려 자꾸 일을 미루는 경향이 있었다. 어디서부터 시작해야 할까? 하지만 떠나야 한다는 걸 알고 나서는 서둘러 할 일을 끝내야만 한다는 부담감을 크게 느낀다. 지금. 오늘. 내게는 책임과 의무와 해야 할 일이 있다. 할 일이 없다면, 삶은 어떤 모습일까? 더 쉽지만, 절대 만족스럽지는 않을 것이다. 우리는 바빠야 하고 해결해야 하는 과제가 있어야 한다. 다들 생산적이면서 생산해 낼 수 있어야 한다.

어떤 할 일들은 너무도 명백하다. 누가 봐도 그렇게 느낄 것이다. 계단 기둥은 페인트칠을 다시 해야 한다. 거실의 오래된 벽지는 위쪽부터 벗겨지고 있다. 천장에는 곳곳에 노란색과 갈색 얼룩이 있다. 소파와 의자 밑 카펫은 닳아서 너덜너덜하다. 그리 대단한 일거리는 없다. 큰 프로젝트라고 할 만한 건 아니다. 일이 많기는 하지만, 다 자잘하다.

샤워기도 물이 뚝뚝 떨어진다. 들은 바에 따르면 그렇다는 것이다. 테런스가 말했듯이, 사물을 바라보는 긍정적인 방법, 일단 인정하고 우선순위를 정할 기회는 항상 있는 법이다.

점유

대부분의 사람은 이런 기회를 얻지 못하죠. 그가 말하지 않았던가. 그들은 당신이 지금 누리는 것을 누리지 못해요. 그건 다시 말해서, 당신의 일상을 당연한 것으로 여겨서는 안 된다는 의미입니다. 그 느낌을 즐기세요.

나는 테런스가 우리 집 상태가 별로라고 생각하고, 말없이 우리를 판단하고 있다는 인상을 받았다. 나를 판단하는 것이다. 물론 그가 그런 말을 대놓고 직접적으로 하는 것은 아니다. 그저 넌지시 몇 마디 하는 게 다다. 말보다는 오히려 떨어져 나온 페인트 조각이나 창문에 간 금을 바라보는 시선에서 그의 생각이 더 잘 드러난다.

하지만 테런스가 못마땅하게 생각한다고 해서 내가 그에 맞춰 어떤 결정을 내리는 일은 없을 것이다.

그의 집은 어떠할지 궁금하다. 전혀 상상이 가지 않는다. 내가 거기 산다면, 나 역시도 지적할 만한 걸 몇 가지 발견할 수 있을지도 모른다. 예를 들어, 러그 밑이 더럽다든가 하는.

나는 내가 원하는 대로 할 것이다. 중요한 건 내 생각이다. 이미 머릿속으로 계획도 다 세워놓았다. 내가 통제하고 있다는 말이다.

이곳의 모든 게 낡았다는 건 나도 안다. 이건 내 집이다. 내 세간살이다. 적어도 난 내 것으로 생각한다. 최근에 나는 이 문제로 곤혹스러워하고 있다. 가구나 주방에 있는 접시 같은 일부

살림살이는 내 것임에도 불구하고 어쩐 일인지 알아볼 수 없을 때가 있다. 매일 음식을 담아 먹는 접시들이지만, 그게 우리 집의 다른 물건들처럼 내게 이야기를 들려주지는 않는다. 그럼에도 난 그것들이 우리 살림살이라는 걸 안다. 하지만 여전히 나는 그것들에 특별한 애착을 느끼지 않는다. 내 생각에는 이것도 이 상황 때문에 발생한 또 다른 스트레스 증상인 것 같다.

드디어 팬이 깨끗해졌고, 나는 모든 것을 그릇 선반에 올려 말린다. 그리고 수도꼭지를 잠근다. 물 소리가 안 들리니 이제 조용하다.

나는 위층 우리 침실로 올라가 침대에 걸터앉는다. 헨은 침대 정리도 하지 않고 흐트러진 채로 내버려 두었다. 나는 이 방에 있던 밤이 그립다. 아내와 침대에서 함께 자던 때가 그립다. 나는 밖으로 나가 욕실까지 복도를 따라가서 거울 앞에 선다. 어깨를 곧게 펴고 자세를 바로잡는다. 옆으로 돌아섰다가 다시 앞으로 돌아선다. 입을 최대한 크게 벌려본다. 고함을 지른다. 다시 더 크게 내가 낼 수 있는 가장 큰 소리로 고함을 지른다.

오른팔을 들어 올려 구부려본다. 나는 강하지만, 더 강해질 수도 있었다. 사실 그것은 내 걱정거리가 아니었다. 적어도 몇 년 동안은 그랬다. 몸을 만드는 데 많은 시간이 걸리지는 않을 것이다. 일상을 조금 바꾸기만 하면 된다. 예를 들어, 어깨에 좋은 몇 가지 운동을 시작하면 될 것이다. 지금은 팔 굽혀 펴

기나 턱걸이 같은 걸 할 수 없다. 하지만 윗몸 일으키기나 스쿼트는 할 수 있을 것이다. 하지 못할 이유가 없지 않은가. 변화를 만드는 건 내게 달려 있다. 자기 계발.

나는 손을 들어 올려 머리 뒤로 가져간다. 테런스가 목에 붙인 센서를 만져본다. 마치 성장하기라도 한 듯 더 크게 느껴지지만, 그게 불가능하다는 건 나도 안다. 나는 이 센서가 내 건강이 좋아지는 것도 알아차릴지 궁금하다. 그가 처음 붙여 놓았을 때보다 더 따뜻하게 느껴져서 빛을 발하는 것 같은 느낌이다.

나는 스쿼트를 한 번 한다. 그리고 한 번 더 한다. 다리에 타는 듯한 느낌이 들 때까지 열다섯, 열여섯, 열일곱 번 계속한다. 어깨에 아무런 통증도 느끼지 않고 스쿼트를 할 수 있어서 기쁘다. 마지막 두 개째에 몸이 흔들리지만, 어쨌든 목표는 완수한다. 나는 몇 분 쉬면서 기다린다. 그리고 스무 개를 더 한다. 그런 다음 열다섯 개를 더 한다. 땀이 뚝뚝 떨어지고 숨이 가쁘다. 결과는 만족스럽다.

나는 부엌으로 돌아간다. 장수풍뎅이는 전혀 움직이지 않았다. 단 1인치도. 조리대에 그대로 앉아 있다. 아침에 한참이나 지켜보고 있었기 때문에 나는 그 사실을 안다. 운동을 한 탓에 심장이 쿵쾅거리고 터질 것처럼 아프다. 하지만 이처럼 심장이 녹초가 돼서 스스로 세게 뛰는 지금의 이 느낌이 좋다.

제2막

◆◆◆

정상적인 상태란 무엇을 의미하는 걸까? 아마도 쉰 명에게 물어보면 쉰 가지 다른 답을 얻을 수 있을 것 같다. 물론 일치하는 답변도 있을 것이다. 그건 의심의 여지가 없다. 하지만 무엇이 정상적인지 누가 결정하겠는가? 정상과 비정상을 가르는 선이 있는 것도 아니지 않은가. 나는 지금 집에 홀로 있기에 이런 유형의 형이상학적인 난제를 생각해 볼 시간이 있다. 내게는 시간과 공간과 새로 얻은 정신적 활력이 있다.

사실 나는 평생 나 자신이 평범하다는 사실에 엄청난 부담감을 느껴왔다. 심지어 그날 거리에서 헨을 처음 만났을 때로 거슬러 올라가 보면, 그때도 역시 그렇게 느꼈던 기억이 난다. 하지만 난 변화를 느끼고 있다. 결국 난 여기 있지 않은가! 지금 이 순간에! 나는 경험하고, 욕망하고, 결정을 내리고, 관계를 형성하고, 새로운 추억을 만들고 있다. 게다가 이 모든 것이 동시에 일어나고 있다는 것도 안다. 어떻게 이런 것이 표준적이고 전형적인 게 될 수 있을까?

나는 항상 내가 평범하다고 생각했지만, 그것은 나의 착각일지도 모른다. 평범함은 불가능하다. 우리 모두가 예외적이고, 나 역시도 특이하고 별나며, 세상에 또 다른 나는 존재한 적이 없고, 앞으로도 그럴 일은 없으리라고 믿는 것이 더 현실적이다.

나는 고유한 개인이다. 전례가 없고 상상할 수도 없는 존재이다. 나는 불가능하다. 나, 이 순간 내 집안에 서서 불확실한 미래를 생각하며 나 자신의 경험을 되돌아보는 나는 유일하다.

하지만 헨은 어떨까? 내가 그녀를 만나기 전에는? 그때 나는 누구였을까?

◆◆◆

"주니어?"

"이봐요, 주니어?"

"주니어, 뭐 하는 거야?"

나는 돌아본다. 헨과 테런스가 퇴근해서 돌아와 있다. 벌써? 그들은 부엌에 서서 나를 바라본다. 언제 온 걸까? 난 차 소리도 현관문 소리도 듣지 못했다.

어, 어서 와. 방금 온 거야? 내가 말한다.

"뭐 하고 있었어?"

"그냥 거기 멍하니 서 있던데요. 조리대를 빤히 응시하면서. 괜찮아요?" 테런스가 말한다.

그럼요. 내가 말한다.

어쩌면 시간이 내 생각보다 훨씬 늦었는지도 모른다. 내가 시간 가는 걸 잊고 있었음이 틀림없다. 우리가 새로운 수준에서 생각하고 기능하고 이해할 때 보통 일어나는 일 아니던가. 나는 하루를 개선하기 위해 효과적으로 사용했고, 그러고 나니 기분도 좋다. 나 자신이 기특하고, 내가 단 하루 동안, 그것도 오후 나절에 성취한 것이 만족스럽기도 하다.

"난 지금 팔뚝에 불이 난 것 같아요. 당신 정말 대단해요, 주니어. 공장에서 하는 일이 엄청나게 힘들던데요." 그가 말한다.

그가 자신의 머리채를 다시 묶어 단단히 잡아당긴다.

정말 일을 한 건 아니겠죠, 그렇죠? 내가 하는 일을…… 하고 온 거예요?

"공장 사람들에게 도움이 되었겠네요. 일손이 달릴 때면 공장이 어떤지 당신도 알잖아." 헨이 말한다.

"그래요. 당신은 다쳤고, 공장에서는 그 빈자리를 메우지 못했으니까요. 주위를 조금 둘러보고 있었는데, 사람들이 도와줄 수 있겠느냐고 하더라고요. 그래서 본격적으로 좀 도왔어요." 테런스가 말한다.

나는 그가 내 일에 신체적으로 적합하지 않다고 생각한다. 장기적으로는 못할 것이다. 오래는 안 된다.

그래서 무슨 일을 했어요, 정확히? 내가 묻는다.

"그 흰색 자루를 잡고 있다가 작업자들이 거기에 씨앗이나 곡물을 채워 넣으면 그걸 쌓아 올렸어요."

허. 내가 말한다.

헨이 내가 씻어 놓은 접시들을 치우다가 갑자기 멈춘다. 그녀는 아무 말도 하지 않고 방을 나간다. 계단을 올라가는 소리가 들린다.

그래서 내 일을 한 거군요. 자루를 채우고 쌓는 일. 내가 말한다.

"그리고 작업자들이 나더러 내일도 다시 나와주겠냐고 물었어요. 당신을 대신해서."

그들이 그랬다고요? 내가 말한다.

얼굴이 화끈거리면서 달아오르는 것이 느껴진다.

헨이 위층에서 나를 부른다. 뭔가 좀 도와달라고 올라올 수 있겠느냐고 묻는다.

잠깐만요. 내가 테런스에게 말한다.

계단을 오르는 데 전보다 시간이 더 걸린다. 어깨뿐 아니라 다리 때문이기도 하다. 아침에 했던 운동 때문에 다리가 지쳐 있다. 나는 성한 팔로 난간을 잡고 한 번에 한 계단씩 조심스럽게 올라간다. 방에 도착하니 숨이 차다. 헨은 창가에 서서 밖을 내다보고 있다. 내가 들어가는 소리를 듣고 그녀가 내 쪽으로 돌아선다.

당신 괜찮아? 나는 묻는다.

"괜찮아. 나는 당신이 괜찮은지 확인하고 싶었어. 두 사람만 아래층에서 같이 있으면 분위기가 어색할까 봐 걱정스러워서. 또다시. 난 오늘은 그가 여기 있는 게 불편해."

괜찮아. 내가 말한다.

"난 괜찮지 않아."

무슨 말이야?

"보나 마나 그가 금방 여기로 올라와서 우리를 방해할 거라고."

그럼 그에게 할 말을 해버려.

"지금은 그 사람이 당신에게 뭘 물어보는 거야?"

자기가 하루를 어떻게 보냈는지 나한테 얘기하고 있었어. 이유는 모르겠지만, 공장에서 그에게 자루 채우는 일을 하게 했대.

"하지만 그가 당신에게 모든 걸 말하지는 않았을 거야."

그게 무슨 뜻이야?

"아침에는 당신에게 말해 줄 수 없었지만, 실은 당신에게서 테런스를 떼어놓으려고 일부러 내가 그를 공장에 데려다준다고 했던 거야. 나 당신이 걱정돼." 그녀는 창문에서 물러나 목소리를 낮춘다. "난 요즘 여기서 일어나는 일들에 기분이 별로야. 그렇다고 내가 할 말을 다 하는 것도 아니야. 그러면 안 되잖아. 그가 지금 우리 말을 엿듣고 있을지도 모르지만, 어쨌든 지금 이 상황은 당신에게 너무 불공평해."

난 요즘 꽤 기분이 좋은 걸. 내가 말한다.

"내 말을 이해 못 하는구나. 방금 내가 한 말 못 들었어? 당신은 내내 그와 앉아서 얘기할 필요가 없어. 그건 옳지 않아.

제2막

원래 이런 식으로 돌아가게 되어 있는 게 아니잖아."

내가 말한다. 그게 내가 해야 하는 일 아니야? 난 그냥 그가 시키는 대로 하는 거잖아? 그래서 그가 여기 있는 거 아니야? 당신과 나를 위해 정보를 수집하려고? 그리고 사실 난 평소보다 훨씬 기운이 넘치는 것 같아. 더 활기가 넘치고 튼튼해진 것 같다니까. 마치…….

나는 가까이 다가가서 그녀의 엉덩이에 한 손을 올린다. 그녀가 돌아서서 다시 창문 쪽을 향한다.

난 당신이 내게 무엇을 원하는 건지 모르겠어. 나는 당신처럼 쉽게 원할 때 일어나고 눕고 쉴 수 없어. 나에게는 책임이 있어. 난 떠나야 할 사람이잖아. 가기 전에 해야 할 일이 많아.

"그런 건 신경 쓰지 마. 내가 왜 귀찮게 당신을 여기로 불러 왔는지 모르겠어. 그만하자."

할 말 다 한 거면, 난 다시 아래로 내려갈게.

"그래. 가. 여기서 나가. 그리고 문 닫고 가."

다시 짜증이 나고 당황해서 난 부엌으로 돌아간다.

헨은 대체 뭐가 문제일까? 대체 무슨 말이 하고 싶었던 걸까? 나는 헨이 이럴 때면 정말 짜증이 난다. 화가 났으면서도 상황을 회피하려 할 때. 뭐가 잘못됐든 그녀는 항상 내가 그녀에게서 그것을 캐내길 원하는데, 그로 인해 모든 게 점점 더 어려워진다. 잔인한 행동이다. 어린애 같기도 하고. 헨은 철이 좀 들어야 한다. 대체 이런 변덕은 어디서 비롯된 것일까? 모든 나쁜 습관과 마찬가지로 세월이 흐르면서 발전해 왔겠지.

테런스는 식탁에 앉아 있다. 종이 냅킨이 얇게 가닥가닥 찢어져 있다. 내가 자리에 앉자, 그는 그것을 옆으로 치운다. 우리가 위층에서 한 논쟁을 그가 듣고 있었으리라고 나는 확신한다. 그는 자신이 단지 스크린을 바라보고 있었으며 다른 일로 바쁜 것처럼 행동하면서 그 사실을 숨기려고 노력하지만, 그래도 나는 알 수 있다.

"아무 일 없는 거죠?" 그가 묻는다.

그럼요. 내가 말한다.

"확실해요?"

네. 아까 우리가 무슨 얘기를 하고 있었죠? 내가 위층으로 가기 전에 당신이 무슨 말인가 하고 있었잖아요. 공장에 관해서.

"당신이 공장에 출근했지만 일하지 않을 때면 무슨 생각을 하는지 물어보려고 했어요."

공장에 가면 항상 일을 하죠. 그러려고 가는 건데요.

"난 휴식 시간을 의미하는 거예요. 쉬는 시간이나 점심시간처럼. 식당은 사용하나요?"

아니요. 거의 안 가요. 주로 혼자 있어요.

"왜 그러는데요?" 테런스가 묻는다.

잡담하는 것보다 그게 편하니까요.

"식사는 어때요? 먹는 것도 혼자 먹어요?"

예, 보통.

"왜 그러는데요?"

특별한 이유가 있어야 하나요? 사람들이 역겨울 수도 있죠. 내가 말한다.

그가 스크린을 집어 들고 무언가를 켠다. 녹음기일 것이다.

"어떻게 그런가요?" 그가 묻는다.

나는 점심시간에 식당에 있는 남자들을 바라보는 습관이 있어요. 그들이 샌드위치 덩어리를 물어뜯는 모습을 지켜보는 거죠. 빵과 속 재료를 함께 씹어서 침과 버무려 반죽으로 만드는 모습을. 삼키지 않은 것은 결국 누런색 이빨과 감염된 잇몸 사이에 끼죠. 미안하지만, 사실이에요. 단지 먹는 것 때문만은 아닙니다. 나는 한 동료가 휴식 시간에 입을 벌리고 잠자는 모습을 본 적이 있어요. 그걸 보고 속이 메스꺼웠죠. 우리는 대게 그걸 의식하지 못해요. 그러던 어느 날, 나는 왜 그런 걸 의식하지 못하는지, 그 이유를 생각해 보기 시작했어요. 그날 나는 작업 인부 중 한 명이 식사를 마치고 냅킨에 입을 닦고 나서는 같은 냅킨에 코를 풀더니 그걸 공처럼 둥글게 말아 앞에 놓인 접시에 떨어트리는 것을 봤죠. 접시 위의 냅킨이 아주 천천히, 마치 속에 있는 것을 드러내 보여주고 싶다는 듯이 저절로 펼쳐지더군요. 바로 그 순간 나는 우리의 공통 솔기가 우리 자신의 고유한 천박함이라는 사실을 깨달았어요. 귀지, 손톱, 고름 같은 걸 생각해 보세요. 나는 남자들이 땅에 침을 뱉고 아무렇지도 않게 걸어가 버리는 걸 자주 봐요. 그리고 우리는 이 모든 걸 아무 생각 없이 자동으로 해요.

나는 숨을 들이쉬고 테런스가 내게 완전히 집중한 모습을 본다.

"전에는 이런 얘기를 한 번도 언급한 적이 없잖아요. 적어도 내게는 안 했어요." 그가 말한다.

내가 이런 일에만 집착하면서 평생을 보내는 게 아니니까요. 난 그냥…… 그냥 알고 있을 뿐이에요. 특히 회사에 가면 사방에서 일어나는 일이니까요. 내가 말한다.

테런스는 스크린에 뭔가를 입력하기 시작한다.

내가 말한다. 피곤하네요. 난 그만 잘 준비를 해야 할 것 같아요.

♦♦♦

그는 이제 헨을 인터뷰하고 있다. 두 사람이 무슨 얘기를 나누는지 누가 알겠는가. 나와 달리, 헨은 다락으로 올라가지 않았다. 그들은 그냥 부엌에 앉아 있다. 나는 거실에 있다. 인터뷰라기보다는 좀 더 가볍고 느긋한 대화처럼 들린다.

일찍 잠들 수 있을 거라고 생각했는데, 지금은 도저히 그럴 수 없을 것 같다. 나는 의자에서 일어나 그들의 목소리를 향해 걸어가다가 부엌 밖 복도에 멈춰 선다. 그리고 듣는다. 그들은 내가 가까이 있다는 것을 알고, 내가 잠을 자려 한다고 말했기 때문에 조용히 이야기를 나누는 중이다.

나는 헨과 테런스가 대화하는 모습을 보고 싶다. 그들이 어디에 앉아 있는지, 식탁에서 위치는 어떠한지 볼 수 있으면 좋겠다. 하지만 내가 부엌에 들어가면 대화가 멈출 것이다. 그들은 방해받고 싶어 하지 않는다. 테런스는 항상 헨과 단둘이 있으려고 한다.

"하지만 우리 중 누구라도 우리가 가졌다고 생각하는 자유를 정말 가지고 있을까요?" 헨이 묻는다.

"난 그렇다고 말하고 싶네요. 예." 테런스가 대답한다.

"우리가 하는 일, 행동하는 방식, 옷을 입는 법, 그리고 우리 생각을 구체화하는 데 한몫하는 다양한 힘과 압력에 관해 생각해 보세요. 그런 것에 영향받지 않기란 힘들어요. 어쩌면 불가능할 수도 있어요."

"하지만 우리는 우리가 무엇을 하고 있는지 알죠. 따라서 그런 힘을 받아들이거나 거부할 수 있어요." 그가 말한다.

나는 눈에 이는 경련을 느끼며 손을 들어 올려 눈에 가져다 댄다. 그리고 지그시 누른다.

"사람들이 내게 평생 뭐라고 해왔는지 알아요? 여기가 내가 사는 곳이고, 내가 아는 것이고, 내가 좋아하는 것이라고. 그리고 내가 가진 걸 가진 게 행운이라는 말이었어요. 그리고 주니어는 항상 내가 도시를 싫어할 테고, 그곳에 있으면 불편해하고 무서워할 거라고 말했죠. 그게 정말 사실일까요? 아니면 내가 계속해서 들어온 말에 지나지 않을까요?"

테런스는 인정하고 호기심을 드러내는 듯한 소리를 웅얼거린다.

"내게는 이런 환상이 있어요. 나 혼자 결단 내리고, 이제는 그만두겠다고 결심하는 환상. 더는 감당하지 못하겠다고 선언하는 환상. 뭔가 다른 것을, 나를 위한 어떤 것을 원한다고 말하는 환상. 만약 내가 떠나기로 한다면 말이에요. 아시겠어요?"

떠난다고? 대체 그게 무슨 의미일까? 떠날 사람은 헨이 아니다. 나다. 헨은 갈 곳이 없다. 나는 여전히 경련하는 눈을 한 손으로 누른 채 열심히 듣는다.

"그러려면 뭐가 필요할 것 같은가요?" 그가 묻는다.

"내가 떠나려면요?"

"네."

"변하지 않을 일을 과감히 할 용기를 찾아내야 하겠죠. 그리고 내가 왜 떠나야 하는지 설명하기 위해 그 이유를 나열하고 합리화하고 정당화하려 애쓰는 대신, 그 반대로 행동하는 걸 상상해요."

"정당화하는 것과 반대되는 게 뭔가요?" 테런스가 묻는다.

"그냥 떠나버리는 거죠. 난 그걸 구구절절이 설명하지 않을 거예요. 나 자신을 설명하지 않는 게 훨씬 더 강력해요. 왜 내게 나 자신을 설명해야 할 책임이 있죠? 무슨 일이 일어났는지 알아내는 것은 그의 책임이어야 해요. 그래도 쪽지 정도는 남기고 갈 수 있겠죠. 겉에 그의 이름이 적힌 쪽지. 하지만 속은 텅 비어 있을 거예요. 아무 말도 적혀 있지 않을 거예요. 그건 아무것도 말해 주지 않는 동시에 모든 것을 말해 주겠죠. 그보다 더 노골적인 게 뭐가 있겠어요?"

제2막

테런스는 뭔가 내가 이해할 수 없는 말을 한다. 나는 모퉁이를 돌아서 들어간다. 테런스가 나를 보고 깜짝 놀란다. 하려던 말을 멈추고 빤히 바라본다. 헨은 검은 탱크톱을 입고 부엌 식탁의 평소 자리에 앉아 있다. 테런스는 그녀 옆의 내 자리에 있다. 그는 또 내 앞치마를 입었다.

"주니어." 그가 부른다. "당신이 자는 줄 알았어요."

아니요. 아직 피곤하지가 않네요. 내가 말한다.

"배고파요? 내가 음식을 좀 만들었어요."

테런스가 일어선다. 나는 그동안 테런스에게 일어났던 최악의 일은 무엇이었을지 궁금하다. 그의 가장 큰 후회는 무엇일까? 그가 겪은 가장 큰 수치는? 그가 느꼈던 가장 큰 고통은?

그가 내게로 다가온다. 그리고 내 눈을 들여다본다.

"얼굴이 좀 상기된 것 같네요." 이렇게 말하고는 그가 내 목 양쪽, 갑상샘이 있을 곳을 손으로 만져본다. 그토록 가까이 다가와서 나를 만질 줄은 생각도 못 했기에 그의 손이 닿는 순간 나는 움찔한다. 그가 뒷주머니에서 일종의 도구를 꺼낸다. 그것을 나에게 내민다.

"미안해요. 그냥 체온을 측정하고 싶었어요. 오래 걸리지 않을 겁니다."

내가 항의하기도 전에 그가 재빨리 장치를 내 귀에 삽입한다. 그것을 꺼내서 확인한다.

점유

"괜찮네요. 걱정 안 해도 되겠어요. 몸은 정말 아무 이상 없는 거죠?"

예. 어느 때보다 좋아요.

"훌륭해요."

그가 손을 내 가슴에 얹더니 피부를 꾹 누른다. 그렇게 가만히 멈춰 있다.

"심장 박동도 괜찮네요. 강해요."

전에는 그가 나를 이런 식으로 만진 적이 한 번도 없었기에 좀 당황스럽다.

"뭐 좀 드실래요? 난 여전히 당신 체중이 좀 걱정되거든요."

아직은 안 먹을래요. 나중에 밤에 자다 깨어나면 그때 먹을게요. 계속 자다 깨다 하거든요. 내가 말한다.

"내일 맛있는 걸 만들어드릴게요. 헨, 내일 퇴근하면서 우리가 장을 좀 봐오면 되겠어요. 아마 내일도 난 같은 시간에 끝날 거예요."

"그래요. 물론이에요." 그녀가 대답하지만, 내 쪽은 바라보지 않는다.

헨은 식료품 쇼핑을 싫어한다.

내일 정말로 다시 공장에 나갈 거예요?

"예. 갈 거예요. 그런 다음 헨과 함께 식료품점에 들러서 장을 봐올게요." 그가 말한다.

제2막

믿을 수가 없다. 내가 전에는 이걸 알아차리지 못했다니. 지금까지 전혀 눈치채지 못했다니. 그 깨달음이 마치 채찍처럼 나를 후려친다. 이제야 난 그가 뭘 하려는지 알겠다. 이 일이 어디로 흘러가는지 보인다. 나는 한 가지 이론을 발전시켜오고 있었지만, 이제는 확실히 알겠다. 그가 왜 여기 있고, 왜 우리와 함께 살면서 관찰하고, 그렇게 많은 질문을 퍼부어 대는지. 그가 줄곧 우리에게 말해 왔던 것보다 내 이론이 훨씬 더 이치에 맞는다. 지금까지 그는 내게, 우리에게 내내 거짓말을 해왔다.

바로 그다. 그건 테런스다. 그가 바로 장본인이다. 그가 바로 내가 가고 나면 아내와 함께 여기 살 사람이다. 그게 그가 원하는 바다.

바로 그다. 테런스가 내 대체물이 되려는 것이다.

◆◆◆

테런스는 자기 방으로 올라갔다. 헨과 나는 부엌에 남아 있다. 지금이야말로 내가 그녀에게 진짜로 무슨 일이 벌어지고 있는지 말할 수 있는 순간이다. 하지만 난 신중해야 한다. 그녀를 걱정시키거나 불안하게 하고 싶지 않다.

그래 둘이 좋은 대화 나눴어? 홍미로웠어? 둘이 좀 친해지기는 했고?

"나 피곤해." 그녀가 말한다.

왜 그가 당신을 쇼핑에 데려가겠다고 그렇게 고집하는 걸까? 왜 공장까지 같이 차를 타고 가려고 하는 걸까? 왜 항상 당신하고 같이 있으려 하는 거지? 나는 묻는다.

헨이 천천히 고개를 젓는다. 그녀는 정말 피곤하다. 축 늘어진 둥근 어깨를 보면 그 사실을 알 수 있다.

"그가 왜 어떤 걸 하는지 내가 어떻게 알겠어? 제발 이런 일로 나 좀 몰아붙이지 마."

그가 여기서 우리를 돕겠다고 안달하는 거 보면 좀 이상하지 않아? 그는 우리 손님이 아니야.

"맞아, 손님이야."

나더러 좀 더 의식하고, 내 주장도 하고, 그가 시키는 대로 다 하지는 말라고 했던 사람이 바로 당신이야. 우리는 그를 초대한 적이 없어. 우린 그를 몰라.

"그는 그냥 호의를 베풀고 싶어 하는 거야, 내 생각은 그래."

그가 단지 호의를 베풀고 싶어 한다고 생각해? 당신도 그 말 안 믿잖아. 당신이 말하는 방식을 보면 알 수 있어.

"그가 우리에게 좋은 인상을 심어주려고 좀 과시하는 것일 수도 있지."

과시? 당신을 식료품 쇼핑에 데려갈 수 있어서?

헨이 눈을 문지른다. 그녀는 화가 났다. "있잖아. 그래서 당신은 무슨 일이 일어나고 있다고 생각하는데?"

나는 그걸 대놓고 말하기가 두렵다. 아직은 그녀에게 테런스에 관해서, 그가 여기 있는 진짜 이유에 관해서 말할 준비가 되지 않았다.

난 단지 누군가가 다른 사람의 아내를 식료품점에 데려가서 그녀와 모든 시간을 함께 보내고 싶어 하는 게 이상하다고 생각할 뿐이야. 당신 갈 거야?

"이미 간다고 했잖아. 괜히 부풀려서 생각하지 마, 주니어."

당신은 테런스가 우리에게 진실을 말하고 있다고 생각해?

모든 것에 관해서? 나는 묻는다.

그녀가 한 손으로 머리카락을 쓸어내린다. "그가 할 수 있는 한은, 맞아."

그럼 우리에게 숨기는 게 있을지도 모른다는 점에는 동의하는 거네? 그가 우리에게 말하지 않은 게 있다는 것에?

"난 당신이 그에 대해 너무 걱정하지 않았으면 좋겠어. 당신 지금 너무 흥분했어."

나 흥분하지 않았어. 이제야 이해되기 시작했을 뿐이야.

◆◆◆

"팔을 들어 올려보세요. 이렇게요." 테런스가 두 팔을 머리 위로 쭉 뻗어 시범을 보이며 말한다. 나는 헨을 부엌 식탁에 그대로 남겨 두고 왔다. 테런스가 나를 위층으로 불러올렸고, 나는 다시 푹푹 찌는 다락방으로 돌아왔다. 그의 요구에 의문을 제기하고, 싫다고 말하면서 거부하고 싶지만, 또다시 한심하게도 난 그가 원하는 대로 순순히 따르고 있다.

"당신에게 작은 센서를 몇 개 더 부착해야 해요."

왜요?

"데이터가 많을수록……."

예. 예. 항상 더 많은 데이터. 이 모든 게 그 대체물을 위한 건가요? 내가 말한다.

"이건 모두 헨을 위한 거예요, 주니어. 그걸 기억하세요. 우리는 대체물이 가능한 한 진정성 있고 실제 같기를 바랍니다. 좋아요. 바로 여기." 그가 센서를 내 왼쪽 겨드랑이에 대고 누르면서 말한다. "그리고, 음, 여기 또 하나."

점유

그는 내 오른쪽 겨드랑이에도 센서를 부착한다. 이번 것은 꼬집는 듯한 느낌이라서 나는 몸을 움찔한다.

젠장. 내가 말한다.

"아, 죄송해요. 끝났어요. 다 된 거예요. 앉으세요. 기분 좋고, 편안하고, 차분하게 느껴지나요?" 그가 말한다.

이번 인터뷰는 다른 인터뷰보다 늦은 시각에 시작되었다.

너무 어두워서 아무것도 안 보여요. 좀 불안한 기분이에요. 내가 말한다.

"그냥 눈을 감으세요. 그게 더 나을 것 같으면."

테런스가 내 뒤로 걸어온다. 나는 그가 의자에 앉는 소리를 듣는다.

"이렇게 하는 게 낫겠어요. 당신은 그냥 앞쪽에 집중하세요. 기분은 어때요?"

좋아요. 머리도 맑고. 강하고 생산적인 느낌이에요. 집중력도 좋아졌어요. 이젠 다 알 것 같아요. 내가 말한다.

그가 스크린에 무언가를 입력한다.

내가 생각을 해봤는데, 이게 어떻게 효과가 있다는 건지 모르겠어요. 내가 최근에는 좀 다르게 느끼고 있거든요. 고유해진 느낌이랄까. 내가 말한다.

"흥미롭군요. 전에는 본인이 평범하다고 느꼈잖아요? 난 그렇게 받아들였는데. 당신 생각에 이 변화는 무엇에 관한 건가요?"

나요. 나에 관한 거예요. 내가 말한다.

당신에 관한 것이기도 하지. 나는 생각한다. 하지만 겉으로 드러내지는 않는다. 아직은.

나 자신을 더 잘 알게 되었어요. 상황 때문에. 이제 내가 떠난다는 것을 알게 되었으니 상황을 다르게 보게 된 거죠. 전에는 놓쳤을 사소한 것들을 알아보기 시작했어요.

"구체적으로?"

예를 들어, 태양이 오래된 헛간 지붕을 비추는 모습 같은 거죠. 오늘 아침에도 그걸 봤어요. 가만히 서서 바라보고 있었죠. 해가 움직이는 걸 알겠더라고요. 아름다웠어요. 정말 아름다웠어요. 난 평소에는 풍경이 아름다운지 아닌지, 그런 건 생각하지 않지만, 오늘은 그 느낌을 참을 수 없었어요. 그게 아름답다는 걸 알아차렸죠. 하지만 그거 알아요? 그게 날 슬프게 했어요.

"슬프게요?" 그가 뭔가를 입력하는 소리를 들을 수 있다. 그는 조용히 입력하려 애쓰지만, 그래도 난 들을 수 있다. "왜죠?"

나도 몰라요. 모르겠어요.

"아름다움이라는 게 덧없으니까요. 그렇죠?"

아니요. 오히려 그 반대예요. 아름다움은 덧없는 게 아닙니다. 아름다움은 영원하죠. 하지만…… 난 아니에요. 나는 덧없는 존재예요. 그게 바로 요점이에요.

점유

스크린을 두드리던 소리가 갑자기 멈춘다.

"그거 꽤 심오한데요. 당신은 내가 처음 도착했을 때보다 더 자신을 자각하고 성찰하게 된 것 같아요. 보들레르가 한 말을 떠올리게 하네요. '나는 우울함이 깃들지 않은 아름다움은 상상할 수도 없다.'"

나는 그 순간 그 말을 하기로 한다. 내가 진실이라고 알고 있는 것에 더 가까이 다가가기로 한다.

내가 말한다. 난 대체될 수 없어요. 그건 안 돼요. 그것이 무엇이든 간에, 그게 아무리 나처럼 보이고 나처럼 들린다고 해도. 그게 뭐든, 그건 내가 아닐 겁니다.

"주니어. 자기 확신, 자신감을 느끼는 건 잘못된 게 아니에요. 건강한 겁니다. 오히려 우린 그걸 권장해요. 그게 우리 계획에 영향을 미치는 것도 아니고요."

이건 자기 확신이나 자신감이 아니에요. 자각이고, 새로운 경각심이고, 알아차리는 겁니다. 나는 다른 사람들과 달라요. 나는 항상 내가 다른 사람들과 같다고 생각해 왔지만, 실은 그렇지 않아요. 당신은 나를 복제할 수 없어요. 지금까지 내가 제대로 이해를 못했지만…….

"사실, 주니어. 중간에 말을 끊어서 미안하지만, 오늘 밤 대화는 당신과 헨리에타에게 좀 더 집중했으면 좋겠어요. 요즘 두 사람 사이는 어떤가요, 부부로서? 내가…… 그리고 실은 지

금 쓸데없는 얘기를 꺼내고 있는 게 아니기를 바라는데, 내가
요즘 약간의 긴장감을 느끼고 있는 것 같거든요. 아마도?"

나는 의자에서 더 똑바로 앉는다.

우리 사이요?

"네. 그냥 궁금해서요. 그동안 있었던 모든 일도 그렇고요.
두 분이 얘기는 많이 나누나요? 물론 내가 틀릴 수도 있지만,
둘 사이의 분위기는 어떻습니까? 요즘은 대화하거나 함께 많
은 시간을 보내는 것 같지 않던데요."

당신이 틀렸어요. 분위기는 좋아요. 괜찮아요. 우리 사이는
아무 문제없어요. 우리 관계가 괜찮은지 확인하는 건 내 책임
이에요. 내가 알아서 할 일이라고요. 내가 말한다.

"좋아요. 내가 틀려도 난 상관없으니까요. 헨이 잠은 잘 잔
다고 하던가요?"

내가 아는 한은요.

난 이 상황이 마음에 들지 않는다. 그가 헨에 관해 묻는 것
이 싫다.

"다행이네요. 그냥, 두 분은 모든 걸 공유하나요? 아내에게
무슨 일이 일어나고 있는지, 그녀가 어떤 기분인지 항상 알고
있나요?"

왜요?

테런스가 다시 무언가를 입력한다. 나는 그가 스크린을 두

드리는 소리를 들을 수 있다.

그건 왜 물어보는 겁니까?

"난 두 분의 관계와 두 사람이 교류하고 의사소통하는 방식에 관심이 있어요. 관계의 많은 부분이 개방적이고 정직한 의사소통에 달려 있습니다. 난 당신이 헨에 관해 구체적으로 말해 줬으면 좋겠어요."

나도 어쩔 수가 없다. 심장이 다시 빠르게 뛰기 시작한다.

난 그에게 대체 이게 다 뭐 하는 거냐고 묻고 내 질문에 답을 해달라고 요구하고 싶다. 내 집을 떠나라고 말하고 싶다. 당신은 여기 있을 권리가 없다고 말하고 싶다.

"그녀가 어떤 걸 좋아하는지 당신에게 말해 주나요?"

누가요?

"당신의 아내 말이에요, 주니어."

음식 말입니까?

"아니요. 먹는 거 말고요." 그가 웃는다. "잠자리에서 말이에요. 침대에서? 그녀가 직접 말해 주나요, 아니면 당신이 직관적으로 그녀가 좋아하는 걸 하나요?" 나는 머리와 목에서 땀을 닦아낸다.

방금 뭐라고 했어요?

"주니어? 너무 빡빡하게 굴지 말아요. 그냥 궁금해서 그래요."

그건 사생활이에요. 당신은 그런 걸 물어볼 권리가 없어요. 그건 나와 헨 사이의 일이에요. 대체 당신이 내게 그런 질문을 해도 된다고 생각하는 이유가 뭡니까? 당신에게 그럴 권리가 있다고 생각하는 이유가…….

"알았어요, 알았어요. 긴장 풀어요." 그가 무뚝뚝하게 말한다. "당신 손목에 부착할 게 있어요. 다치지 않은 팔이요."

뭘요? 뭔데요?

"수분 공급을 도와줄 거예요. 당신이 탈수 증세를 겪게 할 수는 없으니까요. 이렇게 손을 뻗으세요."

그가 자신의 팔을 바닥에서 수평으로 들어 올려 시범을 보인다.

"어서요. 자." 그가 말한다.

그가 금속 걸쇠를 들어 올리더니 내 손목에 감아 채운다. 빡빡하다. 한쪽에는 고리가 달려서 뭔가 다른 것을 부착할 수 있게 되어 있다.

"자, 됐습니다. 이제 가셔도 돼요."

나는 손목에 채워진 반짝반짝 빛나는 새 걸쇠를 본다. 한 번도 사용된 적이 없는 것이다. 금속이 차갑다. 이유는 설명할 수 없지만, 느낌이 좋다.

점유

♦♦♦

나는 샤워를 하고 싶다. 그것도 간절히. 온몸에 개기름이 흐르고 머리도 엉망으로 떡이 져 있다. 지금까지 이렇게 화나고 무시당했다고 느껴본 적이 없다.

이런 느낌은 테런스가 우리 삶에 들어온 이후로 점점 더 강해지고 있는데, 헨이 이 남자가 시키는 대로 다 할 필요 없다고 조언한 이후로는 그것이 끊임없이 걱정된다. 나는 왜 그가 나를 조종하도록 내버려 두는 걸까? 나는 아직 내 집에 있다. 아직 아무 데도 가지 않았다. 전에도 이 사실을 자각했어야 한다. 이제 내가 볼 수 있는 건 그게 전부다. 헨은 나에게 뭔가를 말하려고 애쓰고 있다. 그건 나도 안다. 그녀가 나에게 하고 싶은 말이 더 있다는 건 알지만, 그녀는 말하지 않을 것이다. 아니, 할 수 없을 것이다. 나는 매일 점점 더 많은 걸 깨닫고 있다. 매시간. 매분.

이건 모두 헨을 위한 거예요, 주니어. 그걸 기억하세요. 우리는 대체물이 가능한 한 진정성 있고 실제 같기를 바랍니다. 그는 이

제2막

렇게 말했다.

땀이 비 오듯이 쏟아진다. 나는 욕실에 서서 생각을 정리하며, 현재 무슨 일이 일어나고 있고, 내가 무엇을 할 수 있으며, 어떤 행동을 취할 수 있을지 이해하려 애쓴다. 우리가 이 집에서 테런스와 함께 하룻밤이라도 더 보내야 할지 확신을 못 하겠다. 그는 위협적인 존재다. 우리의 적이다.

하지만 만약 우리가 떠난다면, 그때는 어떻게 되는 걸까? 그가 우리를 따라올까? 아마도 그럴 것이다. 내가 들판으로 나가 불타는 헛간을 발견했던 날 미행당했던 것처럼 그가 우리를 따라올 것이다. 그가 우리를 찾아낼 것이다. 그들이 우리를 찾아낼 것이다. 아우터모어가. 그게 무엇이든 간에. 그러니 우리는 떠날 수 없다. 그래 봐야 상황만 더 악화시킬 것이다.

그녀가 어떤 걸 좋아하는지 당신에게 말해 주나요? 그가 물었던 말이다.

생각을 좀 해봐야겠다. 아니면 생각하는 걸 그만둬야 할지도 모르겠다. 어떤 게 최선일지 정말 모르겠다. 인터뷰에 관해서는 생각하고 싶지 않다. 테런스에 관해서도 잊고 싶다. 자려고 애써 봐야겠다. 아침에 다시 생각해 봐야겠다. 나는 샤워기를, 뜨거운 물을 틀고 입고 있는 옷 몇 점을 벗는다.

샤워 부스로 바로 들어가지는 않는다. 벌거벗은 채 거울 앞에 서 있다. 성한 팔을 머리 위로 치켜든다. 팔뚝을 구부려본다. 힘을 잔뜩 준 채 자세를 취해 본다. 복근을 최대한 팽팽하게 수축시킨다. 좌우로 돌면서 사선으로 내 몸을 살펴본다.

이제 가셔도 돼요. 그가 말했다.

유리에 뿌옇게 서린 김을 닦아낸다. 내 얼굴은 이제 거울에서 불과 몇 센티미터 떨어져 있다. 나는 콧구멍을 벌름거린다. 눈을 최대한 크게 부릅뜬다. 나도 다른 모든 사람처럼 결함 있고 역겨운 인간이다. 상처 입고 불완전하다. 물론이다. 내가 어떻게 난 다른 사람과는 다르다고 생각할 수 있었을까?

나는 눈이 아플 때까지 깜빡이지도 않고 부릅뜬다. 오랫동안 그렇게 멈춰 있다. 눈물이 흘러내릴 때까지 계속해서 그렇게 뜨고 있다.

테런스는 너무 많은 걸 알고 싶어 한다. 나에 관한 모든 걸 알고 싶어 한다. 하지만 절대로 모든 걸 알아내지는 못할 것이다. 나는 헨에게 좋은 남편이다. 우리가 만나지 않았다면 그녀의 삶은 어땠을까? 원하기만 했다면, 나는 다른 사람을 만날 수도 있었다. 우리가 싸운다고 해도 난 상관없다. 이게 그녀의 삶이다. 그녀가 사는 곳이다. 나와 함께. 분명한 것은, 헨이 이 삶을 선택했다는 것이다. 그녀가 나를 선택했다. 그건 그녀가 행복하다는 걸 의미한다. 사실이 그렇다.

거울이 다시 흐려졌다. 나는 김 서린 거울에 집게손가락으로 장수풍뎅이를 그린다. 손이 젖은 표면에서 뻑뻑거리는 동안, 천천히 그림을 그린다. 나를 시범 정착지로 보내고 나서, 내 삶을 가로채고 나서, 테런스가 무엇을 할 작정인지 나는 안다. 그는 복도 끝에 있는 객실에서 내 침실로 옮겨가고 싶어 한다. 내가 되기 위해 나에 관한 모든 것을 알고 싶어 한다. 하지만 그런 일은 절대 일어나지 않을 것이다. 그는 결코 내가 될 수 없다.

나는 샤워 부스에 들어간다. 고개를 들어 물줄기를 맞는다.

샤워기를 틀어놓았음에도, 테런스의 방에서 새어 나오는 대화 소리를 들을 수 있다. 그의 방은 화장실 바로 옆이다. 헨의 목소리다. 그녀가 지금 거기 그와 함께 있다. 나는 그들이 무슨 말을 하는지 알아들을 수 없다. 타일 벽 가까이 다가가 보지만, 그런다고 더 잘 들리지는 않는다. 무슨 대화를 하는 걸까? 나는 뜨거운 물을 더 세게 튼다. 살점이 거의 타들어 갈 때까지. 바로 나다. 나는 그들이 나에 대해 이야기한다고 확신한다. 그들은 나에게 집착한다.

더는 참을 수 없어졌을 때, 나는 샤워기를 잠그고 몸을 말리기 위해 매트 위에 올라선다. 아픈 어깨를 말릴 때는 조심한다. 내 아픈 어깨. 내가 헨과 함께 내 침대에서 잠을 잘 수 없는 이유. 내가 혼자서 아래층에 앉아 잠을 자야 하는 이유. 테런스가 개입하기 쉬워져서 헨과 점점 더 가까워지고 있는 이유.

나는 어깨를 살펴보기 위해 거울 앞에서 몸을 돌린다. 이유는 모르겠지만, 사고 이후로 한 번도 상처 부위를 들여다본 적이 없다. 왜 살펴볼 생각을 하지 않았을까? 상처에 붕대가 감겨 있는데, 사고 직후 감아놓았던 그대로다. 한 번도 바꾸지 않았다.

나는 붕대를 붙여놓은 테이프를 손가락으로 집는다. 그리고 천천히 떼어낸다. 시간을 들여 테이프 네 개를 모두 제거한다. 붕대를 바닥에 떨어트린다. 붕대 아래 있던 피부를 손으로 훑는다. 매끄럽다. 어깨에 흉터는 없다. 다쳤던 흔적이 전혀 없다. 피부는 말끔하다. 꿰맨 자국도 없다. 흠집 하나도 없다.

그 말을 했던 건 테런스다. 나는 그가 했다는 걸 알고 있다. 사고 후 내가 깨어났던 그날, 그는 의사가 "간단한 수술"을 해야 했다고 말했다. 대체 어떤 수술이, 아무리 사소한 수술이라고 할지라도, 흉터 하나 남기지 않을 수가 있을까? 만약 상처가 없었다면, 붕대는 왜 감았을까?

문 두드리는 소리가 들린다. 나는 바닥에 떨어진 붕대 위에 올라선다.

누구세요? 내가 대답한다.

"나야." 헨이 말한다.

그녀가 문을 빼꼼히 연다. "다 했어? 안에 너무 오래 있는 것 같아서."

샤워하고 있었어. 자러 가려고? 내가 말한다.

"응. 내려가기 전에 방에 들러서 인사하고 가."

그래. 알았어. 내가 말한다.

나는 그녀 뒤로 문을 닫는다. 그런 다음 거울로 돌아가 잠시 그대로 서서 어깨와 등과 목과 팔을 살펴본다. 그가 데이터를 수집하기 위해 붙여 놓은 센서는 여전히 멀쩡히 붙어 있다.

내가 얼마나 오랫동안 이렇게 서 있던 건지 모르겠다. 충분히 볼 때까지. 몸이 완전히 마를 때까지. 난 문 뒤의 고리에 걸어 놓은 수건에는 손도 대지 않았다.

♦♦♦

　내가 헨의, 우리의 방문을 열어보니, 헨은 침대에 누워 있다. 그녀는 일어나지만 아무 말도 하지 않는다. 내 뒤로 가서 문을 닫더니 내 손을 잡아 침대로 이끌어간다. 내 셔츠를 벗겨서 바닥으로 떨어트린다. 내 반바지를 아래로 당겨 내린다. 나를 침대에 눕힌다. 자신의 셔츠와 반바지를 벗는다. 속옷을 아래로 밀어내려 발목 주위로 떨어지도록 내버려 두고는 밖으로 걸어나온다.

　내가 누워 있는 침대로 올라온다. 다리를 벌리고 내 위에 올라타 앉는다. 두 다리 사이에 손을 넣어 자신의 몸을 내게로 인도한다. 그녀가 몸을 숙이고 내 손목을 잡아 이끌어가더니 자신의 등에 올려놓는다. 내가 얼굴을 만지려 하자 헨은 내 손을 다시 자신이 놓았던 곳으로 밀어낸다. 그녀는 앞으로 몸을 숙이고 내 오른쪽 매트리스에 머리를 기댄다. 양손은 침대 위 벽에 평평하게 가져다 댄다. 그녀가 신음한다. 나도 그렇다.

　우리는 마침내 그녀가 숨을 헐떡이며 옆으로 굴러 내려갈 때까지 계속한다. 우리는 키스도 하지 않았다.

헨은 천장을 바라보며 누워 있다.

"사람들은 왜 함께하는 걸까?" 그녀가 몇 분 뒤에 묻는다.

장기적인 관계에서? 나는 묻는다.

"결혼해서." 그녀는 말한다.

서로 사랑하기 때문이지. 서로에게 헌신해. 서로에게 의존하지. 그 관계에서 위안과 안전함을 얻는 거고. 내가 말한다.

"아니. 다들 그렇게 하니까, 그게 아는 전부라서 함께하는 거야. 다들 어떻게든 관계를 유지하면서 견디려고 노력하다가, 결국에는 일종의 영적인 마취 상태에 놓이는 거야. 계속 그 상태로 살아가기는 하지만, 실은 그냥 마비된 상태인 거지. 아무리 생각해 봐도 난 그런 식으로 사는 것보다 더 나쁜 건 없는 것 같아. 서로에게 무심하면서도 같이 사는 거잖아. 부도덕한 짓이야."

난 마비되지 않았어. 무심하지도 않아. 나는 생각한다.

결혼이 그리 쉬운 게 아니야. 다른 사람과 오랜 세월을 함께 살아가려면 수고와 노력이 필요해. 상황이 힘들다고 그냥 포기할 수는 없어. 내가 말한다.

그녀는 옆으로 돌아눕는다.

"당신은 지금 당신이 하는 얘기가 말이 된다고 생각하겠지. 그래 알아. 그리고 이론상으로는 그럴지도 몰라. 하지만 나는 상황이 힘들면 포기해야 한다고 말하려는 게 아니야. 상황이 엿 같은 데도 억지로 살아야 하는 것에 관해 얘기하는 거야."

상황이 엿 같은 데도, 나는 속으로 따라 한다.

내가 말한다. 부디 우리 부부 사이가 엿 같다고 말하는 건 아니길 바라. 정말로 그건 아니길 바라. 우리가 방금 뭘 했는지 봐. 당신도 좋았잖아. 아니야?

그녀가 내 팔을 만진다.

"그건 걱정할 필요 없어. 좋았으니까. 목적에 부합했어."

헨, 지난 며칠 동안 난 당신에게서 진실한 무언가를 느꼈어. 새롭고 놀라운 어떤 것. 하지만 말로는 도저히 설명을 못 하겠어.

그녀가 내 배 위에 손을 얹는다.

"한 번 시도해 봐. 그게 어떤 느낌이야?"

세상에는 정말 많은 게 있어, 헨. 많은 존재, 물건, 그리고 많은 사람. 유채밭과 그곳의 그 모든 꽃과 거기 사는 그 모든 생명체를 한번 생각해 봐. 공장의 곡물도. 그리고 도시와 그곳의 모든 것, 상점과 아파트와 차량을 생각해 봐. 사람들이 가지고 있는 모든 스크린을 생각해 봐. 당신이 생각해 낼 수 있는 거의 모든 것, 거의 모든 대상, 그런 것들이 세상에는 차고도 넘쳐. 그렇지만 당신은 단 한 명이야. 그건 기적이라고.

그녀는 아무 말도 하지 않고 내 허리에 팔을 두르며 가까이 밀착해 온다. 몸을 기대 내 가슴에 키스한다. 그렇게 내 옆에 웅크리고 누워 있다. 난 눈을 감는다. 여길 떠나면 이 순간을 기억하고 싶다.

"어젯밤에 악몽을 꿨어." 몇 분 후에 그녀가 말한다. "너무 진짜 같았어. 이번 건 특히 지독했어. 처음부터 얼마나 무서웠는지 몰라. 그게 꿈이라는 건 알고 있었어. 자각몽을 꾼 거지. 내가 원하는 건 뭐든 할 수 있고, 꿈을 통제할 수도 있었다는 의미야. 하지만 꿈이라는 걸 자각하고 있다고 해서 상황이 더 나아지지는 않더라고. 나는 어느 커다란 방에 있었어. 모든 벽을 볼 수 있었고, 그 크기도 알고 있었지만, 그 공간이 영원히 이어진다는 것도 알고 있었어. 공간은 무한했지만, 난 다른 곳으로 갈 수가 없었어."

끔찍하네. 내가 말한다.

"그리고 최악의 부분은 내가 혼자가 아니었다는 거야. 난 당신이 이걸 이해해 줬으면 해. 그게 최악의 부분이야. 내가 혼자가 아니었다는 거."

점유

♦ ♦ ♦

그들은 둘 다 침대에서 잠들어 있다. 헨과 테런스. 나도 그래야 한다. 시간이 정확히 어떻게 됐는지는 모르겠지만, 어쨌든 늦은 시간이다. 한밤중이다. 난 아직 피곤하지 않다. 집안은 조용하다. 고요하지는 않다. 내가 밤새 여기 앉아 있으면서 배운 것이 있다면, 심지어 지금 이 시각에도 진정 귀 기울여 듣는다면 집은 절대로 침묵하지 않는다는 사실이다.

여기 어둠 속에 앉아 있는 지금 나는 예리해진 마음으로 상황을 더 명확하게 보고 있다. 시간이 지날수록 나는 점점 더 진정한 자아를 갖추어 가는 듯하다. 나는 나 자신은 물론이고 그동안 내가 소홀히 한 것들을 이해하기 시작했다.

헨이 결혼에 관해 언급한 것이 내 마음을 뛰게 했다. 그녀는 자신의 감정과 걱정하는 바를 털어놓았지만, 내 안의 무언가는 헨과 내가 같은 편이라는 걸 안다. 그녀가 한 말에도 불구하고 우리는 서로가 있기에 더 나은 존재이다. 그것이 바로 결혼 아닌가. 헨이 그 얘기를 꺼냈을 때, 내가 좀 더 분명히 말해야 했다. 우리는 각자 역할도 다르고 강점도 다르지만, 서로에게 의존한다. 나는 그녀가 항상 그 자리에 머물러 있으리라는 걸 알기에 지금의 삶을 영위할 수 있다. 우리는 서로가 필요하다.

나는 파도를 뚫고 나아가는 선박이다. 헨은 닻이다. 나의 닻이다. 나를 안정화하는 힘이다.

나는 안락의자를 뒤로 밀고 돌려서 벽을 향하도록 한다. 이런 식으로 앉는 게 훨씬 좋다. 지금 누군가가 거실로 걸어 들어오더라도, 즉시 내 얼굴을 볼 수 없기에 내가 인상을 찌푸리고 있는지 웃고 있는지 내 눈이 뜨였는지 감겼는지 알 수 없을 테니까. 그들은 나를 보기 위해 이쪽으로, 방구석까지 쭉 걸어 들어와야 한다. 테런스가 그렇다는 것이다. 내 말은. 테런스는 내 표정을 볼 수 없을 것이다. 곧장은.

닻이 없다면 배는 과연 어떻게 될까? 이리저리 휩쓸려서 궤도를 벗어날 것이다. 그러다가 어느 순간 바다에서 사라져 버릴 것이다. 우리가 침대에 누워 있을 때, 이 말도 해야 했는데. 그랬다면 헨의 기분이 훨씬 좋아졌을 것이다. 그건 내가 장담한다. 그녀에게 우리의 애착을 상기시켜 주었을 테니까.

내 이론은 더는 이론이 아니다. 이론이란 불확실하지만, 내가 밝혀낸 것은 사실이어야만 한다. 이제야 나는 이해한다. 그리고 그것을 증명할 작정이다. 테런스는 우리 친구가 아니다. 결코 친구였던 적이 없다.

점유

헨에게 이걸 말해야 할까? 그녀도 알고 있는지 궁금하다. 그의 존재 자체가 위협이라는 걸 확신하면 할수록, 그녀에게는 더욱 알리고 싶지 않다. 그게 헨을 놀라게 하고 화나게 할 텐데, 그거야말로 내가 정말 하고 싶지 않은 일이다. 그녀는 잠들지 못할 것이다. 걱정할 것이다.

그러니 헨에게는 말하지 않을 것이다. 그녀를 위해서다. 모르고 있으면, 상처받을 일도 없다.

테런스는 내가 가진 걸 원한다. 나는 여기 아래 있는데, 그는 2층에서 지내는 이유가 바로 그 때문이다. 그가 우리의 음식을 요리하고, 식료품을 쇼핑하는 이유이기도 하다. 그가 내 직장에 출근하는 이유이다. 그가 나에 관한 모든 것을 공부하는 이유이다. 그는 내 아내를 원한다. 내 삶을 원한다.

그런 일이 일어나게 두고 볼 수만은 없다. 절대로 그러지 않을 것이다.

닻이 없다면 배는 과연 어떻게 될까?

◆◆◆

"주니어? 어서요, 주니어. 시간 됐어요. 자. 어서요. 그만 일
어나요."

나는 눈을 뜬다. 아침이고 이른 시간이다. 밖은 겨우 먼동이
터오고 있다.

테런스가 나를 내려다보며 서 있지만, 웃는 얼굴은 아니다.
나는 셔츠를 입지 않았다. 내 가슴에 흡착 컵 센서 하나가 부
착되어 있다. 이게 뭔가요? 이게 왜 내 몸에 붙어 있어요?

"주니어. 내 말 들려요? 뭐 해요? 자, 어서 일어나요."

그는 달라 보인다. 어디가 달라진 걸까? 정장 차림이 아니
다. 그렇다. 그게 달라졌다. 그는 반바지에 반소매 셔츠를 입
고 있다. 잠깐. 내 셔츠다. 그가 내 셔츠를 입고 있다. 내 반바
지도.

뭐 하는 겁니까? 나는 묻는다.

그는 양손을 모아 잡는다. "주니어, 해가 중천에 떴어요. 이
제 일어나야 해요. 이제 갈 날도 얼마 안 남았는데 잠만 자고

잠유

있을 수는 없어요."

왜 내 옷을 입고 있어요?

"네? 이거요? 덥잖아요. 정장 차림으로 돌아다니려니까, 점점 더워져서요. 헨이 당신 옷을 빌려 입으라고 했어요. 당신은 개의치 않을 거라고 하면서요. 당신이 깨어 있었으면 직접 그렇게 하자고 했을 거라고. 자, 어서요. 일어나요."

그가 몸을 숙여 내 팔뚝에 손을 얹어서 내가 일어설 수 있도록 돕는다. 다리가 후들거려서 균형을 잡는 데 약간의 시간이 걸린다.

"당신은 집에서 이것저것 할 일이 많다고 했으니까. 나도 이제 출발할 참이에요." 그가 어깨 너머로 말하면서 걸어간다. "스토브 위의 팬에 아침 해놨어요. 꼭 드세요. 약도 먹고요."

헨. 내가 말한다.

나는 어젯밤을 떠올린다. 내가 무엇을 해야 하고, 어디에 집중해야 할지 생각했던 게 기억난다.

헨은 어디 있어요? 나는 묻는다.

"이미 차에 탔어요. 나도 나갈 거예요." 그가 현관 앞으로 걸어가더니 내가 서서 지켜보는 동안 곧장 밖으로 나간다.

나는 창가로 걸어가 밖을 내다본다. 그는 헨 옆으로 차에 올라탄다. 잠시 후, 나는 두 사람이 나 없이 차를 몰고 가는 것을 본다.

♦♦♦

　나는 파괴적인 성향이 아니다. 하지만 이건 해야만 한다. 상황이 내가 통제할 수 있는 한계치를 벗어났기에, 일말의 권위라도 되찾으려면 내가 할 수 있는 일을 해야만 한다. 이건 부득이한 일이다. 헨을 위해.

　내가 먹기를 그가 원하기에, 나는 먹지 않는다. 약을 복용하기를 바라기에, 그것도 하지 않는다. 그는 내가 시키는 대로 다 하기를 기대하지만, 나는 하지 않을 것이다. 더는 그가 원하는 것을 하지 않을 것이다.

　모든 것을 파악하는 데 시간이 좀 걸렸다. 하지만 이젠 무게중심을 옮기기 위해 내가 반드시 해야 할 일이 무엇인지 이해한다. 그들이 집으로 돌아오기 전에 만반의 준비를 해두어야한다. 나는 주변을 둘러보고 각도를 가늠하는 데 약간의 시간을 보낸다. 그런 다음 가장 정확한 지점 한 곳을 선택한다. 이게 가장 말이 된다. 다른 어느 곳보다 여기서 더 많은 걸 알아낼 수 있을 것이다. 그러려고 이걸 하는 거다. 전세를 완전히

점유

역전시켜서 알아내고 관찰하기 위해. 이래야 공정한 싸움이 된다. 나라고 왜 그를 관찰하면 안 되겠는가. 그가 날 파악하기 위해 사용하는 방식인데? 이건 내 집이다. 내 인생이다.

재도전은 없다. 그러니 절대 망쳐서는 안 된다. 제대로 측정하고, 단번에 성공해야 한다. 내가 볼 수 있게만 하면 되는 게 아니다. 관심도 끌지 않아야 한다. 나는 욕실을 나와 테런스의 방으로 들어간다. 화장실 쪽 벽을 바라보니 내가 염두에 둔 지점이 보인다. 나는 측정하고 표시한다. 그리고는 벽 반대편 욕실로 들어간다. 완벽하다. 두 균열 사이의 한 지점. 알아채는 건 불가능하다. 굳이 그것을 찾지 않는다면 그렇다는 말이다.

나는 전동 드릴을 꺼내서 욕실로 가지고 올라간다. 시작하려니 초조하고 불안하지만, 이제 할 것이다. 누군가 집에 와서 내가 왜 여기 있는지 궁금해할지도 모르기에 수돗물을 틀어놓는다. 세수나 면도, 또는 샤워를 하는 것처럼 들릴 것이다. 욕실에서 하기에는 모두 완벽하게 적합한 일 아닌가.

나는 구멍을 내고 싶은 벽에 드릴을 가져다 댄다. 변기 바로 위쪽이다. 이미 샤워기의 증기가 욕실을 가득 채우고 있다. 나는 비트를 세 개 가져왔다. 그중 가장 작은 것을 먼저 사용할 것이다. 필요한 경우 구멍을 크게 만드는 건 언제든지 할 수 있다. 나는 셔츠 가슴 주머니에서 비트를 꺼낸다. 손이 떨려서 비트를 드릴에 꽂고 잠그기도 전에 떨어트린다.

내가 왜 이렇게 초조해하는지 모르겠다. 긴장해서는 안 된다. 이건 내 집이다. 내 드릴이다. 모든 것이 내 것이다. 그리고 이건 거의 보이지도 않는 작은 구멍이 될 것이다. 그리 대단할 것도 없다.

나는 바지에 손을 닦고 숨을 들이마신다. 속도 제어기를 부드럽게 당기며 천천히 시작한다. 엔진이 윙윙거린다. 비트가 벽 속으로 쉽게 밀고 들어간다. 나는 너무 세게 힘주지 않는다. 서두를 필요도 없다. 생각보다 오래 걸린다. 하지만 그때 벽이 뚫리는 게 느껴진다. 나는 드릴을 꺼내고 구멍에 쌓인 먼지를 불어 날린다. 구멍으로 얼굴을 가져가 들여다본다. 크지는 않지만, 효과적이다.

이토록 작은 구멍으로 얼마나 많은 것을 볼 수 있는지 놀라울 따름이다. 그의 침대가 보인다. 베개도 보인다. 그의 가방 중 하나도 볼 수 있다. 마침내 힘의 균형의 이동하는 것이다.

♦♦♦

어서 와. 집에 온 걸 환영해. 내가 말한다.

방금 헨이 문을 통과해 걸어 들어왔다. 그녀는 지쳐 보인다. 테런스는 아직 차 안에 있다. 내 말소리에 그녀가 멈추더니 나를 빤히 쳐다본다.

"뭐 하는 거야?" 그녀가 내 얼굴을 찬찬히 살핀다.

뭐 하긴, 두 사람 기다리고 있었지. 당신 보니까 정말 좋네. 당신이 집에 와서 기뻐. 내가 말한다.

나는 걸어가서 몸을 기울여 그녀의 뺨에 키스한다.

당신은 내 닻이야. 내가 나 자신이 되기 위해 필요한 안정과 확신. 나는 생각한다.

"주니어? 괜찮은 거야? 당신 거의 정신 나간 사람처럼 보여." 그녀가 말한다.

테런스가 문으로 들어온다. 그는 내가 공장에 두고 온 작업용 조끼를 입고 있다. 그가 헨에게서 내게로 시선을 돌린다.

"주니어?" 그가 부른다. "오늘 하루는 어땠어요? 기분은 괜찮아요?"

예. 다 좋아요. 기분도 괜찮고요. 내가 말한다.

"자, 이거 먹어요." 그가 주머니에서 약병을 꺼내더니 내게
알약 두 개를 더 건넨다.

손바닥에서 알약의 무게가 느껴진다. 나는 아무 말도 하지
않고 약을 입안에 털어 넣는다. 그는 내가 침을 삼킨다는 생각
이 들 때까지 지켜보며 기다린다.

"좋아요. 괜찮다면, 난 위층으로 올라가 볼게요. 오늘 밤에는
할 일이 좀 많아서요. 헨을 잠시 인터뷰하고 싶거든요. 혼자서
저녁 먹어도 괜찮겠어요, 주니어?" 그가 말한다.

물론이죠. 우린 원래 저녁은 각자 먹는 날이 더 많아요. 내가
말한다.

그는 이미 계단을 반쯤 올라가다가 돌아서서 다시 묻는다.
"정말 괜찮은 거죠, 주니어?"

그럼요. 평소와 같아요. 내가 말한다.

그리고 내가 다른 말을 하기도 전에, 헨이 그의 뒤를 따라가
서 사라져버린다.

이게 바로 내가 벽에 구멍을 뚫은 이유다. 이런 순간을 위해
서. 그가 방으로 들어가 나를 의식하지 않는 순간. 그가 자신이
모든 것을 통제하고 있다고 생각하는 순간.

나는 침착하게 위층으로 올라간다. 화장실로 몰래 들어가서,

등 뒤로 문을 닫는다. 나는 변기 양쪽에 다리를 걸치고 벽의 작은 구멍 위로 몸을 웅크린다.

그들은 서로 맞은편에 앉아 있다. 서로를 바라보면서. 얼굴을 맞대고. 방은 어둡지 않다. 빛이 비쳐든다. 테런스는 침대에 앉아 있고, 헨은 그가 책상에서 끌어당겨 그의 앞에 가져다 놓은 의자에 앉아 있다. 그와 헨 사이의 간격은 테런스와 내가 인터뷰할 때의 간격보다 훨씬 더 가깝다. 게다가 두 사람은 마주 보고 있다. 테런스는 결코 나를 마주 보고 앉은 적이 없다. 나는 그들이 하는 말을 들을 수는 있지만, 무슨 말을 하는지 명확히는 알 수 없다.

지금은 헨이 주로 이야기하는 중이다. 그는 무릎에 올려놓은 스크린에 글을 입력하고 있다. 그러면서 가끔 고개를 주억인다. 그가 나에게 했던 것처럼 무언가를 측정하듯이 스크린을 그녀 앞으로 두 번 들어올린다.

목 뒤에 있는 센서가 따끔거린다. 오늘 아침부터 계속 그러지만, 그냥 무시하는 중이다. 부르르 떨리는 듯한 따뜻한 느낌, 그 감각이 점점 더 강해지고 있다. 긁으면 조금 시원하다. 피부와 센서 둘 다 긁는다. 이제 난 이 두 사람, 아내와 함께 앉아 있는 낯선 사람을 바라보면서 그것을 긁는다. 어디까지가 내 피부이고 어디서부터 센서가 시작되는지 분간하기가 힘들다.

나는 헨이 무슨 일이 일어나고 있는지, 그의 속임수가 어느 정도 깊은지 충분히 알고 있는지 의심스럽다. 기만은 그녀의 기질과는 거리가 멀다. 특히 나에게는 절대로 그럴 리 없다. 하지만 그들이 무슨 대화를 나누고 있든 간에, 헨은 할 말이 많다. 그는 고개를 끄덕인다. 그녀도 뭔가를 의심하기 시작했을 가능성이 있다. 어쩌면 그녀는 내가 테런스에 관해 알고 있으며, 지금 두 사람을 지켜보고 있고, 그녀를 보살피고 보호하는 중이라는 사실도 짐작했을지 모른다.

나는 그가 준 약을 삼키는 척했지만, 그가 위층으로 올라가자마자 그것들을 뱉어버렸다. 그 약은 도움이 되지 않는다. 오히려 아프게 한다. 그건 진통제가 아니다. 난 그것들을 더는 믿지 않는다. 그 약이 내가 생각하는 방식에 영향을 미치고 있다고 생각한다. 내 추론을 제한하고, 나를 더 취약하고 유연하고 순종적인 상태로 바꾸려는 것 같다. 약이 내 두뇌 회전을 느리게 하고 내 직관을 마비시키고 있다. 그는 내가 정말로 무슨 일이 일어나고 있는지 알아내는 것을 원하지 않는다.

그녀가 스크린 위의 무언가를 가리킨다. 그가 고개를 끄덕인다. 머리가 무겁다. 그는 화면을 내려놓고 의자에서 몸을 앞으로 움직인다.

그녀 쪽으로 몸을 기울인다. 그녀의 다리에 한 손을 올린다.

더는 지켜만 보고 있을 수가 없다. 헨은 내 아내다. 그가 내 아내를 만지고 있다. 이건 너무 멀리 나간 거다. 행동해야만 한다. 너무 늦기 전에.

　나는 일어서서 화장실을 뛰쳐나온다. 문을 벌컥 열고 객실
로 뛰어든다.

♦♦♦

그만해. 내가 말한다.

둘 다 고개를 돌리고 나를 바라본다.

"주니어!" 헨이 말한다.

그녀가 테런스보다 더 놀란 것 같다. 그녀의 눈에는 화장실 구멍을 통해서는 볼 수 없었던 눈물이 맺혀 있다.

내가 다 봤어. 당신도 보고, 저자도 봤어. 난 당신이 뭘 하려는지 다 알아. 내가 말한다.

나는 테런스를 손가락으로 가리킨다. 손가락이 떨린다.

이건 용납할 수 없어. 당신 너무 멀리……

멀리 갔어, 라고 말하고 싶지만, 말을 끝맺을 수가 없다. 위가 꼬이는 것 같은 느낌이다.

"지금 상태가 너무 안 좋아 보여요, 주니어." 테런스가 말한다.

당신은 진짜 나쁜 인간이야. 내가 말한다.

다리가 후들거린다. 이상하다. 몸이 이상한 것 같다.

"우리가 다 얘기해 줄게요. 하지만 지금은 좀 진정해야 할

점유

것 같네요." 그가 말한다.

싫어!

나는 테러스를 향해 한 걸음 더 나아가려 하지만, 비틀거리며 벽에 기대 서야만 한다. 헨이 한 손을 들어 자기 얼굴로 가져간다. 테러스가 내 방향으로 조심스럽게 한 걸음 다가온다.

"당신이 먹은 약. 그게 당신을 늦추고 있어요." 그가 말한다.

진통제, 진통제라고 했잖아. 내가 말한다.

그가 스크린에 뭔가 입력하더니 들어 올려 사진을 찍는다.

"주니어, 제발." 헨이 말한다.

난 금요일까지 기다리지 않을 거야. 내가 말한다.

내 말은 내가 의도했던 것보다 느리게 흘러나온다.

더는 신경 쓰지 않아. 난 이따위 거 안 해. 당신은 금요일이라고 했지만, 내가 그 일이 일어나게 두지 않을 거야. 난 거기…… 거기에 가지 않을 거야. 정착지에.

나는 헨을 바라본다. 그녀는 겁을 집어먹거나 화난 것처럼 보이는 게 아니라, 걱정하는 듯하다.

"그 걱정은 하지 않아도 돼요." 그가 스크린을 침대에 내려놓으며 말한다. "이제 당신에게 말해 줄 시간이네요. 금요일 같은 건 없어요. 그리고 정착지 같은 것도 없어요. 적어도 당신을 위한 정착지는 없어요, 주니어."

그게 내가 바닥으로 쓰러지기 전에 마지막으로 듣는 말이다.

제2막

제3막

출발

♦♦♦

나는 아래층 내 의자에 앉아 있지만, 어떻게 여기 왔는지는 모르겠다. 내 의자는 원래 자리로 다시 옮겨져 있다. 난 이제 벽을 향해 앉아 있지 않다. 테런스는 다시 양복을 입고 있다.

서서히 정신이 든다. 내가 만든 염탐 구멍. 행동을 취했던 나. 나를 위해. 헨을 위해.

"이렇게 한 건 미안해요. 지금 몸도 무겁고 기분도 안 좋고 혼란스럽다는 거 알아요."

그는 틀렸다. 그건 내가 느끼는 게 아니다. 전혀 아니다. 난 내 심장 박동을 느낄 수 있다. 나는 살아 있다. 그게 바로 내가 느끼는 거다. 난 살아 있는 기분이다.

"시간이 됐어요, 주니어. 그리고 내가 당신에게 완전히 솔직하지 못했던 건 미안해요. 인생에서 그 어떤 것도 무작위적이거나 우연히 이루어지는 건 없죠. 이 모든 건 당신을 위해 힘들게 계획되고 준비된 거예요. 당신은 시험에 통과했어요."

나는 눈을 뜬다. 깜박인다. 집중하는 데 시간이 좀 걸린다.

출발

고개를 움직이려 애를 쓰지만, 그럴 수가 없다. 나는 헬을 원한다. 그녀가 여기 있다는 건 알지만, 볼 수가 없다. 헬은 어디 있지?

"당신의 이익, 당신의 복지, 그런 것들이 처음부터 최우선이었어요. 지금까지 정말 잘해 줬어요. 정말 대단해요. 진심으로 놀라워요."

대체 무슨 일이 벌어지고 있는 거야? 내 눈이 방에 적응하고 있다. 날은 어둡지만, 집 밖에 여러 개의 스포트라이트가 집 안을 향하도록 설치되어 창문을 통해 밝게 빛을 뿜어내고 있다. 방에는 여러 대의 카메라가 설치되어 있는데, 몇 대는 삼각대 위에 올라가 있다. 그리고 그것들 모두 나를 향해 있다.

나는 팔을 움직이려고 하다가 그제야 내 손이 묶여 있음을 깨닫는다. 테런스가 내 팔에 채워 놓았던 금속 걸쇠가 전에는 없던 두 번째 걸쇠에 사슬로 연결되어 있다. 두 번째 걸쇠는 다른 쪽 손목에 채워져 있다. 나는 공포에 질려 또 다른 사슬을 시선으로 따라 내려가고, 그것은 내 발목에 채워진 걸쇠로 연결된다. 나는 결박당했다. 난 포로다. 내 집에서.

내 아내는, 헬은 어디 있어? 내가 말한다.

"쉿, 당신은 괜찮아요. 걱정하지 말아요. 우리가 여기 있잖아요."

나는 손을 들어 올리려고 안간힘을 다 쓴다. 손이 불가능할 정도로 무겁다.

"다른 식으로 일을 진행할 수도 있었지만, 결국 우리는 이 시점에서 당신이 진실을 알고 스스로 마지막을 맞이하는 게 이치에 맞다고 느꼈어요. 우리가 얼마나 멀리 왔는지를 고려하면 그게 공평한 것 같아요. 그것이 우리에게도, 구체적으로는 우리 연구에도 유용할 것 같으니까요. 우리의 연구야말로 이 모든 노력의 가장 중요한 부분이에요. 그러니 향후 계획을 위해 객관적인 확률을 규명할 필요가 있죠."

난 이미 알고 있었어. 이미 다 알아냈다고. 내가 말한다.

내 목소리가 갈라져 나온다. 약하게 들린다.

다 알고 있었어. 난 네 놈이 뭘 하려는 건지 알아. 내가 말한다.

"그런가요?" 테런스가 묻는다.

넌 내가 모르길 바랐겠지만, 난 네가 생각하는 것보다는 똑똑해.

그가 미소 짓는다. "그래요, 나도 당신이 내 생각보다는 똑똑하다고 믿어요. 난 단지 당신이 뭔가를 알아냈다는 사실을 확신하지 못할 뿐이에요. 그럼 난 누구죠, 주니어? 말해 봐요."

대체물. 넌 내 대체물이야. 날 정착지로 보내고 나서 내 자리를 차지하려는 거잖아. 헨과 함께 여기 머물려는 수작이잖아. 내가 말한다.

"그래서 당신은 내가 당신의 대체물이라고 생각하는군요." 그가 스크린의 마이크에 대고 말한다.

나는 놈을 증오한다. 놈과 관련된 모든 것을 증오한다. 그는 내가 말하는 모든 것을 녹음한다.

헨은 어디 있어? 나는 묻는다. 헨도 이걸 들어야만 해. 그녀도 알 필요가 있어.

"바로 저기 있잖아요."

그가 어깨 너머를 가리킨다. 나는 그 너머를 보려고 노력한다. 의자에 앉아 있는 작은 형체가 보인다. 헨이다.

"보이죠? 저기 있잖아요. 그녀도 내내 이 일에 참여하고 있었어요, 주니어. 그녀도 모든 것을 알아요."

헨! 걱정하지 마, 헨. 절대로 나쁜 일이 일어나지 않게 할 거야. 난 아무 데도 가지 않아. 약속할게. 헨? 무슨 일이야? 내가 말한다.

그녀는 의자에 웅크리고 앉아 있다. 팔은 무릎에 얹혀 있고 손으로는 배를 감싸 안았다. 왜 내게 다가오지 않을까? 그녀도 묶여 있는 걸까?

"미안해." 그녀가 입 모양으로 말하고는 양손을 풀어 얼굴로 가져간다.

그제야 난 그녀가 묶여 있지 않다는 걸 알아차린다. 그녀는 원하면 자유롭게 일어날 수 있다. 그런데도 계속 자신을 의자에 묶어 놓고 있다.

이게 다야? 이게 그녀가 할 말 전부인 거야? 그게 끝이라고?

나는 다시 테런스를 쳐다본다.

넌 줄곧 거짓말을 해왔어! 내가 가고 나면, 넌 내 인생을 차지하려는 거야. 하지만 아직 끝나지 않았어. 난 아직 갈 준비가 안 됐어. 그런 일이 일어나게끔 두고 보지만은 않을 거야! 이거 풀어. 난 빌어먹을 죄수가 아니야. 나한테 이럴 수는 없어!

테런스가 입을 연다. 그는 너무도 침착하다. "지금 느낌이 어떤지 말해 줄 수 있나요, 주니어? 설명해 봐요. 신체적으로요. 내 말은. 머리는 어때요?"

내 머리? 그건 왜 물어보는데? 이 개자식아! 이거 풀라고!

현관 밖에서 소음이 들린다. 대화 소리다. 조명 외에도 뭔가가 있는 것이다. 사람이다. 발을 질질 끄는 소리가 들린다. 현관문이 삐걱거리며 열린다. 검은 양복 차림의 남자 둘이 들어온다. 손에는 꽉 끼는 검은 장갑을 끼고 있다. 그들은 아무 말도 하지 않는다. 그저 문 양쪽에 자리 잡고 선다.

이게 다 뭐야? 나는 묻는다. 저들은 누구야? 내 집에서 뭐하는 거야?

"걱정 말아요. 나와 함께 왔어요." 테런스가 말한다.

헨! 내가 다시 부른다. 이놈이 당신에게 무슨 말을 한 거야? 왜 그냥 거기 앉아만 있어?

출발

"이쪽으로." 테런스가 문을 향해 외친다. "그를 데려와요."

누굴 데려와? 밖에 누가 있는데?

다른 남자 하나가 다가온다. 그를 보자마자 내 안의 무언가가 깨져버린다. 내가 느끼는 감정은 그동안 느껴본 그 어떤 감정과도 다르다. 혼란이 불안과 섞이고 그것이 빠르게 공포로 변한다. 내가 보고 있는 것이 믿기지 않는다. 남자는 출입구 바로 안쪽에 멈춰 서서 나를 쳐다본다.

진짜일 리가 없다. 불가능하다. 이런 일은 있을 수가 없다. 하지만 눈앞에 있다. 오해 같은 건 할 수도 없다. 그게 여기 있다. 너무도 진짜 같다. 인공물이 아니고, 제조된 것 같지도 않다. 모든 면에서 실제 같다. 그게 내 집에 있다. 내 집 문간에 서서 나를 바라보고 있는 저건 나다.

대체물. 내 대체물. 나는 이것이 의미하는 바가 무엇인지 머릿속에서 처리하려고 애쓰는 중이다. 테런스가 거짓말을 한 게 아니었다. 그가 내 자리를 차지하는 게 아니었다. 그가 말한 대로, 복제품이다. 그게 정말 존재한다. 그게 여기 있다.

나는 눈을 떼지 못하겠다. 몸이 둥둥 떠 있는 것 같은 느낌이다. 말을 할 수도 없다.

"주니어, 지금 당신 기분이 어떨지 나도 알아요. 하지만 제발 침착해지려 애써 주세요. 나를 봐요. 자, 집중해 줘요, 부탁이에요. 침착하게." 테런스가 말한다.

테런스는 이제 자기 스크린에 직접 대고 말한다. 나는 그가 말하는 소리가 들리지 않는다. 그가 무슨 말을 하는지는 관심도 없다. 이제 그는 무관하다. 내 앞에 서 있는 것은 가능한 모든 면에서 나와 같다. 이보다 더 실제적이거나 인간적으로 보일 수는 없을 것이다. 나는 내 손으로 시선을 돌린다. 내 손의 혈관, 손금, 지문, 그것들은 나만의 고유한 것이 아니던가? 그것들은 내 것이다. 오직 나만의 것이다. 어떻게 나의 정확한 복제품, 복사품이 존재할 수 있지? 불가능하다.

"안녕하세요." 그것이 말한다.

저 목소리. 내 목소리다. 내 목소리와 비슷한 게 아니라, 똑같다.

"주니어." 테런스가 말한다. "이분은…… 주니어라고 해요."

나는 잠시 경이로움을 느낀다. 대체물이 나를 본다. 그가 몇 번 고개를 끄덕인다. 갑자기 분노가 치밀어 오른다. 난 그것을 보고 싶지 않다. 그것이 여기 있는 걸 원치 않는다. 내 집에 있는 걸 원치 않는다. 내 아내와 있는 걸 원치 않는다. 그게 얼마나 진짜처럼 보이든 상관없다. 그건 진짜가 아니다! 내가 아니다.

안 돼. 싫어! 내가 말한다.

테런스가 말한다. "이제 우린 당신을 데려가야 해요. 하지만 당신이 여기서 이걸, 이 반전을 직접 직접 봤다는 게 중요해요. 우린 당신도 이 단계에 참여하길 바랐어요. 당신이 이걸 처리

출발

하는 걸 도와주고 싶었거든요. 당신은 지금 진실을 마주하고 있어요. 당신 자신의 진실. 우리는 당신이 어떻게 반응할지 보고 싶었어요."

내 진실은 바로 여기 있어! 나는 고함을 지른다. 이 집에, 헨과 함께!

"아니. 그렇지 않아요. 당신은 그가…… 아닙니다. 이 과정을 진행하는 동안 당신을 속여야 했던 건 정말 미안해요. 이런 말을 해야 해서 유감스럽지만, 당신이에요. 당신이 대체물입니다. 그가 진짜 주니어예요."

헨! 나는 소리친다. 헨!

나는 내 말뿐만 아니라, 내 눈으로, 온몸으로 그녀에게 애원한다. 그녀는 나와 눈을 마주치려 하지 않는다. 그저 무릎만 내려다보고 있다. 그냥 거기 앉아 있을 뿐이다. 왜 나를 바라보려 하지 않을까?

나는 그것이 그녀에게 한 걸음 다가서는 것을 지켜본다. 그녀가 시선을 들어 올리고는 그것을 빤히 쳐다본다. 두려운 표정으로. 그것에 두려움을 드러내며.

"헨." 그것이 부른다. "헨."

"주니어." 그녀가 말한다. 그리고 눈물을 훔친다.

닥쳐! 나는 고함을 지른다. 누가 저걸 멈춰줘!

그것이 그녀를 바라보고 있다. 난 더는 참을 수가 없다. 이 느낌은 내가 상상했던 그 어떤 느낌보다 훨씬 더 나쁘다.

"믿을 수가 없어. 당신이잖아. 내가 여기 있다니 믿을 수가 없어, 헨." 그것이 말한다.

그것이 내 아내와 이야기한다. 마치 나인 것처럼, 진짜인 것처럼 아내에게 이야기하고 있다. 내가 여기 묶여 있는 동안 내 아내에게 말을 걸고 있다.

"오랜만이네. 정말 당신이야?" 헨이 말한다.

그녀가 일어서서 손을 뻗어 그것을 만진다. 그것의 얼굴과 손을 만진다. 그때 그것이 앞으로 몸을 숙여 그녀에게 키스한다. 입술에. 그녀는 거기 서 있다. 멈추지 않는다. 그것이 헨을 팔로 감싸 안는다.

안 돼! 우린 이런 걸 원하지 않아. 여기에 동의하지 않는다고! 그녀에게서 떨어져! 거래는 취소야! 난 안 떠날 거야! 나는 테런스에게 소리 지른다.

테런스가 장갑 낀 남자 중 한 명에게 다가가 귀에 무언가를 속삭인다.

"사실 당신은 아무 데도 가지 않아요. 당신은 내내 당신이 있어야 할 곳에 있었어요. 내 말 이해하겠어요? 당신은 이미 당신이 해야 할 일을 했어요. 우리는 앞으로 수년 동안 당신에 관해 쓰고 이야기할 겁니다. 이곳을 처음 방문했을 때 내가 당신을 여기로 데려왔어요. 진짜 주니어가 시범 시설에서 살기

출발

위해 떠났던 바로 그날."

테런스는 내 아내의 몸에 팔을 두르고 서 있는 그것의 방향으로 고개를 끄덕인다.

"당신은 이 사실을 이해할 수 없을 테지만, 그날이 진짜 주니어가 떠난 날이고 당신의 임무가 시작된 날이었어요. 당신은 내 차의 전조등을 봤어요. 그렇죠? 그게 당신이 처음으로 의식한 생각이에요. 우리가 그렇게 고안해 두었거든요. 그 전조등이 당신의 시작이 되게끔. 그 이후는 당신에게 달려 있었죠."

사실이 아니야. 당신은 거짓말을 하고 있어. 헨, 이자가 거짓말하는 거라고 말해!

"이건 다 사실입니다. 당신은 헨과 함께 지내기 이전의 세월은 별로 기억할 수 없을 거예요. 내 말이 맞죠?" 테런스가 말한다.

테런스는 내게 생각할 시간을 준다.

"그건 의도적이었어요. 우리는 당신이 현재 시제에 초점을 맞추길 원했어요. 당신의 과거 기억 중에 어느 것 하나라도 선명한 것이 있나요? 예를 들어, 헨을 처음 봤을 때, 결혼식, 이 집으로 이사해 온 기억, 공장에서 보낸 세월에 관한 기억? 그것도 우리가 준 겁니다. 우리는 진짜 주니어가 떠나기 전에 그와 많은 시간을 보내면서 헨과 함께하는 삶에 관해 물어봤어요. 그 추억들은 우리가 그에게서 얻은 겁니다. 그건 실제로 그의 추억이에요. 그에게 중요한 추억이었기 때문에 당신에게도 중요하게 만든 겁니다.

테런스가 그것을 손으로 가리킨다. 모든 시선이 나를 향하고 있음을 느낄 수 있다. 방 안에 있는 모든 시선. 헨의 시선만 제외하고. 그녀는 겁에 질리고 화가 난 게 분명하다. 당황스러워 보인다. 나만큼이나 충격받았을 것이다.

"나는 이걸 하는 게, 이 일에 동의하는 게, 우릴 돕는 일이 되기를 바랐어." 헨이 말한다. "나와 주니어를. 진짜 주니어, 내 말은." 헨은 그녀의 몸에 팔을 두르고 있는 그것을 본다. "주니어가 정착지에 가 있는 동안, 그의 대체물과 함께 지내는 게 우리 관계에 도움이 될 거라고 믿었어. 내가 이미 가진 걸 감사히 여기는 데 도움이 될지도 모른다고 생각했어."

하지만 내가 주니어야. 당신도 그렇다는 거 알잖아. 내가 말한다.

그녀가 고개를 젓는다. "아니." 그녀가 말한다. "미안해."

그것이 내 쪽으로 한 걸음 내디딘다. "맙소사." 그것이 말한다. "나랑 이렇게까지 닮다니 믿기지 않아."

나는 그것을 한 대 치고 싶다. 하지만 사슬에 묶여 움직일 수가 없다.

그것이 더 가까워진다. 이제 그것이 무릎을 굽혀 앉는다. 바로 코앞에 앉아 나를 평가한다.

"믿을 수가 없어." 그것이 말한다.

그것이 테런스를, 다음에는 헨을 바라본다. "내가 정말 돌아왔다니 믿을 수가 없어. 내가 집에 있다니." 그것이 말한다.

여긴 네가 있을 곳이 아니야! 나는 고함을 지른다. 여기 있을 필요도 없어. 가! 가버리라고! 어서!

"진정해요. 시간이 됐어요. 이제 우리가 당신을 데려가야 해요." 테런스가 말한다.

하지만 여긴 내 집이야! 저자, 아니 저것이 아내와 함께 있도록 두고 갈 수는 없어! 그녀는 그것과 함께 있고 싶지 않아!

장갑을 낀 남자들이 양쪽에서 내게 다가온다. 그들이 각자 내 팔을 한쪽씩 잡고 나를 제압한다.

내 몸에 손대지 마! 나한테서 떨어져!

테런스가 나를 향해 곧장 다가온다.

"끝내기 전에, 당신이 해준 모든 일에 감사해야 할 것 같네요." 그가 말한다. "당신이 최초예요. 앞으로 더 많이 나오겠지만, 최초는 영원히 당신일 겁니다. 당신이 여기서, 그것도 몇 년 동안이나 홀로 해낸 일들 덕분에 이제 우리는 무엇이 가능할지에 대해, 전보다 훨씬 많은 것을 알게 되었어요. 당신이 해낸 겁니다. 당신이 정말 자랑스러워요."

그것이 나를 내려다보며 말하는 소리가 들린다. "고마워요.

내가 떠나 있는 동안 헨을 돌봐 줘서. 아내가 나를 그리워하도록 도와줘서. 진짜 나를."

난 가고 싶지 않아! 난 우주로 가고 싶지 않다고! 여기 남고 싶어!

"당신은 우주로 가지 않을 거예요. 시범 정착 시설의 첫 단계는 이미 완료됐어요. 그래서 주니어가 돌아온 겁니다." 테런스가 말한다.

더위와 결박된 손목 때문에 이제는 호흡조차 힘들다. 시원하게 숨을 들이마실 수가 없다. 목이 꽉 막힌 것 같다. 나는 헨과 눈을 마주치려 애써보지만, 그녀가 나를 바라보게 하려고 기를 쓰지만, 그녀는 외면한다. 나를 바라보려 하지 않는다. 그녀는 행복해 보이지 않는다. 난 헨이 행복하지 않다는 걸 안다. 그녀는 몹시도 상심했다. 아무도 알아차리지 못하지만, 난 알 수 있다. 난 안다. 그녀는 그와 함께 있는 게 행복하지 않다.

"당신은 이미 임무를 완수했어요. 우리가 기대했던 것보다 훨씬 훌륭하게 해야 할 일을 정확히 해냈어요. 주니어가 돌아왔습니다. 그러니 이제 그의 삶을 되찾아야죠."

숨을 쉴 때마다 내 콧구멍이 벌름거리는 것을 느낄 수 있다. 고개를 들고 있는 것조차 힘에 부친다.

"쉬어요." 그가 내 이마 중간, 눈 바로 위쪽을 부드럽게 만지면서 말한다.

출발

방에 있는 모든 사람이 박수를 보내기 시작한다. 끔찍한 박수 소리가 너무나 오랫동안 계속된다.

"자, 혹시 하고 싶은 말이 더 있나요?" 테런스가 묻는다.

밖에서 사람들이 오가는 소리, 창을 통해 들어오는 밝은 불빛, 현관의 발소리, 소곤거리는 소리.

"당신은 할 수 있는 모든 일을 했어요. 이제 시간이 됐어요."

무엇을 위한 시간? 나는 끌어낼 수 있는 모든 힘을 끄집어내서 묻는다.

"이것을 끝낼 시간이죠."

◆◆◆

어디서부터 시작해야 하지? 할 말이 너무 많다. 이야기하고, 논의하고, 열거하고, 공유하고, 설명해야 할 것이 너무도 많다. 떠나 있는 동안 나는 이 순간을 자주 생각했다. 이 순간을 꿈꿔 왔다. 나는 마침내 바로 이곳, 집으로 돌아온 내 모습과 우리를 상상했다. 난 많은 일을 겪어야 했다. 헨에게 하고 싶은 말이 너무도 많다.

내가 떠나 있던 2년이 넘는 기간 동안 우리는 서로 연락하지 못했다. 전혀 할 수 없었다. 정확히 말하면, 2년 4개월 3주와 하루다. 그건 집과 아내에게서 떨어져 있기에는 너무도 긴시간이다. 할 말이 너무 많다.

하지만 우리는 여기, 내가 떠나기 전에 만들어 놓았던 작은 식탁 앞에 서로 한마디 말도 없이 앉아 있다. 이건 내가 기대했던 귀향이 아니다.

나는 감자 한 조각을 잘라서 소스에 찍어 입에 넣는다. 그것을 씹는 동안 미소 짓는다. 앞으로 우리 상황은 내가 떠나기 전보다 더 좋아질 것이다. 그러리라고 나는 속으로 말한다. 그래야만 한다.

"난 대체 어디서부터 시작해야 할지 모르겠어." 내가 말한다.

"그래. 나도 마찬가지야." 그녀가 말한다.

내 귀환으로 인한 소동과 대체물과 테런스와 아우터모어 직원들의 출발이 우리의 진을 쏙 빼놓았다. 특히 헨, 그녀는 나이를 먹었다. 얼굴과 눈에서 그게 보인다. 헨은 내 기억 속에서보다 더 무겁게 걷는다.

우리 둘 다 심정적으로 약간 버거워하는 건 이해할 만하다. 시끄럽고 소란스럽고 충격적이었으니까. 물론 그게 진짜 죽음은 아니었지만, 그래도…… 충격적이기는 했다. 그들은 그것을 "유도된 사망 엔트로피*"라고 불렀다. 게다가 이곳에 너무 많은 사람이 모여 있었다. 모니터링, 정보 수집, 측정, 보고 등을 하는 아우터모어 직원들도 많았고, 밖에 한 소대는 될 법한 차량도 늘어서 있었다. 나는 그들이 일을 끝내고 최대한 빨리 떠나기를 바랐다.

우리는 몇 년 만에 처음으로 이곳에 단둘이 있게 되었다. 침묵이 계속되어서는 안 된다. 어색함을 깨트려야 한다. 그래서

---

* 엔트로피란 우주의 모든 현상은 더 무질서한 방향으로 진행된다는 이론으로 최근에는 '에너지의 분산'을 의미하기도 한다. 의도적으로 엔트로피를 높여 사망에 이르게 한다는 의미로 쓰인 듯하다.

제3막

내가 그것을 깨트린다.

"그들은 내가 어떻게 느낄지, 내가 잠시라도 걸을 수 있을지 확신하지 못했어. 저 위에서 너무 오래 있으면 몸에 이상이 생길 수 있거든. 아직도 기분이 불안정해." 내가 말한다.

"당신 살도 좀 빠진 거 같네." 그녀가 말한다.

"맞아. 거의 매일 트레드밀에서 뛰게 했거든. 하지만 그렇게 해도 근육이 줄더라고. 중력의 힘을 받지 않으면, 몸이 힘줄과 인대를 재조정하는 데 시간이 좀 걸려. 다음번에 그 시설로 올라가는 사람들은 지구로 돌아와 적응할 걱정은 하지 않아도 될 거야. 돌아오지 않을 테니까. 다음 이주자들은 영원히 그곳에서 살게 될 거야."

헨은 접시 옆에 포크를 내려놓는다. "그 일부가 되려면 약간의 용기가 필요하겠지. 돌아오지 않으리라는 걸 알면서 떠나려면. 도저히 상상도 할 수 없는 곳으로 떠나가려면."

"용기보다 더 많은 게 필요할 걸. 내 말 믿어. 저 위에는 낯선 것들뿐이야."

나는 헨이 나를 자랑스러워한다는 걸 안다. 남편이 육체적으로나 정신적으로 모두 부담스러웠을 시범 정착지 프로젝트에 참여했다는 사실이 자랑스러운 것이다. 하지만 내가 참가할 수 있었던 건 그녀 덕이기도 하다. 헨은 내가 가도록 허락했고, 내가 떠나 있는 동안 그 대체물과 함께 지내며 나를 기

다려주었다. 그건 대단한 희생이다. 물론 내가 했던 희생만큼
은 아니었겠지만, 어쨌든 상당한 희생이었다. 헨이 아니었다면
난 이걸 해낼 수 없었을 것이다.

"내가 동영상을 굉장히 많이 촬영했는데, 잘 안 나왔어."

"나는 상상할 수도 없을 것 같아." 그녀가 접시를 한쪽으로
밀어내며 말한다. 음식에는 손도 대지 않았다. 접시에 담겨 있
는 걸 이리저리로 옮겨놓기만 했다.

"당신도 좀 야윈 것 같은데." 내가 말한다.

"여기 남아 있었던 나에게도 딱히 정상적인 삶은 아니었어."
그녀가 말한다.

나는 고개를 끄덕인다. 무슨 말을 해야 할지 잘 모르겠다. 하
지만 내가 어떤 어려움을 겪어야 했는지 알게 된다면, 헨도 자
신이 해야 했던 희생이 어느 정도는 가치 있게 느껴질 것이다.

"어리석고 너무 당연하게 들리겠지만, 내 마음에 떠오르는
단어는 크다야. 내부에서 우리의 공간은 제한되어 있었지만,
그 외의 모든 것, 바깥에 있는 모든 건 너무도 컸어. 거대했지.
정말 이상한 기분이야. 내가 중요한 임무의 일부라고 느끼는
대신, 단절된 느낌이었거든. 심지어 그토록 오랫동안 다른 사
람들과 함께 서로의 위에 겹쳐 살아가면서도 고립감을 느꼈
어. 설명하기가 너무 어려워. 집이 그리웠어." 난 그녀에게 물
어봐야만 한다. 계속 생각은 하고 있지만, 아직 물어보지 못했

다. "그것과 함께 사는 건 어땠어?"

그녀는 이마를 문지르더니 나를 뚫어지게 쳐다본다. "내가 어떤 일을 겪었는지 물어보는 거야?"

그녀는 굉장히 놀란 목소리다.

"아마도 그런 것 같네. 맞아." 내가 말한다.

"처음에는 힘들었어. 생각했던 것보다 훨씬. 나는 거의 한마디도 하지 않았어. 그걸 피해 다녔어. 단지 우리 둘뿐이었어. 오랜 시간, 거의 몇 달이 걸렸지만, 그래도 점점 그것에 익숙해졌지. 그건 배우고 적응해 갈 수 있었으니까. 그게 내가 예상치도 못했던 방식으로 나를 알아차리기 시작했어. 나를 진심으로 걱정하기 시작했어. 그랬다는 걸 알아. 그렇게 우린 유대감을 형성했어. 당신과 맺었던 것과 같은 유대감은 아니지만, 내가 짐작했던 것보다 더 크긴 했어. 첫해가 지나고 나서는 함께 이야기 나누며 시간을 보냈는데, 그것이 나를 이해하려 애쓴다는 건 분명했어. 그리고 내 말을 들어줬어."

"그래서 맹목적인 헌신 덕분에 그것과 유대감을 느끼게 됐다는 거야? 프로그래밍 된 헌신?" 나는 묻는다.

그녀는 잠시 침묵한다. "아니. 난 그런 식으로 말하고 싶지는 않아. 그리고 난 맹목적인 헌신 같은 건 원해 본 적도 없어. 나는 왜 그것을 종료시켜 버려야 했는지 궁금해. 그 모든 일을 겪어 왔는데, 왜 그가 계속 살아가게 두지 않는 거지? 그 모든 걸 다 배웠잖아?"

"당신 방금 그걸 '그'라고 했어, 알아?"

"내가?"

"그래. 당신이 그랬어." 나는 포크를 내려놓고 냅킨으로 입을 닦는다. "매일 밤 같이 밥을 먹었어?"

"맞아. 그랬어. 물론이야."

난 아무 말도 하지 않는다. 그녀가 자세히 설명해 주길 바랄 뿐이다.

"그는 당신이 아니었어, 주니어. 당신처럼 살았고, 때때로 당신을 모방했지만, 그는 당신이 아니었어. 처음에 난 할 수 있는 한 평소처럼 행동했지만, 기분은 이상했어. 그리고 말하는 부분, 행동, 그 부분은 정말 바라보고 있기에 놀라웠어. 그것은 당신이 했던 것과 똑같이 상황에 반응하곤 했어. 하지만 때로는 당신이 했을 법한 것과 다르게 반응했어."

"더 낫다는 말이야?" 내가 묻는다.

"다르다고 했잖아. 그뿐이야." 그녀가 말한다.

"내가 떠나기 전에 그들은 내게 많은 것을 물었고, 이곳에서 살았던 세월에서 얻은 추억, 결혼과 당신에 관한 사소한 것들, 나만 알 수 있었던 것들에 대해 얘기해 달라고 했어. 아주 구체적인 세부사항, 그러니까 우리가 말한 것, 우리가 한 것, 그리고 내가 기억할 수 있는 모든 것에 관해 자세히 알고 싶어

했어. 그 모든 걸 사용했을 거야. 모든 기억과 추억을 그것에 심어 놓았겠지. 비록 내 기억이 나와 당신에게 의미 있는 것처럼 그것에게도 어떤 의미가 있을 수는 없었을 테지만. 그래도 그것이 거의 나처럼 행동한다고 당신이 느꼈다면, 내가 기억을 정말 잘 전달했나 봐. 그런데 아까 가끔은 그것이 나보다 더 나을 때가 있었다고 했잖아, 그게 대체 무슨……."

"똑같지 않았다는 거야. 그게 다야. 내 말은 그 뜻이었어. 그리고 난 더 낫다고 말한 적 없어. 당신이 그랬어."

나는 얼굴을 문지르며 한숨을 쉰다. 갑자기 피곤하고 지친 것 같다. "칭찬으로 받아들일게. 어떤 괴상한 살아 있는 컴퓨터와 똑같다는 말은 듣고 싶지 않으니까."

"주니어?" 그녀가 부른다.

"왜?" 나는 묻는다. 목소리가 너무 크고 날카롭게 들린다.

"나는 그것이 정말로 나를 아꼈다고 생각해. 특히 마지막에. 처음에는 그렇지 않았어. 그건 단지 설계를 따르고 있을 뿐이었지만, 마지막쯤에는…… 나도 모르겠어. 그건 마치……."

"내 생각엔 당신이 그걸 상상하고 있는 것 같아, 헨. 아우터모어가 우리와 함께 이 모든 걸 검토했잖아. 그들은 당신이 그것과의 관계를 발전시킬 거라고 예측했지만, 그건 진짜가 아니야. 사람이 아니라고. 당신 꼭 그 사실을 잊은 것처럼 구네." 내가 말한다.

출발

"그게 때때로 나를 바라보는 방식." 그녀가 말을 잇는다. "또는 그것이 짜증나거나 소원하게 굴 때. 나는 그것과 함께 살면서 배웠어. 그것은 내 말을 들어줬어."

"헨, 그건 그렇게 하게끔 만들어진 거야. 아무 의미도 없어."

"그럴지도 모르지. 그래도 그건 나를 도왔어. 내가 하려는 말은 그게 다야."

"글쎄. 그렇다면 그들도 결과에 만족하겠네."

"아우터모어 말이야?"

"그래."

"하지만 안타까운 일이야." 그녀가 말한다.

"어떻게 안타깝다는 거야?"

"그게 더는 이 세상에 존재하지 않는다는 게. 나는 그것도 대체할 수 있는지 궁금해. 내 말은, 그게 복제된 대체물이라면, 그것 자체도 복제물을 만들어 대체할 수 있었던 거 아니야?"

이 대화가 나를 짜증 나게 하기 시작한다. 나는 나에 관해서, 저 위에서 사는 게 어땠는지를 이야기하고 싶다. 그게 우리가 이야기해야 할 문제다.

"진짜 남편이 돌아왔는데, 왜 가짜 디지털 남편을 그렇게 걱정하는 거야? 내가 떠나 있는 동안 무슨 일이 있었든 간에, 다 끝난 거잖아. 이제 다시 옛날과 같아. 당신과 나뿐이야." 나는 몸을 앞으로 기울여 헨의 뺨에 키스한다.

제3막
318

그녀가 갑자기 벌떡 일어서더니 접시를 모아 들고 안으로 가져간다.

나는 저녁 식사와 함께 마시려고 따 두었던 맥주를 마저 마신다. 빈 병을 탁자 위에 내려놓고 들판을 바라본다.

"당신은 저 위에서 사는 거 싫어했을 거야." 내가 소리쳐 말한다. "너무 외롭고 황량하거든."

그녀는 대답하지 않는다.

"나 다시는 당신을 떠나지 않을 거야. 당신이 어렸을 때 이 이야기를 들었다고 한번 상상해 봐. 언젠가 당신의 남편이 뭔가 엄청나고 역사적인 일에 참여하게 될 텐데 당신도 그걸 돕는 데 한몫을 단단히 하게 될 거라고. 그때는 아마 믿기 어려웠을 거야. 그렇지, 헨?"

대답이 없다. 전혀 없다.

변화는 힘든 것이다. 헨은 괜찮을 것이다. 아직은 모든 게 믿기도 이해하기도 힘들 테니 단지 시간이 좀 필요할 뿐이다. 여기 내가 헨과 함께 다시 집에 돌아와 있지 않은가. 그녀는 나를 위해 여기 있다. 그녀의 자리는 항상 내 곁에 있었다. 그러니 돌아올 것이다. 그녀에겐 더 이상의 흥분과 드라마는 필요하지 않다. 헨은 항상 나의 닻이었다. 앞으로도 항상 그럴 것이다. 무슨 일이 있든.

출발

♦♦♦

나는 귀환 후 첫 주를 이곳의 삶에 안착하는 데 사용하고 있다. 짐작했던 것보다 더 힘들다. 하지만 모든 게 전과 같지 않다는 것에 놀라지는 말아야 한다. 나는 오랫동안 집을 비웠다. 아무 일도 없었던 것처럼 이 삶에 바로 발을 들여놓을 수 있다고 생각하는 것 자체가 불가능하다.

일은 그럭저럭 할 만하다. 나는 공장 일을 다시 시작했다. 곡물과 씨앗을 자루에 담으며 하루를 보낸다. 메리는 헨의 사촌인 테런스에 관해 물어왔지만, 그 외에는 아무것도 모른다. 다른 사람들도 마찬가지다. 그들에게는 내가 떠난 적도 없기 때문이다.

집에서 헨과 함께하는 삶은 계속해서 불안정하다. 집 자체도 상태가 그리 좋지 않다. 수리하고 손봐야 할 게 엄청나게 많다. 나는 집안일을 조금씩 시간을 내서 처리하고 있다. 오늘은 크게 움푹 들어간 거실의 널빤지 몰딩 하나를 수리하는 중이다. 헨도 거실에서 자기 스크린을 들여다보고 있다. 내가 일을 시작하기도 전부터 그녀는 거실에 있었다. 하지만 날 돕지도 않고, 심지어 내가 무엇을 하는지 묻지도 않는다. 그게 나를 짜증 나게 하지만, 나는 아무 말도 하지 않기로 한다. 요즘은 주로 나 혼자서 일을 한다. 그리고 집을 이 상태로 만든 사람은 내가 아니다.

"이거 오래 걸리지 않을 거야. 그냥 이것저것 좀 수리해서 말끔하게 해놓으려고." 내가 말한다.

그녀는 잠시 고개를 들어 스크린에서 눈을 뗀다. 하지만 아무 말도 하지 않는다. 나는 방을 나간다. 사포를 가져오기 위해 지하실로 내려간다. 돌아와 보니 스크린은 그대로 놓여 있지만, 헨은 사라졌다. 나는 스크린을 탁자 위에서 집어 든다. 잠겨 있다. 헨의 지문 없이는 열리지 않도록 설정해 두었다. 새로운 일이다. 전에는 한 번도 이런 적이 없었다.

출발

♦♦♦

우리는 침대에 누워 있다. 날은 어둡다. 나는 한참 전에 방으로 올라와 잠들려고 애쓰는 중이다. 난 가능한 한 규칙적인 일과를 유지하려고 노력한다. 같은 시간에 잠자리에 들고 같은 시간에 일어난다. 헨은 몇 분 전에 방으로 올라왔다. 그녀는 늦게 잠자리에 든다. 전에는 나와 함께 잠자리에 들곤 했다. 하지만 난 그 사실을 언급하지 않는다.

그녀는 아무 말도 하지 않고 그냥 시트 아래로 들어가서 돌아누워 버린다. 하지만 난 그녀가 아직 잠들지 않았음을 안다.

"대체 왜 이러는 거야?" 나는 목소리에 좌절감을 담아 말한다. "나한테 뭐라도 하고 싶은 말 없어?"

"없어." 그녀가 말한다.

그녀는 싸우지 않는다. 내가 돌아온 이후로 점점 더 이런 식으로 변해가고 있다. 매일 더 나아지고 나와 더 가까워지는 대신, 방황하고, 더 폐쇄적으로 굴고, 더 안으로 움츠러들고, 차갑고, 멀어지는 것처럼 보인다.

나는 밖으로 나가 욕실까지 복도를 따라간다. 얼굴에 물을 적시고 거울을 바라본다. 그들은 어떻게 그것이 나를 그토록 닮게끔 만들었을까? 내가 약장을 열자 뭔가가 움직이다가 떨어진다. 벌레다. 커다란 벌레. 장수풍뎅이. 헛되이 허둥대는 그것을 발로 밟아 으깨버린다.

나는 침실로 다시 돌아가서 침대로 들어간다. "나 욕실에서 커다란 풍뎅이 봤어." 내가 이불 속으로 들어가서 말한다. "그 커다란 거."

"점점 더 많이 돌아다니고 있어. 당신이 떠나기 전보다 훨씬 많아졌어. 처음에는 정말 싫었거든. 그런데 익숙해지더라고. 이제는 있는지 눈치도 못 채겠어." 그녀가 말한다.

"아무래도 잠이 안 올 것 같아." 내가 몇 분 뒤에 말한다. "이런저런 생각이 자꾸 떠올라서."

나는 노골적으로 대화를 시도한다. 하지만 그녀는 그것을 받아들이지 않는다. 내가 무슨 생각을 하는지 묻지 않는다. 내 쪽으로 돌아눕지도 않는다. 한마디도 하지 않는다.

출발

"원하는 게 뭐야?" 헨이 묻는 말에 나는 깜짝 놀란다.

나는 냉장고 문을 열어 놓은 채 그 앞에 서 있다. 나는 내가 혼자라고 생각했다.

"깜짝 놀랐잖아." 내가 말한다.

나는 그녀의 질문에 완전히 당황했다. 내가 돌아온 지 한 달이 넘었지만, 헨은 며칠, 아니 심지어 몇 주 동안 내게 거의 말도 걸지 않고 질문도 하지 않았기 때문이다.

"원하는 게 뭐야?" 그녀가 다시 묻는다.

나는 허리를 펴고 냉장고 문을 닫는다.

"간식거리. 입이 심심해서 뭐 좀 찾아 먹으려고."

"냉장고에서 원하는 걸 묻는 게 아니야. 이걸 말하는 거야. 우리."

나는 이것이 공격적이고 분노로 가득 찬, 답하기 힘든 그런 질문이 되리라는 걸 짐작했어야만 했다.

"난 원하는 걸 가졌어. 나도 간식만을 의미하는 건 아니야.

이걸 의미해. 여기 있는 전부 다. 난 더는 다른 곳엔 가고 싶지 않아. 이곳이면 돼." 내가 말한다.

"그래 이거라고?" 그녀가 팔을 공중으로 들어 올리고 말한다. "이거면 당신에게는 충분하다고?"

"난 당신이 무슨 말을 하고 싶은 건지 모르겠어. 당신이 이 집에 머물러 있는 동안, 멀리 떠나야 했던 사람은 바로 나야. 저 위에서 살아가는 건 절대 쉽지 않았어, 헨."

"당신이 떠나기 전에, 떠나 있던 동안, 그리고 돌아온 이후 내 삶에 관해 한 번이라도 생각해 본 적이 있어? 난 당신 수발을 들기 위해 이 세상에 존재하는 게 아니라는 생각이 당신 머릿속에 한 번이라도 떠오른 적이 있느냐고? 당신은 아무것도 몰라. 심지어 내가 변했다는 것도 알아보지 못해."

"물론 알아. 그리고 난 그게 싫어. 이런 식이라면 싫어. 나는 당신이 예전 모습으로 돌아왔으면 좋겠어, 헨. 그게 내가 원하는 거야." 내가 말한다.

"그래? 그게 정말 당신이 원하는 거야?"

"그래." 내가 말한다. "당신은 괴물과 함께 살아야 했어. 하지만 이제 다 끝났잖아. 그 사실에 좀 익숙해지면 안 되겠어? 내가 돌아왔잖아. 이제 우리에게 필요한 건 여기 다 있어. 그리고 난 다시는 떠나지 않을 거야. 그건 걱정하지 않아도 돼. 우린 우리의 삶을 되찾았어."

출발

"아니. 당신이 당신의 삶을 되찾은 거지. 이건 당신의 삶이야."

나는 그녀가 계속하리라고, 더 말하고 소리 지르리라고 예상한다. 하지만 그녀는 가버린다.

"헨!" 나는 그녀 뒤로 소리 지른다. "당신 그거랑 잤어?"

현관문 열리는 소리가 들린다.

그런 다음 쿵 소리를 내며 닫힌다.

제3막

◆◆◆

나는 번뜩 잠에서 깬다. 아주 깊고 편안한 잠에 빠져 있었다. 실제처럼 생생한 꿈도 꾸었다. 거의 몇 시간쯤 잠들어 있었던 모양이다. 내가 혼자라는 사실을 깨닫는 데 시간이 좀 걸린다. 헨은 곁에 없다.

난 팔을 뻗어 그녀의 자리에 손을 얹는다. 차갑다. 그녀가 침대에 들어오기는 했던 걸까?

나는 창문에서 빛을, 환하게 비치는 뭔가를 본다. 그게 뭔지 보기 위해 창으로 걸어간다. 불이다. 집 밖에서 작게 타오르고 있지만, 어쨌든, 불이다. 헨, 그녀가 밖에 있다. 불에서 몇 발자국 물러서서 그것을 지켜보고 서 있다.

"헨!" 내가 부른다. 나는 계단을 달려 내려가서 현관 밖으로 나간다.

"당신 뭐 하는 거야?" 나는 불가로 다가가며 소리 지른다. 현관에서 삽을 집어 들고 불타는 물체 한가운데를 두드려 불을 끄기 시작한다. 목재다. 나는 그것을 부수려고 애를 쓰면서 불

출발

을 끄기 위해 그 위에 흙을 뿌린다.

"당신 미쳤어? 인제 그만 정신 좀 차려, 헨!"

나는 불타는 나무 덩어리를 발로 세게 차버린다. 헨의 피아노 의자다. 내가 그녀를 위해 만든 의자. 여러 해 전에. 헨은 그것을 지하실에서 가져왔을 것이다. "젠장. 지금 뭐 하는 거야? 왜 의자를 태우고 있어?"

"미안해." 그녀가 말한다. 여전히 불씨를 노려보고 있는 탓에 두 눈이 빛난다. "당신에게 말해야 했어." 그녀는 나를 바라보려 하지 않는다.

"제발 감정 좀 자제해. 나 진지해. 당신 지금 위험하고 파괴적이라고! 날 봐……. 우리 이런 식으로 계속할 수는 없어!"

"당신 말이 맞아. 이렇게 계속 살아갈 수는 없어."

◆◆◆

나는 일하러 간다. 집에 간다. 먹는다. 닭에게 모이를 준다. 잔다. 일상이 돌아왔지만, 몇 달이라는 너무 오랜 시간이 걸렸다.

집 안팎으로 처리해야 할 일이 아직 몇 가지 더 남아 있다. 우리는 가끔 저녁을 함께 먹지만, 나 혼자 먹는 날이 더 많다. 저녁이면 대개 우리는 각자 다른 방에 앉아 별도의 스크린으로 서로 다른 것을 본다. 다음 날도 또다시 그렇게 한다.

하지만 나는 다시 순응했다. 이 새로운 일상에 적응했다. 육체적으로도 정신적으로도. 놀라움이라곤 거의 없다. 불평하는 게 아니다. 설렘이나 흥분 같은 건 평생 느낄 만큼 느꼈다.

논쟁은 이제 끝났다. 정체가 시작되었고, 난 아무래도 상관없다. 조용함도 그리 나쁘지 않다. 나는 말다툼과 서로를 향해 질러대는 고함과 침묵 중에 택하라고 한다면 언제나 침묵 쪽을 택할 것이다. 우리 둘 다 더는 그럴 기운이 없다. 헨은 감정의 기복이 있지만, 그렇지 않은 사람이 또 어디 있겠는가? 누구도 완벽하지 않다. 또한, 어떤 관계도 완벽하지 않다.

출발

♦ ♦ ♦

나는 홀로 깨어나서 눈을 뜬다. 아직 이른 아침이다. 흐린 여명이 열린 창문을 통해 비쳐든다. 나는 이 시간을 사랑한다. 하루 중 내가 가장 좋아하는 시간이다.

나는 두 팔을 머리 위로 뻗고 발도 침대 바깥으로 쭉 뻗어 기지개를 켠다.

"잘 잤어?" 헨이 말한다.

나는 돌아눕는다. 그녀는 벽에 기대놓은 의자에 앉아 있다. 옷은 입었지만, 머리에는 빨간 수건을 두르고 있다. 아직 머리가 젖어 있기라도 한 것처럼. 그녀가 마지막으로 내게 아침 인사를 했던 게 언제였는지 기억도 나지 않는다.

"거기 얼마나 오래 앉아 있었어?" 내가 묻는다.

"얼마 안 됐어. 잠깐."

그녀는 푹 쉬어 편안해 보인다. 차분하고, 느긋하다.

"난 오늘 쉬는 날이야. 얼마나 다행인지 몰라. 그냥 침대에 좀 더 누워 있으려고." 나는 말한다.

"그래. 그렇게 해. 왜 안 되겠어? 당신에게 줄 게 있어. 부엌 조리대 위에 두고 갈게." 그녀가 말한다.

"나한테? 내가 일어나면 가져다줄 수 없어?"

"아니. 난 지금 나갈 거야."

그녀가 일어서더니 머리에서 수건을 벗겨내기 전에 손으로 머리 양쪽을 문지른다. 그리고 의자 등받이에 젖은 수건을 걸어둔다.

"안녕."

"그래, 나중에 봐." 나는 베개를 눈 위로 끌어당기며 말한다.

◆ ◆ ◆

나는 평소보다 더 늦게까지 잔다. 헨이 나가고 나서 다시 잠들지 못할까 걱정했지만, 잠이 들었다. 나는 그녀와 섹스하는 꿈을 꾸었다. 우리는 바로 여기 침실 바닥에서 사랑을 나누었다. 어찌나 격렬했는지 난리도 아니었다. 잠에서 깨고 나서 나는 그녀가 옆에 있어서 그 꿈을 실현할 수 있다면 얼마나 좋을까 생각했다.

이른 아침에 나누었던 짧지만 기분 좋았던 대화가 내 마음을 편하게 해주었던 것 같다. 그건 아마도 헨이 돌아오고 있다는, 이곳에 사는 게 그녀 자신에게 행운이라는 사실을 깨달았다는 작은 징표일지도 모른다. 난 오늘 아무 계획도 없다. 집을 나설 필요도 없다. 그냥 원하는 대로 빈둥거릴 수 있다. 오늘은 나를 위한 날이다.

헨이 외출하기 전에 커피를 내려놓았다. 또 다른 사려 깊은 몸짓 아닌가. 나는 커피 한 잔을 따라서 조리대에 기대 선다. 그리고 막 첫 모금을 마시려다가 멈춘다. 그녀가 했던 말을 지

금까지 잊고 있었다. 헨은 내게 무언가를 남겨 두겠다고 했었
다. 맞다. 그랬다. 그리고 조리대 위 커피메이커 옆에 그게 놓
여 있다. 겉면에 **주니어**라고 적힌 봉투다.

나는 커피를 내려놓고 편지를 집어 든다. 식기 건조대에서
칼을 집어 봉투를 찢어 연다. 안에는 접힌 편지 한 장이 들어
있다. 나는 그것을 꺼내서 펼친 다음 뒤집어 본다.

너무 이상하다. 안에는 아무것도 적혀 있지 않다. 아무것도.
앞에도 뒤에도 없다. 종이는 비어 있다.

출발

♦ ♦ ♦

나는 종일 밖에서, 주로 헛간에서 시간을 보냈다. 헛간의 지
붕 널 몇 개를 교체하고, 닭 둥지로 사용하는 상자에는 톱밥을
새로 깔아주었다.

집에 들어가니 헨이 보인다. 그녀는 문을 등지고 거실에 앉
아 있다. 창밖을 내다보고 있다. 헨은 온종일 나가 있었다. 여
덟 시간, 어쩌면 그보다 더 오래? 나는 그녀가 돌아오는 것을
보지 못했고, 그녀도 내게 돌아왔다고 말하지 않았다.

"당신이 쪽지 남기고 갔잖아. 아침에 떠나기 전에. 비어 있
더라고." 내가 말한다.

내가 다른 말을 하기도 전에 헨이 돌아보지도 않고 말한다.

저기 봐. 누가 왔어.

나는 그녀를 지나쳐서 창밖으로 도로를 내다본다. 차량의
녹색 전조등이 차선을 비추고 있다.

누가 오기로 했어? 그녀가 묻는다.

"아니." 내가 말한다.

우리는 그 검은 차가 집 앞까지 진입로를 따라 운전해 들어오는 것을 지켜본다. 차가 문 앞에 주차한다. 시동이 꺼지고 잠시 후 문이 열린다. 테런스가 밖으로 나와 현관으로 걸어온다. 나는 현관으로 걸어가서 그가 막 노크를 하려 할 때 문을 연다.

"주니어." 그가 부른다. "오래간만이에요. 안녕하세요, 헨."

나는 어깨 너머로 바라본다. 헨은 내 뒤에 몇 걸음 떨어져 있다. 양손을 모아 쥐고 서 있다. 그녀가 테런스를 보며 따뜻하게 웃는다.

안녕하세요. 다시 보니 반갑네요. 그녀가 말한다.

"여긴 어쩐 일이세요?" 나는 묻는다.

"지난번에 보고 한참 지났잖아요, 주니어. 잠깐 들러서 인사나 하고 가려고 왔어요. 두 분 다 잘 지내시는지 직접 확인도 할 겸 해서요. 한번 아우터모어의 가족이 되면 평생 아우터모어 가족이니까요." 그가 말한다.

잠깐 안으로 들어오실래요? 헨이 묻는다.

"아니요, 괜찮습니다. 아무 문제 없이 두 분 다 잘 지내시는 것 같네요."

우린 잘 지내요. 이제 막 저녁을 준비하려던 참이에요. 헨이 말한다.

"그리고, 주니어? 당신도 같은 느낌입니까? 모든 게 괜찮은 거죠?"

출발

나는 헨과 시선을 마주친다. "드디어 삶이 제자리를 찾아 돌아오고 있다고 말하고 싶군요. 맞아요."

나는 내가 말한 대로 믿는다. 헨이 내게 미소 짓는다. 나는 그 속에서 애정과 열정을 느낀다. 이 순간을 기점으로, 우리가 모퉁이를 돌았을지도 모른다는 느낌이 든다. 헨이 순순히 따른다는 느낌도 든다.

"그럼 더는 두 분의 시간을 빼앗지 말아야겠네요." 그가 말한다.

들러주셔서 고마워요, 테런스. 헨이 말한다.

"두 분이 잘 지내고 있어서 기쁘네요. 행운을 빌어요."

제3막

♦♦♦

고맙게도 테런스는 잠시 다녀갔다. 우리가 걱정스러웠다면 아마 더 오래 머물렀을 것이다. 하지만 그는 만족해서 떠났다.

부엌으로 들어가니 헨은 스토브 앞에 서 있다. 팬으로 무언가를 요리하는 중이다.

"오늘은 어땠어?" 나는 묻는다. "오랫동안 외출했잖아."

나는 한 걸음 더 다가가서 그녀의 허리에 팔을 감는다.

그녀가 나를 향해 돌아선다. 그리고 내 입술에 키스한다. 나는 한 발 뒤로 물러난다.

왜 그래? 그녀가 묻는다.

"아무것도 아니야. 지금 그거 정말 좋았어. 난 그냥…… 조금 놀라서."

그녀는 아무 말도 하지 않고 이번에는 더 오래 키스한다.

나 행복해. 이곳에서 행복해. 당신이 날 행복하게 해. 그녀가 말한다.

"근래 들은 말 중에 제일 좋은 말인데. 저기, 우리 오늘 저녁

출발

은 밖에서 먹을까?"

그래. 당신이 그러고 싶으면. 그녀가 말한다.

우리는 서로 마주 보고 앉는다. 그렇게 먹고 마시고 이야기한다. 그녀는 내게 공장에서 일하는 건 어떤지, 집수리는 어느 정도 되었는지 묻는다. 나는 그녀에게 내가 공장에서 수리한 기계에 관해 이야기하고, 그 기계가 어떻게 작동하며 내가 어떻게 고쳤는지 설명한다. 그녀는 이것저것 쉼 없이 질문하고, 내 대답에 열심히 귀 기울인다. 그녀는 내 농담에 웃는다.

우리가 식사를 마쳤을 때도 헨은 일어나서 접시를 가지고 부엌으로 들어가 버리지 않는다. 내가 돌아온 이후로 매번 식사할 때마다 그렇게 했지만, 이번에는 아니다. 대신 우리는 계속 이야기를 나눈다. 딱 신혼 때 하던 그대로다.

"이건 정말이지 기분 좋은 발전이라고 해야 할 것 같아, 헨."

저녁 식사 말이야? 그녀는 자신의 와인을 한 모금 홀짝이며 말한다.

"저녁. 맞아. 하지만 난 오늘 밤 모든 걸 의미하는 거야. 딱 이거. 당신. 오늘 밤 당신의 모습. 당신이 요즘 당신답지 않게 굴었잖아."

정말? 언제부터?

"솔직히, 내가 돌아온 이후로 거의 내내 그랬지. 너무 소원하게 굴었잖아. 마치 당신은 자기만의 다른 세상에 사는 것 같왔어."

나도 알아. 그녀가 유리잔을 내려놓으며 말한다. 당신 말이
맞아. 미안해. 내가 나답지 않았어. 하지만 오늘은 기분이 훨씬
나아졌어.

"정말?"

그래, 정말이야. 난 당신을 위해 여기 있는 거야. 당신도 그
거 알고 있지? 난 여기 있는 게 좋고, 당신이 행복했으면 좋겠
어. 그녀가 말한다.

헨이 이렇게 말하는 것을 듣고 있자니 안심이 된다. 집에 돌
아온 이후로 내가 계속 기다리고 있던 말이다.

"난 우리가 행복했으면 좋겠어. 함께."

당연하지. 우리는 언제까지나 함께할 거야. 그녀가 말한다.

나는 그녀의 손에 내 손을 얹는다.

"내가 지난 밤 불 앞에서 했던 말은 잊어버려. 그냥 속상해
서 했던 말이야. 내가 벤치는 다시 하나 만들어줄게. 당신 피아
노 앞에 놓을 거." 내가 말한다.

고마워. 그래 주면 좋지. 다시 피아노를 연주하고 싶거든. 그
녀가 말한다.

그녀가 일어나서 우리의 접시를 포갠다.

부엌에서 뭐 가져다줄 거 없어? 그녀가 묻는다.

"맥주나 한 병 더 가져다주면 좋지." 내가 말한다.

출발

좋아. 그리고 내가 돌아오면, 그 시범 정착지 얘기 더 해줘. 전부 다 듣고 싶어.

그녀가 설거짓거리를 챙겨 들고 안으로 들어간다.

참으로 이상한 일이다. 오늘 밤 우리가 교류하는 방식이 나를 더 젊고 가벼워진 듯한 느낌이 들게 한다. 어깨에서 무거운 짐을 내려놓은 기분이다. 긴장이 쌓인 채로 계속 살아가다 보면 그게 곪아서 일상의 아주 작은 구석까지 파고 들어갈 수 있다. 이것은 규칙성, 예측 가능성으로 돌아가는 것이다. 우리는 모두 확실한 것을 원한다. 그리고 우리는 여기에 그것을, 우리가 필요로 하는 모든 것을 가지고 있다.

나는 집에 돌아온 이후로는 맨발로 집 안팎을 돌아다닌다. 시설에서 지낼 때는 샤워할 때를 제외하고는 양말을 벗을 수 없었다. 이제 난 양말은 신지 않는다. 발은 좀 더럽지만, 상관없다. 그편이 훨씬 좋다. 발밑에서 느껴지는 오래된 나무판자의 감촉이 좋다.

난 여기 영원히 앉아 있을 수도 있다. 오늘 밤은 그런 기분이다. 아름다운 저녁이다. 유채밭 너머에서 해가 지평선 위로 낮게 가라앉는다. 이곳에 유일하게 없는 건 헨이다. 그녀도 나와 함께 여기 있어야만 한다. 아직 그녀에게 하고 싶은 얘기가 너무 많다. 왜 이렇게 오래 걸리는 거지? 나는 몇 분 더 기다렸다가 일어난다.

안으로 들어가 보니 헨은 부엌 싱크대 앞에 서 있다. 전혀 움직임이 없다. 돌처럼 굳은 채 서 있다. 그녀가 이렇게 가만히 서 있는 건 본 적이 없는 것 같다.

"당신 뭐 하는 거야?" 나는 묻는다.

그녀는 대답하지 않는다. 움찔하지도 않는다. 꼼짝하지 않고 그냥 거기 서 있다.

"헨!"

그녀는 싱크대에 있는 무언가를 바라보는 중이다.

"헨! 여보세요! 헨리에타!"

이 말에 그녀가 반응한다. 고개를 들고 돌아서서 얼굴로 흘러내린 머리카락을 쓸어 넘기더니 나를 보며 미소 짓는다.

정말 신기한 거 같아. 전혀 움직이질 않네. 그냥 저기 앉아 있어. 그녀가 말한다.

"대체 무슨 말을 하는 거야?"

미안. 당신 맥주는 잊어버리지 않았어. 그냥…… 잠시 정신이 팔려서. 그녀가 말한다.

그녀는 냉장고로 걸어가서 병을 집어 들더니 뚜껑을 딴다.

자. 그녀가 내게 맥주를 건네면서 말하고는 내 뺨에 키스하고, 밖으로 걸어 나간다.

나는 헨이 다시 예전의 모습으로 돌아왔음을 또다시 확신하게 해주는 이 애정 어린 환영의 표시에 만족하며 잠시 그대로

출발

서 있다. 헨은 진정한 자신으로 돌아왔다.

나는 싱크대로 걸어간다. 그 안을 들여다보고는 질겁한다. 그것들은 절대 익숙해지지 않을 것 같다. 배수구 옆에 역겹게 생긴 장수풍뎅이 한 마리가 있다. 헨이 쳐다보고 있던 게 바로 그것이다.

저녁 식사에 사용한 숟가락으로 그것을 싱크대 바닥에 으깨 버린다. 그것이 금속으로 뭉개진다. 그것들은 보는 족족 없애 버려야 한다. 전부 다. 여긴 그들이 있을 곳이 아니다. 역겨운 것들. 나는 물을 틀어서 으깨진 벌레를 하수구로 흘려보낸다.

숟가락을 원래 있던 자리에 내려놓고, 아내와 함께 지는 해를 보기 위해 밖으로 나간다.

제3막

감사의 말

니타 프로노보스트, 앨리슨 캘러핸, 서맨사 헤이우드, 케빈 핸슨, 제니퍼 버그스톰, 진, 지미, 로런 모로코, 아드리아 이와 수티악, 펠리시아 권, 사라 세인트 피에르, 미건 해리스, 브리타 룬드베리, 스테퍼니 싱클레어, 바브 밀러, 켄 앤더튼, METZ, 플로레츠 2세, 아이슬란드, 찰리 코프먼, 사이먼 & 슈스터 캐나다의 모든 직원, 스카우트 프레스의 모든 직원, 트랜스아틀랜틱의 모든 직원, 나의 친구들과 내 가족.

모두에게 감사드립니다.

출발